우리가
서로에게

우리가
서로에게

지은이

이승주
임수현
김도연
박세준

좋은땅

네 명의 작가들이 1년이라는 긴 시간 동안 글 한 편, 책 한 권을 위해 쏟은 노력과 정성을 다시 떠올려 본다. 하얀 벚꽃 피듯 설레는 마음으로 나만의 문체를 형성하고 내가 세상에 전하고 싶은 말이 무엇인지 수도 없이 생각하던 봄, 새벽 네 시가 넘는 시간까지 고민 또 고민하고 어렵게 쓰고 쉽게 지우고 애써 다시 쓰기를 반복하던 여름, 서로의 글을 읽어 주고 응원의 한마디를 다정히 건네며 힘을 북돋아 주던 가을, 곧 세상에 나올 책을 먼저 손으로 만져 보고 감탄하고 출간일만 손꼽아 기다리던 겨울까지. 힘겹고 벅차고 가끔은 포기하고 싶은 마음도 분명 들었을 텐데, 모든 순간 변함없이 반짝이던, 작가들의 눈빛 하나만큼은 아직도 잊히지 않는다.

학생이 최우선으로 해야 할 일을 공부로 정해둔 사회에서 아이들에겐 자신의 삶에 대해 고민하고 책을 읽고 글을 쓸 여유가 없다. 빼곡하고 어지러운 일상 속 작은 틈을 낼 용기를 가진 네 명의 작가들이 기어코 완성해 낸 소설집 『우리가 서로에게』는 그래서 우리에게 더 특별한 의미로 다가온다. 10대가 쓴 10대의 삶은 귀하다. 학생들의 이야기가 꾸밈없는 목소리로 날것의 문장들로 생생히 적혀 있다. 친구, 상처, 꿈, 사랑, 행복······. 학생들은 마치 내 이야기를 누군가 그대로 써 놓은 것만 같은 느낌에 깊은 공감을, 어른들은 아이들의 고민과 나의 불안이 별반 다르지 않다는 사실에 신선한 충격을 받을 것이다.

스무 살이 넘으면 어른이라고들 하지만 그 시절을 훌쩍 넘긴 지금도 여전히 어른이란 뭔지 알 수 없어 고민한다. 삶이란 방학 없이 풀어야 할 숙제가 잔뜩 쌓여 있는 학교 같고 '살아간다'는 말보다 '살아 낸다'는 말이 어쩐지 더 맞는 것 같이 느껴진다. 그럼에도 우리는 하루 끝에서 어제를 돌아보고 오늘을 마주하고 내일을 새로이 그리며 꿋꿋이 살아간다. 아이들도 마찬가지다. 때때로 방황하고 가끔 행복해하며 자주 아파한다. 살아가고, 또 살아 낸다. 사람은, 인생은 어쩌면 꾸준히 미성숙한 게 아닐까. 이들의 이야기는 다름 아닌 우리의 이야기다.

네 명의 멋진 작가들과 함께할 수 있어 영광이었던
정원진 씀

우리가 서로에게

목
차

친구라는 방정식

이승주

선생님은 내 손을 잡고 짧은 복도를 지나 모퉁이에 있는 작은 방에 들어간다. 선생님은 그제야 손을 놓고는 방 한가운데에 놓인 테이블 뒤쪽으로 가 의자에 앉았다. 나도 선생님을 따라 내 앞에 있는 내게는 조금 높은 의자에 앉았다. 선생님은 투명한 플라스틱 컵 안에 들어 있는 검은색 액체를 한 번 쭉 빨고는 나와 눈을 맞췄다.

"창욱이는 우리 유치원에 있는 친구 중에 어떤 친구랑 가장 친해?"

"저는 티라노사우르스랑 가장 친해요."

"음 그렇구나. 다른 친구는 없어?"

"브라키오랑도 가끔씩 놀아요."

"또 다른 친구는?"

"으음…."

"선재랑은 안 친하니? 그 친구도 티라노랑 친하던데?"

"…."

"그럼 현우는 어때? 그 애는 그림을 엄청 잘 그려."

"…."

내가 아무 말이 없자 선생님의 표정은 웃는 얼굴에서 입꼬리가 살짝 내려간 표정이 되었다.

"선생님이 보기에는 다른 애들은 너랑 같이 놀고 싶어 하는 것 같던데. 창욱이는 다른 애들과 같이 놀고 싶지 않니?"

이제 막 한글을 뗀 나는 방금 전 긴 말을 천천히 이해한 후 작은 소리로 말했다.

"전 공룡이 더 좋아요."

내가 힘들게 뱉은 말이 끝나자 선생님은 흐음, 소리를 내며 생각에 잠겼다.

"그렇구나. 창욱이는 나가서 공룡 친구들이랑 같이 놀고 있어."

"네. 안녕히 계세요."

나는 앉아 있던 의자에서 조심히 내려와 선생님께 내 정수리를 내비친 후 뒤를 돌아 문을 열었다. 선생님이 사무용 전화기의 버튼을 누르는 소리를 뒤로 한 채로.

선생님과 짧은 대화를 나누고 30분쯤 지났을 때 교실 문을 열고 엄마가 왔다. 시계를 보니 벌써 집에 갈 시간이다. 나는 선생님과 공룡에게 인사를 한 후 엄마의 손을 잡고 유치원을 나와 차에 탄다. 엄마는 몸 앞에 있는 검은색 도넛 모양의 무언가를 좌우로 돌리면서 내게 묻는다.

"오늘 유치원 재밌었어?"

그 말에 나는 입꼬리가 살짝 올라간 채로 엄마에게 오늘 새로 사귄 공룡 친구에 대해 말했다. 내 말에 엄마는 굳은 표정으로 앞만 계속 보았다. 몇 초 뒤 엄마는 눈을 비빈 후 내 눈을 바라보며 눈은 웃고 있지만 입은 그렇지 않은, 내가 엄마의 표정을 해석하기에는 다소 애매모호한 표정을 짓고는 나를 바라보며 말했다.

우리가 서로에게

"시간이 다 해결해 줄 거야. 엄마는 그렇게 믿어. 그렇지, 창욱아?"

나는 그 말에 아무런 답도 하지 않은 채 그저 내 뒤쪽으로 빠르게 지나가는 회색 건물들을 보다가 잠에 들었다. 엄마가 바라는 '그 미래'가 하루빨리 오기를 간절히 바라면서.

사람보다 공룡을 좋아하면 곤란했을 때로부터 12년이 지난 지금, 아직은 과거 엄마가 바라던 '그 미래'가 아닌 것 같다. 현재 나의 겉모습은 18살이지만 마음은 아직 사람 친구 대신 몇 억 년 전에 이미 멸종해 버린 친구의 모형을 더 좋아하던 그때와 같다. 바뀐 거라면 쓸데없이 너무 이성적으로 변한 거 정도.

내일은 봄방학이 끝나고 새 학기가 시작된다. 남들과는 다른 성격인 나를 이미 우리 학교에 있는 친구들은 물론이고 선생님들까지 대부분 안다. 작년에는 그냥 반 안에서 있는 듯 없는 듯 존재감 없이 지냈다. 그도 그럴 것이 나는 얼굴도 평범하고 공부도 잘하는 쪽보단 못하는 쪽에 가까운 중하위권, 운동 신경도 별로여서 잘하는 종목도 없고 그렇다고 재밌기라도 한 것도 아니니 완벽한 '아싸' 그 자체다. 지루한 것투성이인 학교를 내일 다시 가야 한다니 벌써부터 숨이 턱턱 막혀 온다. 주변에서 흔히들 말하는 '시간이 멈췄으면 좋겠다'는 말도 안 되는 말이 마음에 와닿는 순간이다.

새 학기 첫날, 아무 생각 없이 천천히 학교 정문에서 실내화로 갈아 신고 3층으로 올라가 2학년 1반을 찾는다. 나무 문을 옆으로 밀자 친구들이 나에게 시선을 쏟는 게 느껴진다. 나는 죄를 지은 것처럼 고개를 숙이고 가장 뒷자리로 가 가방을 걸쇠에 걸고 책상에 엎드린다. 오랜만에 만난 애들끼리 서로의 안부를 묻거나 같은 반이 돼서 다행이라는 등 새 학기 때 나오는 고정 멘트들이 교실을 채운다. 물론 나와는 상관없는 말이지만.

첫날은 늘 그렇듯 선생님들은 자기소개로 수업 시간을 채우고 반 애들은 1년간 유지될 보이지 않는 무리를 형성하고 끼리끼리 가입하면서 반에서 소외되지 않기 위해 자기들 나름대로의 발버둥을 친다. 물론 나는 그럴 필요 없지만.

새 학기가 시작되고 2주 정도가 지났다. 나의 학교생활은 내 예상대로 1학년 때와 큰 차이가 없었다. 똑같이 지루한 나날의 연속. 그러다 찾아오는 짧은 주말. 그리고 다시 하루하루 버티며 살아가고 또다시 주말…. 아마도 이 무한 루프는 짧게는 2년 길게는 평생 지속되며 내 숨통을 점점 조여 올 예정이다. 아니면 그 전에 내가 못 참고 터져 버릴지도 모르겠다.

오늘도 학교 교실 제일 뒷자리에서 칠판을 멍하니 보며 수업을 듣고 있다. 수학 수업이다. 칠판에 빼곡히 써진 수학 기호들과 기이하게 생긴 그래프들, 숫자들이 내 눈을 아프게 한다. 그때 선생님은 수업을 하다 말고 우리에게 질문을 던진다.

"탄젠트 45도가 얼마지?"

선생님은 자신의 질문에 아무런 대답이 없자 한숨을 푹 쉬곤 무작위로 번호를 하나 고른다.

"4번."

헉. 내 번호다. 하필 내 번호가 나왔다. 그것도 수학 시간에. 정말 하늘도 나를 버린 걸까.

수학과 연을 끊은 지는 이미 3년이 돼서 중학교 때 배운 내용 따위는 기억이 흐릿하게조차 나지 않는다. 어떻게든 되겠지. 아무 숫자나 던져 본다.

"2···."

나의 자신감 없는 목소리 때문에 선생님이 못 들으셨는지 다시 한번 되물어 보신다. 내가 주저하고 있자 생머리에 교복을 입은 앞자리 애가 나를 보며 소리 없이 입 모양으로 0을 만든다. 나는 그걸 보고 내 기준에선 크고 또렷한 목소리로 "0"이라고 말한다. 내가 영이라고 말하자 내 주변 친구들은 깔깔 웃으며 나를 향해 손가락질을 하고, 몇 명은 나를 비웃듯 고개를 흔든다. 그 와중에 선생님은 나를 보며 "창욱아, 중학교 다시 졸업하고 올래?"라고 말한다. 나는 차마 자리에 앉지 못하고 몸이 얼어붙은 듯 가만히 서 있는다. 난감해하는 내 표정을 본 건지 애들은 선생님의 말을 거들며 더욱 나를 놀리기 시작했다.

"그래그래. 중학교 다시 들어가라."

"우리 동생도 이건 아는데, 심각하네."

나만 빼고 모두가 즐거운 이 상황이 나의 의지와는 상관없이 형성되고 있었다. 나는 얼굴이 빨개져 급히 의자에 앉아 고개를 푹 숙였다. 그때 내 대각선 방향에 있던 현수가 제법 큰 소리로 말했다.

"모르는 게 부끄러운 건 아니잖아? 그걸 놀림거리로 남을 깎아내리는 게 멍청한 거지."

현수의 말이 끝나자 반은 일순간 조용해졌다. 마치 그 말이 모두의 입을 막은 듯 다른 사람들은 아무 말도 하지 못했다. 잠시간의 정적을 깨고 선생님은 말했다.

"그, 그렇지. 현수 말대로 모르는 건 부끄러운 게 아니니까…. 너희들도 이런 걸로 친구 놀리지 마라. 크흠. 자, 그럼 수업하자."

선생님은 당황한 기색을 숨기지 못하고 급하게 말을 했다. 나는 나를 도와준 현수 쪽으로 시선을 옮겼다. 내 시선을 느꼈는지 현수는 내 쪽을 보면서 활짝 웃으며 책상 밑으로 브이를 만들고 흔들었다. 나는 부끄러워서 다급히 현수에게서 시선을 거두고 칠판의 빈 부분으로 눈을 돌렸다. 그날 나는 처음으로 받아 본 가식 없는 호의에 하루 종일 머리를 망치로 얻어맞은 느낌이었다.

집에 와서도 오늘 학교에서 있었던 짧고 강렬했던 기억이 내 머릿속을 휘젓고 다녔다.

'아, 그때 쉬는 시간에라도 고마웠다고 했어야 했나.'

'그 애가 실망하면 어떡하지.'

'이것 때문에 앞으로 그 애마저 나를 모른 척하면 어쩌지.'

머릿속에서 그 애 때문에 생긴 걱정이 산더미처럼 늘어 갔다. 내 머리는 점점 복잡해져서 과부화 직전 상태까지 되고 말았다. 그때 나는 전에는 느끼지 못했던 감정을 처음으로 느꼈다.

'그 애'와 친해지고 싶다.

다음 날, 왜인지 모르겠지만 다른 날 등교 준비를 할 때보다 긴장이 되었다. 내가 교실로 들어왔을 때 현수는 옆자리에 있는 친구와 이야기를 하며 깔깔거리며 웃고 있었다. 나는 자연스럽게 원래대로 내 자리로 가

우리가 서로에게

가방을 걸고 책상에 엎드려 어떻게 하면 자연스럽게 현수에게 고맙다는 말을 할 수 있을지 궁리했다. 머릿속에서 다양한 상황들을 상상하며 적절한 타이밍을 계속 찾았다. 결국 꽤 긴 고민 끝에 점심시간에 현수가 혼자 있을 때 다가가 말을 건네기로 마음을 정했다. 오늘따라 시간은 빨리 흘러 순식간에 1교시, 2교시, 3교시가 지나갔고 점심시간까지 어느덧 한 교시밖에 남지 않았다. 나는 주기적으로 현수를 힐끔힐끔 쳐다보며 어떤 말을 어떻게 할지 고민했다. 그렇게 고민하다 보니 어느새 4교시가 끝나기 5분 전이 되었다. 그 5분 동안 신중히 계획한 말들을 점검하고 머릿속으로 곧 있을 상황을 시뮬레이션으로 수도 없이 돌렸다. 그때 점심시간을 알리는 종이 치고 반에 있는 친구들이 일제히 우르르 밖으로 나갔다. 운이 좋게도 현수는 마저 할 일이 있는지 곧바로 나가지 않고 책상에 앉아 무언가에 열중하고 있었다. 나는 '이건 기회다.'라고 생각하고 조심스럽게 현수의 자리로 다가갔다.

현수는 인기척에 고개를 들고 내 얼굴을 봤다. 내가 자신을 찾아온 것이 의외라고 생각했는지 현수의 표정에서 당황한 티가 조금 났다. 왜 왔냐는 표정을 하며 나를 보고 있었다. 현수의 얼굴을 직접 마주하니 지금까지 생각한 것들이 무안할 정도로 머릿속이 새하얗게 변해 버렸다. 그래도 다행히 나는 현수가 겨우 알아들을 수 있을 정도의 크기로 말했다.

"어제 수학 시간에 고마웠어. 네가 나 유일하게 도와줬잖아. 어제 말했어야 했는데. 미안."

현수는 그제야 표정을 풀고 멋쩍은 듯 살짝 웃으며 내게 말했다.

"아니야. 안 고마워해도 돼. 그냥 내가 보기 좀 불편해서 그런 거뿐이야. 배고픈데 같이 밥 먹으러 갈래?"

예상에 없던 갑작스러운 물음표에 나는 당황해 살짝 멈칫했지만 이내 웃어 보이며 "그래."라고 말하고는 현수와 함께 급식실로 발걸음을 옮겼다.

그날 이후 나는 처음으로 '친구다운 친구'인 현수를 사귀었다고 생각했다. 현수와 계속해서 우정을 쌓아 가며 함께 있는 시간을 많이 보냈고 매일 밥을 같이 먹으며 물 흐르듯 서로 더 가까워졌다.

며칠 동안 현수와 함께 다니면서 현수는 나와 '정반대의 삶'을 살고 있다는 것을 깨달았다. 현수는 기본적으로 외향적이고 남의 눈치를 보지 않는 성격이었다. 외모는 엄청 잘생기진 않았지만 내가 봤을 땐 반반했다. 공부는 보통 정도 하는데 운동을 엄청 잘했다. 또 유머 감각이 있어 주변에 친구들이 많아 '인싸'라 부르기에 충분했다. 현수와 함께 다니다 보니 현수의 친구들도 알게 되면서 자연스럽게 그 친구들과도 어느 정도 친해질 수 있었다. '아싸'의 삶에서 조금씩 벗어나는 생활을 하면 할수록 나에게 있어 현수는 고마운 존재가 되어 갔고, 나 같은 다른 사람에게 선한 영향을 줄 수 있는 현수가 대단하면서도 부러웠다.

오늘도 언제나처럼 등교 준비를 하고 있었다. 다만 내 목을 조여 오던 무한 루프에는 조금 금이 갔다. 전에 하던 등교 준비와 무언가 달랐다. 천천히 학교 정문에서 실내화로 갈아 신고 3층으로 올라가 2학년 1반을 찾는다. 나무 문을 옆으로 밀자 친구들이 나에게 시선을 집중하는 게 느껴진다. 현수를 비롯해 나에게 눈웃음과 함께 손을 흔들어 보이는 친구들에게 똑같이 눈웃음을 지으며 손을 흔든다. 반 중간쯤 자리한 내 책상에 가방을 툭 던진다. 그러고는 현수가 있는 무리로 가 자연스럽게 대화에 동참하려 한다.

우리가 서로에게

"뭔 얘기하고 있었어?"

"아, 그냥 별 얘기 아니고 이런저런 얘기."

"아, 그렇구나."

뭔가 내가 들으면 안 되는 이야기를 하고 있었나 보다. 아무래도 상관없다. 내가 말을 하면 내 말을 무시하지 않고 들어주는 친구들이 있다는 것만으로도 며칠 전까진 상상도 못 할 일이었으니까.

"아, 그리고 너희 그거 아냐?"

무리에 있는 상욱이가 큰일 난 것처럼 큰 소리로 말하며 우리의 관심을 끌었다.

"뭔데?"

"며칠 전에 옆 반에 전학 온 여자애 있잖아. 걔가 사실은 전에 있던 학교에서 학폭 때문에 강전당해서 우리 학교로 온 거래."

"헐. 대박."

"몇 반? 누군데?"

"2반의 한서윤."

"하필 우리 학교로 오네."

상욱이가 던진 흥미로운 주제에 애들은 각자 맞장구를 친다. 나도 괜히 애들을 따라 한마디 했다.

"학폭 하는 애들의 마음은 정말 이해를 못 하겠네."

애들은 내가 던진 그 말에 맞장구를 치며 전보다 더욱 시끄럽게 떠들었다.

짜릿했다.

짜릿한 감정이 아직 생생하게 몸에서 돌고 있는 1교시 과학 시간. 과학 실험을 하기 위해 과학실로 이동했다. 현수와 함께 실험을 하기 위해서는 5인 1조로 조를 만들어야 했다. 나는 현수와 같은 조를 하고 싶어서 옆에 있던 현수 쪽으로 고개를 돌렸다. 그런데 전까지만 해도 내 옆에 있었던 현수는 어느샌가 보이지 않았다. 현수는 이미 '현수의 친구들'과 조를 짜고 제일 뒤에서 두 번째에 있는 테이블에 앉으려 하고 있었다. 나는 머쓱해져서 이러지도 저러지도 못하고 제일 앞에서 두 번째에 있는 빈 테이블에 앉아 새로운 조원이 오기만을 기다릴 수밖에 없었다. 한동안은 느끼지 못했지만 너무나도 익숙한 감정. 그 감정들로 마음이 무거워지는 느낌이 들었다.

눈을 감고 생각을 정리한다. 나의 머릿속 한구석 뿌리 깊게 박혀 있던 지난 학교생활의 좋지 않은 기억들은 현재의 기억들에게 자리를 조금씩 비켜 주고 있다. 이제는 과거 '아싸 김창욱'의 가면을 벗어 던지고 새로운 가면을 쓴 '인싸 김창욱'이다. 급식 시간에 같이 밥을 먹을 친구가 생겼고 휴대폰 속에 저장된 전화번호도 불과 일 년 전과 비교해 보아도 두 배 이상 늘어났다. 그에 따라 SNS 사용 빈도도 늘어났고, 하교 후 친구들과의 약속도 하나둘 생겨났다.

그런데 이상하다. 이제 내 주위에는 분명 전부터 갈망하던 친구들이 항상 있고 더는 외롭지 않은 삶을 살고 있다. 꿈을 이룬 셈이다. 근데 왜 점점 더 마음속이 공허해지는 걸까. 참으로 이상한 일이다. '이런 말도 안 되는 생각을 하다니!' 나는 내 오른뺨을 손으로 가볍게 찰싹 때리곤 급하게 다른 생각을 하려 한다.

우리가 서로에게

방과 후에 현수와 함께 강당에서 배드민턴을 치기로 했다. 다소 길었던 종례를 마치고 현수와 함께 검은색 실내화 가방을 질질 끌며 나란히 걸어 갔다. 강당 문을 힘주어 열고는 꽤 넓은 강당으로 들어갔다. 아파트 3층 정도 높이의 천장이 있는 강당에 현수와 단둘이 있다. 현수는 고개를 좌 우로 돌리며 주위를 둘러보곤 어린아이가 지을 법한 표정을 하고는 사람 이 없어 그런가 조용해서 좋다며 나에게 말했다. 나는 그 말에 어떻게 대 꾸해야 할지 몰라서 살짝 눈웃음 짓고는 넘어간다.

나는 강당 물품실에서 저렴해 보이는 배드민턴 라켓 두 개와 형광색 플 라스틱 셔틀콕을 들고 왔다. 현수와 나는 파란색 라켓으로 셔틀콕을 번갈 아 치기 시작했다. 나는 간간이 스매시와 하이클리어로 셔틀콕을 받아 냈 고 현수도 여유롭게 셔틀콕을 쳤다. 이제 막 땀이 삐질 나오려 할 때쯤 현 수는 도중에 공중으로 날아오는 셔틀콕을 손으로 잡았다. 그러고는 내 쪽 으로 넘어와 내게 말했다.

"배드민턴 좀 치네? 배웠나?"

현수의 작은 숨소리도 함께 들렸다.

"배우진 않고 어렸을 때 부모님이랑 가끔 쳤었어."

현수는 내 말에 작게 고개를 끄덕였다.

"좀만 앉아서 쉬자."

그러고는 몇 발자국 떨어진 곳에 있는 플라스틱 의자에 털썩 앉았다. 나 도 현수를 따라 옆에 있는 의자에 앉았다. 현수는 시계를 슬쩍 본 후 나에 게 물었다.

"넌 꿈 있나?"

"갑자기?"

"걍 궁금해서. 갑자기 생각났어."

"있긴 있어. 꿈."

"뭔데?"

"선생님."

"선생님? 초등학교?"

"아니. 고등학교 선생님."

"엥, 왜 하필 고등학교 선생님이야?"

"그럴 만한 이유가 있어."

"에이, 알려 주라. 친구 사이에 그런 것도 못 알려 주냐."

"나중에 알려 줄게."

"뭐야, 그 정도로 비밀스러운 일이야?"

"조금?"

"그래. 알겠다."

현수는 애매한 표정을 지으며 말했다.

"그럼, 왜 선생님인지는 물어봐도 되냐?"

현수는 기대에 찬 눈빛으로 내게 물었다.

나는 그 눈빛에 보답하듯 말해 주었다.

"10대들에게 가장 큰 영향을 미치는 사람이 누군지 알아?"

내 말에 현수는 내 얼굴을 보며 다음 말을 기다리고 있었다.

"가족, 친구, 선생님인 것 같아. 내 생각에는."

현수는 나의 말에 공감하듯 고개를 끄덕였다.

"내가 다른 사람에게 가족이 되어 줄 순 없지. 그렇다고 스무 살 넘은 성인이랑 친구 먹을 수 있는 것도 아냐. 그런데 선생님은 될 수 있잖아. 그래서 선생님이 되고 싶어."

"올~ 꽤 설득력 있는데?"

나는 머쓱하게 웃음을 지었다. 이번엔 반대로 내가 물었다.

"너는 꿈이 뭔데?"

"흠, 유감스럽게도 아직은 없어."

"음…. 그럼 지향하는 미래 모습, 이런 거라도?"

"미래의 모습?"

현수는 잠깐 고민하더니 곧 지금까지 본 적 없던 진지한 표정을 하고 내게 말했다.

"나를 잃지 않는 사람이 되고 싶어."

"나를 잃지 않는 사람?"

"남들 따라서, 유행 따라서 나를 바꾸는 게 아니라 내가 하는 모든 것들이 나에 의해 결정되는 삶. 어쩌면 당연해야 마땅한 삶을 난 당연하게 살고 싶어."

현수는 살짝 웃으며 말했다.

"아, 방금 좀 너무 진지했나? 분위기가 좀 이상하네."

"아니 전혀. 방금 네 말에서 진심이 느껴졌어."

"그래?"

"어. 너 좀 멋진 것 같아. 정말로."

"오글거리게 왜 그래."

현수는 부끄러운 듯 황급히 자리에서 일어나 다시 라켓을 잡는다. 나도 라켓을 잡고 현수와 마주 선다.

배드민턴을 다 치고 집으로 돌아가는 길. 오른쪽 귀에 무선 이어폰을 꽂고 잔잔한 노래를 들으며 천천히 걷는다. 고개를 반쯤 숙이고 끊임없이 앞뒤로 움직이는 내 발끝을 보면서. 한 걸음 한 걸음 내딛을 때마다 오늘 있었던 일들에 대해 천천히 생각해 본다. 그러던 중 강당에서 현수가 말한 현수의 장래 희망이 떠오른다.

"나를 잃지 않는 사람⋯."

혼자 조용한 소리로 현수의 꿈을 말해 본다. 그때 현수는 평소 내가 생각했던 밝고 유쾌한 분위기와 달리 진지하고 사색적인 모습이었다.

'그만큼 꿈에 대해 진심이라는 거겠지.'

현수가 더 대단해 보이던 순간이었다.

집으로 돌아왔다. 대충 몸을 씻고 침대에 누워 가장 편한 자세로 쉰다. 스마트폰을 켜고 유튜브 앱을 누르려던 그때 알림이 울린다.

- 야, 너 우리 집 올래?

갑작스러운 현수의 연락에 당황하며 다급히 두 글자를 찍어서 전송 버튼을 누른다.

- 언제?
- 이틀 뒤. 다음 주 금요일에. 그날 내 생일이거든. 우리 집에서 생일 파티할 거야

우리가 서로에게

'다음 주 금요일이면 수학 학원에다 영어 학원까지 있는 날이라서 못 가는데.'

나는 스마트폰을 손에서 놓고 머리카락을 손으로 쓸어내리며 생각을 정리한다. 그리고는 결정했다는 듯이 스마트폰 자판을 꾹꾹 눌러 현수에게 답장을 보낸다.

- 금요일에 할 거 없었는데 잘됐다. 나도 갈게

항상 나는 일을 저질러 놓고 그다음에 수습하느라 급급하다. 아무런 대비도 없이 무작정 가겠다고 한 현수의 생일 파티 승낙 메시지가 그 증거 중 하나다. 학원을 뺄 수 있는 그럴듯한 이유를 만들어 보려고 한참 동안 머리를 쥐어 짜냈다. 하지만 아무리 열심히 머리를 굴려도 정당한 이유가 생각나지 않았다. 그 일을 수습할 수 있는 대책을 계속 고민하니 머릿속에 생각이 많아져 머리가 아파왔다. 머릿속에서 그 생각들을 떨쳐 내고 될 대로 되라는 식으로 굽어 있던 다리를 쭉 펴고 베개에 얼굴을 파묻고 침대에 누웠다.

'알아서 되겠지.'

다음 날 토요일 아침, 11시 즈음 늦게 잠에서 깨자마자 원인 모를 기분 나쁜 두통이 찾아왔다. 반쯤 떠진 눈으로 힘없는 몸을 간신히 이끌고 내 방에서 나왔다. 주방으로 가 냉장고를 열고 시원한 물을 들이켰다. 다시 내 방으로 돌아와 침대 위 선반에 올려져 있던 스마트폰을 집어 들었다. 습관처럼 굳어져 버린 목적 없는 스크롤로 유튜브를 유영하고 있다. 그때 현수에게 연락이 왔다.

　- 일어남?

　나는 현수에게 게으른 사람 이미지를 주지 않기 위해 한참 전에 일어난 것처럼 답장을 보냈다.

　- 지금 시간이 몇 신데 ㅋㅋㅋ

　말끝에 붙는 'ㅋㅋㅋ'는 과한 느낌도 주지 않으면서 살짝 웃으며 말하는 듯한 느낌을 상대에게 줄 수 있어서 자주 쓰는 것 같다.

　- ㅋㅋㅋㅋㅋ 그렇긴 하지
　- 근데 왜 연락함?
　- 다음 주에 국어 발표 수행평가 준비함?

　다음 주에 있는 발표라면 내가 생각하는 행복이란 무엇이고 나는 언제 행복함을 느끼는지 PPT와 함께 발표하는 것이다.

　- 아니, 아직 안 했는데
　- 나도 지금 고민 중인데, 어떻게 해야 할지 모르겠다
　- 넌 언제 행복한 것 같은데?
　- 음, 딱히 없는데

　　　　　　　　　　　　　　　우리가 서로에게

- 없는 게 말이 되냐 ㅋㅋㅋㅋㅋㅋ
- 그런가? ㅋㅋㅋㅋㅋ 모르겠다
- 그렇게 어려우면 내가 조금 도와줄까? PPT 만드는 거
- 오, 진짜? 그럼 나야 좋지
- 그럼 내가 대략적인 틀만 만들어서 너한테 보내 줄게

나의 말에 현수는 귀여운 강아지가 엄지를 들고 있는 이모티콘을 보냈다. 나는 현수의 PPT를 만들기 위해 책상 앞에 앉아 노트북을 부팅시켰다. 바탕화면에 설치되어 있는 파워포인트 앱을 더블 클릭하여 들어갔다. 첫 번째 페이지 중앙에 '행복이란 무엇일까'라고 크게 써 놓고 그 밑에 '2106 김현수'를 적었다. 그리고는 현수의 프레젠테이션을 어떻게 만들지 팔짱을 끼고 고민했다. 기획을 하고 PPT 구도를 잡은 뒤 현수의 PPT를 한 장 한 장 만들기 시작했다. 몇 장쯤 만들었을까, 문득 이런 생각이 들었다. 나보다 현수가 더 중요해진 것 같은 요즘의 '내 생활'. 기분 탓이겠지.

과거의 난 분명히 나의 행복을 위해 친구를 원했다. 기적처럼 나의 소망이 현수로 인해 이뤄졌다. 그래서 지금은 주변에 친구들도 많고 옛날부터 계속 지속되던 내향적인 성격도 많이 바뀌었다.

'그런데 난 지금 행복한 건가?'

행복이란 원래 이런 걸까? 현수를 만나기 전에는 행복한 일들이 많지 않았기 때문에 간만에 찾아온 행복을 내 몸이 받아들이지 못한 걸까? 아니면 행복이란 감정을 잊어버린 걸까? 그것도 아니면 행복이란 감정이 익숙해져서 더 강한 행복이 아니면 느끼지 못하게 된 걸까?

'정말 이게 행복인가?'

평소에 전혀 궁금해하지 않았던 행복이라는 추상적인 감정의 구체적인 정의를 알고 싶었다. 스마트폰을 집어 들고 검색창에 행복이라는 두 글자를 쳐 보았다. 그랬더니 행복을 설명해 주는 추상적인 정의가 선명한 텍스트로 적혀 있었다.

'생활에서 충분한 만족과 기쁨을 느끼어 흐뭇함. 또는 그러한
상태.'

추상적인 것에 대한 구체적인 정의를 알고 싶어 행복을 검색해 보았지만, 행복의 정의는 '충분한 만족, 기쁨, 흐뭇함'이라는 추상적인 것들로 추상적인 행복을 구성하고 있었다. 모순적이었다. 추상을 피해 눈을 돌렸지만 또 다른 추상이 눈에 들어왔다. 나는 곧장 만족, 기쁨, 흐뭇함이라는, 행복을 이루고 있는 추상적인 것들에 대해 찾아보았다. 그러나 검색 결과 속의 정의들은 또다시 추상 속의 추상 속의 추상이었다. 행복의 구성 요소 또한 추상적인 것들의 집합체로 이루어져 있었다. 허무했다. 그토록 원하던 행복은 구체적인 실체도 없는 그저 이상 속에서만 존재하는 것이었다. 나는 손에 넣을 수 없는 것에 닿아 보겠다고 열심히 발버둥 치며 헛고생을 한 것이다. 그럼에도 나는 지금도 행복을 갈망하고 있다. 모순적이다. 허무감이 내 몸을 지배했다. 그때 머릿속에서 한 가지 궁금증이 떠올랐다.

'현수랑 나는 정말 친구일까?'

나는 그런 호기심이 생기자 그 생각을 덮으려는 듯이 급하게 나와 현수가 친구인 이유가 머릿속에서 나열되었다.

우리가 서로에게

'현수랑 나는 밥을 같이 먹으니까 친구지!'

'농담도 주고받으니까 친구지!'

'함께 배드민턴도 쳤으니까 친구지!'

'서로의 장래 희망도 아니까 친구지!'

'서로를 아끼니까 현수랑 나는 친구지!'

순식간에 머릿속에서 현수와 내가 친구인 이유들이 나열되니 마음이 편해졌다. 그런데 그 편안함은 오래가지 못하고 나열되었던 생각에 또 다른 질문들이 잇따라 생겼다.

'같이 밥을 먹으면 친구인가?'

'서로 농담을 주고받으면 친구인가?'

'함께 배드민턴을 치면 친구인가?'

'서로의 장래 희망을 알면 친구인가?'

'현수는 나를 아끼고 있나?'

느낌표가 물음표가 되는 것은 순식간이었다. 모양은 둥글었지만 내 가슴 깊숙이 파고들기엔 충분히 날카로웠다. 나는 이유를 알 수 없는 불안함을 느꼈다. 평소 친구라고, 분명 둘도 없는 친구라고 믿었던 현수가 정말 친구인지에 대한 궁금증으로 인해 생겨난 불안함이었다. 일단 그 생각은 뒤로 미뤄 두고 지금은 PPT를 만드는 데 열중하기로 했다. 현수를 위해서. 또 나를 위해서.

1시간 정도 지났을까. 마침내 현수의 PPT가 완성되었다. 원래는 틀만 잡아 주는 거였는데 만들다 보니 거의 손댈 곳이 없을 정도로 완성도 있는 PPT를 만들게 되었다. 나는 현수에게 지금까지 만든 프레젠테이션 파일을 전송했다.

- 여기 수행평가 PPT

- 와, 진짜 땡큐. 엄청 잘 만들었네. 이걸 네가 다 만든 거야?

- 하다 보니까 엄청 열심히 하게 되더라고. 내가 원래 좀 완벽주
  의가 있어서 ㅋㅋㅋ

나에게선 눈 씻고도 찾아볼 수 없는 완벽주의라는 성격을 지어내서 현수 앞에서 겸손을 차린다. ㅋㅋㅋ와 함께.

시간과 정성을 적잖이 들여 완성한 PPT를 현수에게 보내 주고 나서야 비로소 내 수행평가 PPT를 만들 수 있었다. 그런데 내 PPT를 만들기 전에, 생각하기를 미뤄 놓았던 궁금증이 또다시 수면 위로 올라왔다.

'분명 나는 현수를 위해 많은 것을 해 주며 현수를 아끼고 있는데, 현수도 나와 같을까?'

"현수는 착하고 좋은 애니까 당연히 해 줄 거야."

나는 내가 나에게 묻는 물음에 확신을 가진다는 것을 스스로에게 보여 주려는 듯 일부러 목소리를 내어 내 생각을 말했다. 그러나 확신을 위한 말을 한 후에도 내 말에 대한 확신이 서지 않는 것은 그 누구보다 내가 잘 아는 사실이었다. 나는 아무리 골똘히 생각해 보아도 명쾌한 답이 나오지 않을 것 같은 이 생각을 조금 먼 미래에 해결해야 할 과제로 미뤄 놓고 수행평가 준비를 했다.

***

교실 문을 옆으로 스르륵 밀었다. 그 소리에 교실 중앙 오른편에 모여

우리가 서로에게

있던 친구들이 언제나처럼 나를 향해 손을 흔들며 인사를 해 주었다. 나는 자리에 가방을 놔두고 친구들이 모여 있는 곳으로 가 대화에 끼려고 했다. 그렇지만 친구들이 하는 이야기를 조금 들어 보니 어제 있었던 축구 경기를 주제로 대화가 진행되고 있었다. 나는 축구에 크게 관심이 없어서 옆에서 들어 봤자 잘 알아듣지도 못했다. 조금은 쓸쓸했지만 대화에 합류하고픈 마음을 꾹 참고 자리에 계속 앉아 있었다. 평소 잘 들여다보지도 않는 두꺼운 책을 펼치고는 독서하는 척 남들의 눈에 내가 외로운 사람처럼 보이지 않기 위해 연기를 시작했다. 그때 실내화가 바닥에 스치는 특유의 소리와 함께 누군가가 나를 향해 걸어오고 있었다. 곧 책상에 그림자가 생기자 나는 고개를 들어 보았다. 고개를 들자 앞에는 현수가 서 있었다. 현수가 내게 말했다.

"뭐 하냐?"

"교양을 쌓고 있는 중이지."

"창욱이 교양인 다 됐네."

"왜 왔는데?"

"너 사회 프린트 있냐? 필기 놓친 부분 있어서."

"잠만."

나는 곧장 허리를 숙여 책가방을 열어젖히고 사회 프린트를 찾기 시작했다. 그런데 원래 가방에 있어야 할 프린트물을 정리해 놓은 파일이 보이지 않았다. 나는 몇 번 더 가방 속을 뒤적거리다가 책상 서랍을 확인해 보았다. 서랍 속에도 교과서만 빼곡히 들어차 있을 뿐 파일은 보이지 않았다.

"사회 프린트가 있는 파일을 집에 두고 왔나 보다."

"아, 그래? 그럼 그냥 딴 애한테 빌리지 뭐."

현수는 그 말을 하고는 뒤를 돌아가 버렸다. 나는 평소에는 항상 챙겼던 파일을 왜 하필 오늘 안 들고 온 거냐며 스스로를 원망했다. 혹시나 하는 마음에 다시 한번 가방 속을 뒤지고 혹여나 교과서 속에 겹쳐져 있진 않을까, 하는 마음에 책상 서랍에 있는 교과서를 모두 꺼내 확인해 보았다.

교과서 사이에도 파일이 없는 것을 확인한 후 교과서를 도로 책상 서랍으로 넣은 뒤 고개를 들었다. 고개를 들자 친구에게 사회 프린트물을 빌리고 있는 현수의 모습이 보였다. 그 모습에 나는 두 팔을 포개고 풀썩 책상에 엎드렸다. 내 두 팔에 가로막혀 남들이 내 표정을 보지 못하는 짙은 그림자 영역에서 나는 울상을 짓고 말았다.

고개를 한동안 들지 못하고 포개어진 팔에 계속 얼굴을 파묻고 있었다. 1교시 시작을 알리는 종이 쳤고 나는 그제야 고개를 들었다. 교실 안에는 친구들이 한두 명밖에 남아 있지 않았다. 분명 시작종이 쳤는데 대부분의 친구들의 모습이 보이지 않았다. 이게 무슨 일인지 잘 파악이 되지 않아 주위에 있던 별로 친하지 않은, 반에서 조용한 친구에게 교실에 애들이 왜 이렇게 적은지 다 어디 갔는지 물어보고 싶었다. 그러나 그 친구는 나와 '친한 친구'가 아니어서 내가 먼저 말을 거는 것이 조심스러웠다. 아직까지 옛날 성격을 지우지 못한 것이었다. 나는 친구에게 물어보는 것을 포기하고 주위를 둘러보며 스스로 이유를 찾기 시작했다. 두리번거리며 주위를 보고 있었는데, 놀란 소리가 나왔다. 아! 오늘 체육 수업은 강당에서 하는 수업이다. 그러고 보니 강당화를 들고 교실을 빠져 나가는 애들의 모습이 그제야 하나둘씩 보였다. 나도 얼른 자리에서 일어나 강당화를 챙겨 홀로 강당으로 뛰어갔다. 허겁지겁 달려 강당에 도착했다. 아직 체

우리가 서로에게

육 선생님이 오지 않아서 간신히 지각을 면할 수 있었다. 현수는 친구들과 농구대 앞에서 공을 튀기고 있었다. 나는 그쪽으로 가 친구들이 하는 농구를 구경했다. 그러던 중 문득 이런 생각이 들었다.

'만약 현수가 자고 있었다면 어땠을까.'

쓸데없는 생각이었지만 궁금했다.

'현수가 1교시 시작 전 엎드려 있었다면 친구들은 현수를 깨워 줬을까. 만약 나였다면 현수를 깨우고 함께 강당으로 향했을까.'

내 질문에 대한 나의 답은 거의, 거의 '무조건 그랬을 것'이었다. 현수를 위해, 또 나를 위해 현수를 흔들어 깨우고 함께 강당으로 향했을 것이다. 그런데 현수는 그러지 않았다. 나를 깨우지도 나와 함께 강당으로 가지도 않았다. 그때 며칠 전 미래의 과제로 남겨 놓았던 것이 생각났다.

'현수와 나는 서로를 친구라고 말할 수 있을까?'

나는 이제 더 이상 확신에 찬 목소리로 "당연하지."라고 답할 수 없었다.

씁쓸한 답을 내자 연거푸 또 한 가지 생각이 났다.

'나만 현수를 친구로 생각했던 거야…. 내가 지금 행복하지 않은 이유는 친구가 없어서였구나.'

다시 주위를 둘러보았다. 친구들과 함께 농구를 하며 즐거운 표정을 짓고 있는 현수가 보였다. 현수는 나에게 눈길조차 주지 않고 있었다. 평소 친구라 생각했던 애들은 친구가 아니라, 그저 현수라는 다리로 간신히 연결만 되어 있었던 뚝 떨어져 있는 섬일 뿐이었다. 현수라는 다리가 없는 지금 이 시점에서 두 섬을 왕래할 수 있는 방법은 찾아볼 수 없었다.

그날 충격적인 깨달음을 얻게 된 뒤로부터 나는 자연스럽게 현수와 멀어졌다. 당연하게도 다른 친구들과도 멀어졌다. 외향적으로 바뀌었다고 생각했던 성격은 그저 내향적이고 소심하던 성격의 겉에 대충 찍어 발라 놓은 외향이었고, 착각만 불러일으키는 임시방편일 뿐이었다. 행복하지 않았던 것은 진정한 친구가 아닌 껍데기 친구만 가득했기 때문이었다. 만족, 기쁨, 흐뭇함이라는 단어가 어색하게 느껴졌던 이유였다. 일상에도 관성이 있는 듯, 나의 일상은 다시 예전처럼 돌아가고 있었다. 친구들이 하는 인사를 더 이상 받아 주지 않았고, 현수와 함께 밥 먹는 빈도를 낮추다 지금은 홀로 밥을 먹는다. 현수에게 연락을 하는 횟수도 줄어들었다. 처음에는 나를 향해 흔들어주던, 친구들의 손도 시간이 지날수록 점점 경직되어 갔다. 현수는 급식 시간 전 나를 기다리는 시간이 점점 짧아져 이제는 그 시간이 0으로 수렴하고 있었다. 나도 마찬가지로 현수와 밥을 함께 먹는 것에 더 이상 목매달지 않았다.

　오늘도 언제나처럼 등교 준비를 한다. 전에 하던 등교 준비와 무언가 다르다. 학교 정문에서 실내화로 천천히 갈아 신고 3층으로 올라가 2학년 1반을 찾는다. 나무 문을 옆으로 밀자 친구들이 고개를 돌려 힐끔 나를 쳐다본다. 반 중간쯤 위치해 있는 내 책상에 가방을 살포시 놓는다. 그리고는 책상에 머리를 가져다 대고는 엎드려서 두 팔을 경계선 삼아 나만의 공간을 만든다. 그러고 있으면 옆에서 애들이 떠드는 소리가 너무나도 잘 들린다. 현수의 목소리를 중심으로 복도에서 마주쳤을 때 내가 먼저 손을 흔든 걸 보고도 아무런 반응 없이 지나가던 종현이, 평소에는 나한테 말을 걸지 않다가 내 도움이 필요할 때에만 나에게 친한 척 다가오던 강현이, 말로는 친구라며 나를 속였지만 은근히 나를 무시하던 종서의 목소리도 선명히 들린다. 그 목소리가 이토록 크고 선명하게 들리는 이유는 모두 친구라고 믿었던 존재들이었기 때문일까. 이제 그들의 이름 앞에 수식어가 하나씩 따라붙는다는 게 조금은 슬펐다. 나만의 공간에서 계속 그런 생각을 하고 있자니 속았다는 느낌이 들어 화가 나 머리가 지끈거렸다. 과거를 후회하는 말도 함께 넣어 가며 탄식했다.

"바보같이 그런 것에 속아 넘어간 나도 멍청하지."

며칠 전까지 친구라 믿었던 애들과 보냈던 시간에 후회와 원망, 한숨 소리로만 이루어진 푸념들을 나만 들을 수 있을 정도의 목소리로 끊임없이 내뱉으며 시간을 채운다. 그러한 시간들로 하루의 3분의 1을 채운다.

어느 날이었다. 조용하던 현수와의 채팅창에 알림이 떴다.

- 너 지금 어디야?

오래간만에 온 현수에 답장에도 무뚝뚝하게 단답을 보낸다.

- 집
- 지금 나올 수 있어?

갑작스럽게 연락해서 나올 수 있냐고? 뜬금없는 현수의 질문에 조금 당황하긴 했지만 그런 감정을 숨기고 차분하게 답장을 보낸다.

- 갑자기 왜?

- 주고 싶은 게 있어서

아직 오후 6시여서 충분히 나갈 수 있었다. 창밖으로 눈을 돌려 보니 밖은 어둠이 짙게 깔리지 않았고 날씨도 선선하니 좋았다. 현수가 무엇을 줄지는 모르지만 산책할 겸 나가 보기로 했다.

- 20분 뒤에 아파트 분수 앞에서 만나자

답장을 보내고 옷장에서 심플한 디자인의 회색 후드티와 자주 입는 편한 검은색 긴바지를 입고 파란색 볼캡을 쓴다. 돌아올 때 편의점에서 간단한 먹을거리들을 사기 위해 파란 종이 몇 장을 후드티 주머니에 찔러 넣는다.

약속 시간 5분 전, 약속 장소로 걸어가고 있다. 길가에는 벚꽃이 다 떨어진 벚나무들이 일렬로 줄을 서 있었다. 간간이 벚나무 사이에 있는 불꺼진 가로등이 오늘따라 눈에 띄었다. 벚나무의 얇은 나뭇가지 끝에 멍하니 시선을 두고 천천히 걸어가고 있을 때 분수에서 점점 물이 떨어지는 소리가 났다. 그 소리를 듣고 고개를 조금 내려 분수 쪽을 바라보았다. 시선이 닿은 곳에는 흰색 티셔츠에 검은색의 모자가 달린 얇은 외투를 걸친 현수가 어정쩡한 자세로 한 손에는 스마트폰을 들고 나를 기다리고 있는 모습이 보였다. 나는 바람 때문에 혹시라도 머리가 헝클어졌을까 봐 손으로 머리를 정돈하고는 현수가 있는 분수로 발걸음을 옮겼다. 분수까지 몇 발자국밖에 남지 않았을 때 현수가 인기척을 느꼈는지 시선을 손에 쥐고 있던 스마트폰에서 내 쪽으로 옮겼다. 현수와 눈이 마주친 나는 손을 들어 형식적인 인사를 건넸고 현수도 손을 올려 보였다. 나는 10대 남학생 둘이 할 말이 있어 분수대 앞에서 길게 얘기를 하는 것이 어색한 것 같아 되도록이면 빨리 볼일을 끝내고 헤어지고 싶었다.

"딱 맞춰서 왔네."

"어. 왜 부른 건데?"

"왜 이렇게 급해. 오자마자 바로 가려고?"

마음속으로는 '어.'라고 대답하고 있었지만 겉으로는 머쓱한 듯 살짝 웃어 보이며 상황을 넘겼다.

"일단 저기 있는 벤치로 가자."

그 말을 하고는 현수는 몸을 틀어 벤치로 향했다. 벤치까지 가서 이야기를 하려는 것을 보니 짧지 않은 대화가 예상되어 마음에 들지 않았지만 어쩔 수 없이 무거운 발걸음을 이끌고 벤치에 가서 앉았다.

현수는 옆자리에 앉자 그제야 입을 열었다.

"내가 연락했을 때 뭐 하고 있었어?"

방금 분수대 앞에서 했던 말은 그저 본론을 꺼내기 전 던진 말이었다는 것을 알고 현수의 말에 간단하게 대답했다.

"그냥 침대에 누워 있었는데."

"음."

역시 큰 뜻을 가지고 한 말이 아니었는지 현수도 작은 감탄사로 내 말에 반응했다. 현수는 그 말을 끝내고 곧바로 본론을 꺼내는 듯했다.

"너 요즘 왜 계속 나 무시하냐?"

충격적이었다. 그 말이 현수의 입에서 나왔다는 것이 놀라웠다. 내가 현수의 말을 무시했다니. 요즘 난 그저 현수가 전처럼 친구 관계를 유지하기에 크게 신경을 쓰지 않은 것일 뿐 현수의 말을 무시한 적은 없었다. 존재감이 없는 유령처럼 나날을 보내고 있는데 무시는 아무리 생각해도 아니었다.

"무시라니. 내가 언제."

"너 옛날이랑 지금이랑 많이 달라."

나도 알고 있다. 당연히 다를 수밖에.

"……."

"갑자기 왜 그러는 건데."

현수의 말에 나는 지금까지 했던 생각들을 전부 말해 주고 싶었다. 하지만 그렇게 되면 시간도 너무 길어질 뿐더러 당시 느꼈던 감정들이 다시 올라와 지금의 나를 지배해 버릴 것 같아 현수에게 그 이유를 구체적으로 설명하는 것을 포기했다.

"그냥 별일 아니야. 그냥 요즘 좀 피곤해서 그런가 봐."

나는 거짓말을 할 때 습관처럼 지어지는 어색한 표정을 지우기 위해 억지로 입꼬리를 슬쩍 올리며 말했다.

"에이, 너 거짓말하고 있지? 뭔데. 왜 그러는데."

대부분 친구 많은 애들이 더 눈치가 빠르다. 현수도 마찬가지로 눈치가 빨라 나의 어색한 표정 연기로는 현수를 속이기에는 턱도 없었다.

"정말로 별 이유 없어."

"별 이유 없기는. 뻔뻔하게 거짓말할 거면 지금 네 표정 먼저 바꾸고 해."

역시 내 표정이 어색했나 보다. 평소보다 더 날카로워진 현수의 말투에서 더 이상 거짓말을 하면 서로 감정만 상할 뿐 오히려 더 시간만 잡아먹을 것 같았다. 그래. 차라리 현수에게 진실을 말해 주자. 마음을 굳히고 말을 하기 전 한숨을 크게 한 번 쉬고 호흡을 가다듬었다. 한숨 소리와 분수대의 물이 떨어지는 소리만 내 고막을 울렸다. 짧은 한숨 후 비장하게 현수에게 물었다.

"난 네 친구야?"

내뱉었다, '그 말'을. 오랫동안 과제로 남겨 놓았던 그 말을 해 버렸다. 말을 한 바로 직후에는 후회가 밀물처럼 밀려 들어왔다. 갑자기 웬 뜬금없는 우정 확인인가. 여기서 현수가 뭐라 하든 나에게는 전혀 도움이 되지 않는 말인데. 그렇지만 방금 한 말을 도로 주워 담고 싶지는 않았다. 가슴으로는 그 말에 대한 대답을 미치도록 궁금해하고 있었기 때문이다.

"응? 갑자기?"

"대답해 줘. 중요한 질문이야."

현수는 잠시 고민했다. 잠시 고민한다는 것 자체만으로도 옛날의 나에겐 아주 큰 아픔으로 다가왔겠지만 지금은 아니다. 현수는 몇 초의 고민 후 내게 말했다.

"친구지."

단 세 글자. 그 세 글자가 나의 귓속으로 들어온 후로부터 그 글자들은 내 안에서 메아리처럼 울리듯 계속 반복되었다. 기쁜 일이다. 누군가 나를 친구로 생각해 준다고 해서 나쁠 것은 전혀 없었다. 하지만 난 내가 그의 진정한 친구라고 생각할 수가 없었다. 기뻤지만 동시에 기쁘지 않았다. 언어적 모순이 명백히 있는 문장이지만 지금 내 기분을 가장 정확히 표현할 수 있는 말이었다. 애초에 두루뭉술하고 추상적인 감정을 딱딱하고 정확한 워딩으로 바꾸는 데에 있어 모순이 생기는 것은 어쩌면 당연한 일이었다. 난 지금 그런 모순적인 감정으로 휩싸여 있다.

"그런데 갑자기 그건 왜?"

이제 드디어 진실을 말해야 할 차례이다.

"난 사실 네가 친구 같지 않았어."

한마디 말을 하자 현수는 적잖이 놀란 듯 눈이 조금 커진 상태로 내 말을 듣고 있었다.

"나한텐 네가 정말 중요했어. 반복되던 지옥 같던 삶 속에서 처음으로 도움의 손길을 건네준 사람이었으니까. 난 그때 네가 너무나도 고마웠고 또 부러웠었지. 아무렇지 않게 남에게 도움을 줄 수 있는 네 모습이 내 눈엔 너무 멋있어 보였어. 그래서 너와 친해져 보려고 십 년 넘게 굳어져 있던 성격까지 바꾸려 해 가며 너에게 다가갈 수 있도록 노력했어."

폭풍처럼 말을 쏟아내는 나와 달리 현수는 그저 아무 말 없이 묵묵히 내 말을 들어 주고 있었다.

"난 널 위해서 모든 걸 바꿨어. 네가 하는 말 한마디, 행동 하나하나에 나는 일희일비했고 네가 하는 부탁이면 난 나를 희생해서라도 널 먼저 도왔어. 널 만나고 난 뒤로부터 내 삶은 너를 중심으로 움직였어."

여기서 말을 잠시 멈췄다. 홀로 말을 연속적으로 내뱉으니 숨이 찼다. 지금도 현수는 아무 말 없이 내 입과 턱 사이 어중간한 위치에 시선을 두고 내 말을 귓속으로 차근차근 들여보내고 있었다. 나도 잠시 숨을 고르고 말을 이었다.

"행복할 줄 알았어. 너를 내 곁에 두면. 이기적이라고 생각할 수도 있겠

우리가 서로에게

지. 결국엔 내 행복을 위해 너를 도구 취급했으니까. 그런데 전혀 그렇지 않았어. 너와 둘도 없는 친구처럼 아주 가까운 사이가 되어 있을 거라 생각했을 때, 정신을 차려 보니 둘도 없는 친구는커녕 제자리걸음을 하고 있는 기분이었어. 난 널 위해 모든 걸 바쳤는데 그 노력에 대한 결과물은 너무나도 미미했지. 속은 것 같았어. 난 이제 지칠 대로 지쳤어. 검은 물감에 노란 물감을 섞는 것 같은 더 이상 아무런 의미 없는 노력 안 하려고 해."

과거를 떠올리며 말을 하다 보니 예상대로 그때의 감정들이 차올라 말이 끝나 있을 때는 화가 난 듯 씩씩대고 있었다. 현수는 아무 말이 없었다. 나는 입을 다물고 있었고 현수도 그랬다. 텅 빈 공간은 오직 분수에서 물이 떨어지는 소리만이 채우고 있었다. 몇 분이 지나도록 나와 현수는 아무 말 없이 벤치 위에 덩그러니 놓여 있었다. 나는 스마트폰을 켜서 시간을 확인하고 자리를 뜨기로 했다.

"나 먼저 갈게."

현수에게 말을 남기고 도망치듯 빠른 걸음으로 집으로 발걸음을 돌렸다. 머리가 복잡한 상태로 분수대로 올 때 걸었던 길을 다시 걸었다. 아까 전 여기로 오는 길에 봤던, 불이 꺼져 있던 가로등은 환하게 불이 켜져 있었고, 하늘은 검정색과 남색 사이에서 조금 더 검은색에 가까운, 오후보다 밤이라는 말이 더 어울릴 정도의 하늘이었다. 두 손을 후드티에 달린 주머니에 찔러 넣었다. 집을 나올 때 챙긴 천 원짜리 지폐 몇 장이 느껴졌다. 편의점에 들러 간식을 사려고 챙겨 온 돈이었지만 거사를 치르고 온 뒤 편의점까지 걸어가기에는 가는 도중에 힘이 바닥날 것 같아 바로 집으로 향했다.

'현수는 나에게 뭘 주려고 했던 거지?'

불현듯 집으로 돌아가는 길에 현수가 나를 불러낸 이유가 궁금해졌다. 생각에 없던 감정 호소를 벤치에서 내뱉은 후 도망치듯 자리를 빠져나오는 바람에 현수는 나에게 주려고 했던 것을 건네 줄 타이밍을 놓쳤을 것이다. 주려고 한 것이 무엇인지는 궁금했지만 다시 돌아가 현수의 얼굴을 볼 자신이 없었다. 나는 집으로 가는 발걸음의 방향을 바꾸지 않았다.

하루가 지났다. 힘겹게 눈을 뜨고 학교에 갈 준비를 한다. 오늘따라 아침밥이 목에서 잘 넘어가지 않는다. 몸은 뻐근하고 정신도 몽롱하다. 무거운 몸을 이끌고 등굣길을 걸어 학교에 도착했다. 교실 문을 밀고 들어와 내 자리로 가 가방을 내려놓고 언제나처럼 엎드려 눈을 감는다. 오늘은 피곤했는지 엎드린 지 5분도 채 되지 않아 잠에 들었다. 몇 분 뒤 나를 깨운 건 1교시 시작 종소리였다. 나는 고개를 들면 혹시라도 현수와 눈이 마주칠 것 같아 고개를 들지 않았다. 눈을 마주쳤을 때 둘 사이에 흐르는 어색한 기류는 생각만 해도 차마 이루어 말할 수 없을 정도로 숨이 막힌다. 고개를 계속 책상에 처박고 있을 때, 옆에서 항상 게임 얘기만 하던 남자애들이 하는 대화 소리가 경계선을 넘어 내 귀에 꽂혔다. 그 말을 듣고 나는 고개를 들어 현수의 자리를 확인했다. 애들 말대로 현수는 오늘 몸살 때문에 학교에 오지 않아 현수의 자리는 공석으로 남겨져 있었다. 어제 나 때문인가, 하는 생각이 괜히 들었지만 금방 그 생각을 머리에서 떨쳐 내고 책상 서랍에서 교과서를 꺼냈다.

'이제 나랑 상관없지.'

오늘도 여느 때처럼 조용히 하루가 지나갔다. 일방적으로 아무런 저항

우리가 서로에게

없이 하루의 3분의 1을 누군가에게 도둑맞은 것 같았다.

　다음 날 똑같은 공간, 똑같은 위치에서 자의와 타의가 합쳐져 나만의 공간 속에 갇혀 있었다. 그 공간 속에 있을 때 스르륵 교실 나무 문이 열리는 소리가 났다. 그리곤 남자애들의 웅성거림의 중심지가 바뀌는 것이 느껴졌다. 현수가 왔나 보다. 여기서 고개를 들어 현수를 봤다가는 어색한 기류가 흐를 것이 뻔했기 때문에 그대로 나만의 공간 속에 나를 묶어 놓았다. 1교시 시작 전까지 나는 어두운 공간에만 머물렀다. 1교시가 시작되고 나서야 나는 나만의 공간을 찢고 밝은 곳으로 나올 수 있었다. 고개를 들자 앞이 섬광처럼 뿌옇게 변하며 명순응했다. 시간표를 보니 1교시는 수학이었다. 알아듣지 못할 외계어들이 끝도 없이 쏟아지는 과목이어서 더 엎드리고 있을 걸, 하는 후회가 들었다. 그렇지만 다시 허리를 숙여 책상에 엎드리기에는 허리가 아팠다. 그래서 엎드리는 대신 책상에 턱을 괴고 삐딱한 자세로 칠판을 멍때리며 바라보기만 했다. 선생님은 칠판에 구불구불하게 생긴 그래프를 그리며 우리를 향해 목청 높여 가며 수업을 하고 계셨다. 친구들의 얼굴을 보니 몇 명 빼고는 전부 반쯤 감긴 눈으로 칠판만 멍하니 바라보고 있었다. 그때 선생님의 목소리가 내 귀에 선명하게 들렸다.

　“4번, 17번, 21번.”

　또 나다. 이런 걸 할 때 나는 항상 포함되는 느낌이다. 나는 죽상인 표정을 지으며 억지로 엉덩이를 의자에서 떼고 두 다리로 몸을 지탱했다.

　“앞으로 나와서 각자 사인, 코사인, 탄젠트 그래프 그려 봐.”

　이게 뭔 소리인가. 명칭부터 익숙하지 않은 기괴한 것들이 뭔지도 모르겠는데 그래프를 그리라니. 선생님이 아무렇지 않게 한 요청은 내게는 너무나도 버거웠다. 자신 없이 터벅터벅 앞으로 걸어가 칠판 앞에서 분필을 잡았다. 딱 거기까지였다. 분필을 드는 것까지. 그 이상으로는 내 능력으로 할 수 있는 것이 없었다. 나는 분필을 잡은 채로 고민하는 척 그대로 몸이 굳었다. 몸이 굳어 있는 상태로 고개만 슬쩍 돌려 함께 불려 온 옆 애들을 보았다. 애들은 분필을 잡고 막힘없이 그래프를 그리고 있었다. 애들은 무슨 말인지 몰라서 자는 듯 수업을 듣고 있었던 게 아니라 다 아는 내용이어서 지루해서 안 듣고 있었던 것일까. 그리곤 생각했다. 이대로 가다간 또 나 홀로 칠판 앞에 덩그러니 남겨지겠구나. 슬픈 예감은 언제나 정확한 예언이 되었고 지금은 나 혼자 칠판 앞에서 나올 때와 똑같은 자세를 한 채로 오른손에는 하얀색 분필만 들려져 있다. 애들의 시선이 나에게로 집중되는 것을 굳이 아이들의 얼굴을 보지 않아도 강하게 느낄 수 있었다. 그런데 학기 초 수학 시간에 나를 놀려 대던 애들은 나를 놀리지 않고 침묵을 깨지 않고 있었다. 나의 심정을 이해해 준 것인지 모두 자고 있는 것인지 그것도 아니면 내게 무관심한 건지. 셋 중 어느 이유로 조용히 있는지는 모르겠지만 나는 무관심 때문이라고는 생각하고 싶지 않았다. 무관심은 무시보다 더욱 가슴 아픈 행동이기 때문이다. 애들은 계속 침묵만 유지했고 나만 뚫어지게 처다보고 있었다. 그러나 나는 그 시선에 부응하지 못하고 방황하는 손을 허공에 유지할 뿐이었다. 그때 문득 한 가지 생각이 들었다.

'옛날이었으면 현수가 도와줬을 텐데.'

그 생각이 나자 눈에서 눈물이 나올 것 같았다. 현수를 더 이상 생각하지 않기로 한 게 불과 며칠 전인데 지금 나는 현수를 원하고 있었다. 이기

적이었다. 도움이 필요하니 그제야 현수를 찾는 내 모습이. 그러나 현수에게 미안하진 않았다. 현수는 내게 아픈 상처를 안겨 준 장본인이니까. 선생님은 방황하고 있는 내 손을 보고 포기한 듯 들어가라고 명령하셨다. 나는 손에 들려있던 분필을 손에서 놓고 몸을 돌렸다. 발을 앞으로 내딛으며 자리로 돌아가는 중에 곁눈질로 현수의 자리 쪽을 보았다. 현수는 내게 무관심한 듯 고개를 반쯤 숙이고 교과서에 연필로 낙서를 하고 있었다. 그 모습에 나는 화가 날 것만 같았지만 오히려 다행이라고 생각했다. 분수대 앞에서 그런 말을 현수에게 했는데 그 말을 듣고도 현수가 내게 잘해 준다면 정말로 내가 이기적이고 나쁜 놈이 될 것만 같았기 때문이다. 나는 자리로 돌아갔다. 그리곤 다시 나를 그곳에 가두었다. 내 앞에 있는 현실에서 도피하기 위해 내 발로 아무도 내게 참견할 수 없는 공간으로 들어갔다. 그러나 마음은 편하지 않았다. 그 일을 저질러 버린 이후 나는 점점 더 빨리 무너지고 있었지만, 내 주위는 소름 끼칠 정도로 아무런 변화가 없었다.

2시간이라는 시간을 쉼 없이 움직이는 시곗바늘에게 빼앗겼을 무렵 눈이 떠졌다. 나는 허리를 쭉 펴고 얼굴을 들었다.

'뚜둑. 뚜두둑.'

허리를 좌우로 돌리며 스트레칭을 했다. 뼈가 부딪히는 소리가 선명하게 들려왔다. 방금 잠에서 깨서 그런지 앞이 흐릿하게 보여 눈을 비벼 초점을 맞췄다. 교실 옆면에 붙어 있는 시계를 한 번 보고 시간표를 봤다. 지금은 쉬는 시간, 다음 시간은 체육 시간이었다. 아직 교실에는 반 애들이 적지 않게 있었다. 혼자 마지막에 뻘쭘하게 강당으로 가는 것보다 먼저 가 있는 게 더 낫다는 판단이 서서 나는 발로 의자를 뒤로 밀고 자리에서 일어나 교실을 나왔다. 한 손에는 신발을 들고 다른 한 손으로는 체육복을 잡은 채로 계단을 내려갔다. 아직 덜 깬 잠 때문인지 하품이 나왔다. 내 옆으로 가슴팍에 노란색 명찰을 달고 교복을 입은 1학년 여학생이 지나갔다. 그 뒤로는 하얀색 반팔 차림의 긴 생머리를 한 키가 큰 여학생이 방금 전 내 옆을 지나친 여학생의 이름을 부르며 지나갔다. 강당으로 향하는 복도에서는 같은 반 진수의 동생을 봤다. 옛날에 진수가 동생에 대해 얘기해 줘서 나는 진수의 동생을 알지만, 그 애는 나를 알지 못했기에 인사는 생략했다. 그날따라 유독 복도가 길게 느껴졌고 시간은 느리게 흘러가는 것처럼 느껴졌다. 빛의 속도로 움직이고 있지도 않은데 시간 팽창이 일어난 것 같았다.

강당에 들어가자마자 가장 먼저 눈에 띈 것은 현수였다. 아마도 강당으로 오는 길이 길었던 이유는 현수 때문이었을 것이다. 현수는 친구들과 배드민턴을 치고 있었다. 나는 그 모습을 한번 슬쩍 보고 다시 고개를 돌려 앞을 보며 걸음을 옮겼다. 강당 앞쪽에 있는 플라스틱 의자에 앉아 맞은편에 걸려 있는 시계를 멍하니 보며 체육 수업이 시작하기만을 기다렸다. 11시 21분. 시침과 분침이 서로 등을 돌리고 있는 게 마치 나와 현수의 어색한 사이를 나타내는 것 같았다.

"오늘 체육 수업에서는 피구를 하겠다."

체육 선생님의 말이 끝나자 남자애들의 시끄러운 환호성이 내 고막을 때렸다.

"팀은 너희들이 알아서 적절히 만들어라."

애들은 반에서 가장 운동을 잘하는 도윤이와 현수를 각 팀의 대표랍시

우리가 서로에게

고 가위바위보를 해서 한 명씩 자신의 팀원을 지목하는 방법으로 두 팀을 정하기로 했다. 나는 이 방법에 대해 불만이 매우 많았다. 너무나도 가혹하기 때문이다. 뽑히는 순서에 따라 그 사람에 대한 선호도가 적나라하게 나타나는 방법이 아닐 수 없다. 가장 나중에까지 남겨졌을 때의 수치심은 말로 다 표현할 수 없을 정도다. 마지못해 뽑아 주는 것 같다는 생각을 지울 수가 없는데, 항상 내가 그 역할을 맡았기 때문에 그 누구보다 그 기분을 잘 알 수 있다. 그러나 그런 불만은 목 안에서만 맴돌 뿐 목 밖으로 나간 적은 한 번도 없다. 내 의견을 당당하게 말할 수 있는 자신감도, 반 안에서 그럴 수 있을 만한 지위도 없기 때문이다. 항상 그랬듯 반 안에서 목소리가 큰 애들의 동의로, 그 방법으로 팀을 뽑기 시작했다.

"가위바위보."

"음…. 난 준하 뽑을게."

도윤이의 목소리가 들렸다.

"어… 그러면 난….."

고민하는 듯한 현수의 목소리도 잇따라 들려왔다.

"난 연우."

현수의 고민하는 듯한 목소리에 내심 기대했던 내가 정말 웃겼다.

언제나, 또 예상대로 나는 마지막까지 남았다가 도윤이네 팀으로 들어갔다. 우리 팀은 주황색 조끼를 입은 후 진영 안으로 들어갔다. 경기 시작을 알리는 호루라기 소리가 강당 전체에 울려 퍼지고 우리의 선공으로 경기가 시작되었다. 시작하자마자 도윤이는 공을 낮고 빠르게 던져 상대 팀한 명을 맞췄다. 살벌한 소리 때문에 나는 잔뜩 겁을 먹었다. 진영 밖으로 나온 공을 상대 팀 외야가 잡아서 내야 현수에게 패스했다. 현수도 다시 외야로 공을 던졌다. 빠르게 움직이는 공에 맞춰 나와 우리 팀도 빠르게 움직였다. 공은 한곳에 뭉쳐져 있는 우리 팀 바로 옆에 있는 외야에게 전달되었고 나는 빠르게 몸의 방향을 바꾸어 달아났다. 정확하게는 달아나려 했다. 나는 달리려 했지만 마음처럼 되지 않았다. 누군가 잡고 있는 듯한 느낌이었다. 내가 당황하고 있을 때 외야는 가차 없이 나에게 힘껏 공을 던졌다.

'퍽.'

나는 날아오는 공을 얼굴로 받아들이며 큰 쿵음과 함께 뒤로 넘어졌다. 애들은 내가 넘어진 것을 보고는 급히 내 주위로 원을 만들었다. 나는 부끄러워 얼굴을 들지 못하고 작은 신음만 내뱉었다. 오른쪽 눈과 볼 사이가 욱신거렸다. 내 주위로 만들어진 원을 보고 강당 앞 의자에 앉아 쉬고 있던 체육 선생님이 황급히 내게 달려오셨다.

"괜찮니?"

나는 너무 아파 선생님의 말에 답하지 못했다.

"어디 맞았어?"

선생님의 물음에 나는 작은 목소리로 말했다.

"눈이요."

"일단 눈에서 손 떼고 상태 한번 보자."

난 그 말에 힘겹게 천천히 오른 눈에서 손을 떼고 눈을 살짝 떴다. 선생님은 내 고개를 숙여 내 눈 상태를 유심히 살펴보시더니 내게 말을 했다.

"눈이 빨개졌으니까 지금 보건실 한번 가 봐."

나는 그 말에 대답을 하지 않고 조용히 일어나 한 손으로는 오른쪽 눈을

우리가 서로에게

가린 채 고개를 푹 숙인 채로 강당을 나왔다.

보건실에서 간단한 진찰 후 몇 분 정도 냉찜질을 하고 교실로 돌아가는 중이다. 보건실에 있을 때 점심시간을 알리는 종이 울린 탓인지 계단을 올라갈 때 아무도 마주치지 않았다. 신발을 놔두기 위해 사물함으로 걸어갔다. 사물함 중간에 있는 활짝 열린 사물함이 눈에 띄었다. 끝 쪽에 있는 내 사물함으로 걸어가며 활짝 열려 있는 사물함 안쪽을 보았다. 사물함 속에는 왜인지 모르게 익숙한 교과서들이 있었고 그 위에는 작은 종이를 붙여 놓은 네모난 초콜릿 상자가 있었다. 나는 익숙한 교과서의 주인이 누구인지 알아보려고 책에 적힌 이름을 찾기 시작했다.

2106 김현수

그 이름을 보자마자 짧은 탄식이 내뱉어졌다. 이제 더 이상 내 삶에 끼어들지 말고 꺼져 버리기를 원하는 이름이었다. 조용히 문을 닫고 내 사물함으로 발걸음을 옮기기 위해 현수의 사물함 문짝 위에 손을 턱 올렸다. 그러고는 문짝을 닫기 위해 팔 근육에 힘을 주려는 찰나 초콜릿 상자에 붙어 있는 포스트잇 속 내용이 궁금해졌다. 남의 물건에 손대는 것이 올바르지 않은 행동이라는 걸 잘 알고 있음에도 내 호기심은 도덕성을 이겨 버렸다. 나는 목을 쭉 늘리고는 좌우로 고개를 돌리며 주위에 사람이 없는 것을 확인하고 초콜릿에 붙어 있는 작은 종이로 팔을 뻗었다. 의미심장한 말이 처음을 장식했다.

To. 창욱

방황 속 이 편지가 네 길잡이가 되길 바라며.

난 친구란 서로의 마음을 잘 알아주고 공감해 주는 사람이라 생각해. 잘 알아주고 공감해 주는 게 손에 잡히지 않아서 애매모호하지만 진정한 친구 사이라면 반드시 느낄 수 있지. 요즘 네가 평소보다 활기가 없고 우울해 보여. 혹시 어떤 고민이 있다면 내게 언제든 말해도 돼. 네 고민에 도움이 될지는 모르겠지만 네 감정을 공감해 줄 수는 있어. 그러다 보면 해결책이 나올 수도 있으니까. 우린 친구잖아? 기다릴게.

너의 친구, 현수가

　나는 그 글을 다 읽은 후 종이를 도로 사물함에 넣은 후 사물함 문짝을 세게 닫았다. 몇 자 되지 않는 짧은 글이었지만 내 마음을 강하게 때렸다. 다리가 풀려 그 자리에서 주저앉아버렸다. 머릿속이 복잡했다. 감정은 서로 복합적으로 뒤엉켜진 상태로 거대한 감정의 파도를 피하지 못한 채 정통으로 맞아버린 것만 같았다. 앞에 줄지어져 있는 사물함의 모습이 점점 흐릿해지더니 다시금 선명해지고 또 흐릿해지기를 반복했다. 그 반복을 이어 가다가 어느 순간 주저앉아 버렸다. 무릎을 보니 흥건히 젖어 있었다. 지금 흘린 눈물은 어떤 감정 때문에 흘리는 걸까. 기쁨일까. 슬픔일까. 억울함 때문인가. 분노 때문인가. 나는 그 원인을 찾고 싶었지만 그러지 않기로 했다. 내 눈물은 무지개색. 하나의 감정으로는 설명될 수 없는

난해한 눈물이기에 나는 그 눈물의 원인을 찾을 능력이 없다는 걸 바로 알았다. 하지만 이 하나는 내 머릿속에서 선명히 그려졌다.

"현수와 친해지고 싶다."

그 애와 친해진다면 더 이상 전처럼 바보 같은 오해와 의심을 하지 않아도 된다는 확신이 들었다. 나는 내 마음이 가는 대로 행동하기로 했다.

점심시간이 얼마 남지 않은 시간, 나는 여전히 내 공간 속에 있었다. 평소와 다른 것이 있다면 그 공간에서 하는 생각이 다르다는 것과 약간의 긴장감이 있다는 거. 내 공간을 이루고 있던 장벽들을 모두 허물어 버렸다. 고개를 들고 다리에 힘을 주어 자리에서 일어났다. 그리고 뚜벅뚜벅 걸어가 현수의 자리 앞에서 발걸음을 멈춰 세웠다. 긴장감은 안은 채 현수에게 먼저 말을 걸었다.

"할 얘기가 있는데 오늘 학교 끝나고 시간 돼?"

내 말에 현수는 미소를 지은 듯하면서도 짓지 않은 듯한 표정으로 "응." 이라는 한마디만 남길 뿐이었다.

"그럼 6시 반에 그 분수대에서 만나자."

현수는 분수대라는 말에서 당황했는지 눈이 조금 커졌다. 나는 그 말을 하고 뒤로 돌아서 작은 미소를 머금고 내 자리로 돌아갔다.

분수대로 가는 길. 바람이 조금 불지만 춥지 않고 구름이 적당히 있는 가을과 어울리는 날씨이다. 가로수 길은 빨간 나뭇잎으로 물들어 있고,

검정색 가로등은 그때처럼 불이 꺼져 있다. 분수대에 도착했을 때 현수는 아직 오지 않아 스마트폰을 주머니에서 꺼내 시간을 때우며 긴장되는 마음으로 현수를 기다렸다. 혹여나 안 오면 어쩌지 하는 생각도 들었지만, 얼마 지나지 않아 내 쪽으로 걸어오는 발걸음 소리가 들려 고개를 돌렸다. 시선이 닿는 곳에는 현수가 걸어오고 있는 모습이 보였다. 현수가 내 앞에 왔을 때 어떻게 할지 분명 계획을 세워 놨었는데 너무 긴장한 탓에 아무 말도 못 하고 있었다. 그때 현수가 내게 말을 걸었다.

"왜 불렀는데?"

그 말에 나는 정신을 차리고 현수에게 말을 했다.

"할 말이 있어서."

"무슨 할 말."

"오해해서 미안해."

현수는 내 말이 예상 밖의 대답이었는지 당황하는 기색이 보였다. 나는 곧바로 말을 이었다.

"저번에 분수대 앞에서 너를 만났을 때는 내가 정말 힘들었던 때였어. 그간 쌓인 감정들이 분노로 바뀌어서 혼자 씩씩대며 내 할 말만 하고 돌아 나왔던 것 같아. 하지만 내가 전하고 싶던 진심은 그게 아니었어. 나는 그저 네가 좋았어. 내게 먼저 말을 걸어 주고 내게 먼저 호의를 베풀어 주는 네가 좋았어. 그래서 널 내 곁에 두고 싶었지. 너에게 잘 보이고 싶어서 거짓된 나로 나를 두르고 나를 뒤로하고 너만 바라보며 너와 가까워질 수만 있는 거라면 뭐든 했지. 한동안 내 삶의 중심에 내가 아닌 네가 있다 보니 가슴속이 어디가 텅 비어 있던 느낌이 들었어. 이런 희생 속에도 너와 나 사이에는 여전히 거리감이 있다는 생각이 들어서 텅 비어 있던 가슴

우리가 서로에게

에 너에 대한 증오와 분노가 가득 자리 잡았나 봐. 이런 악순환 속에서 나는 나를 계속 잃어 가고 있었어. 정말 힘들었어. 그 와중에 네가 분수대 앞으로 나를 불러내니 꾸역꾸역 막고 있었던 감정의 댐이 결국 무너져 버린 거지. 그런데 아니었어. 나는 급한 마음에 나 혼자 앞서 나가고 있었어. 천천히 걷는 너를 생각하지 않고 나 혼자 저 멀리 뛰어가면서 나는 뛰는데 너는 왜 안 뛰냐며 혼자 씩씩대고 있는 것과 다를 바가 없었어. 이기적이었지. 하지만 이젠 달라. 네 글을 보고 친구가 뭔지 알게 되었어. 그동안 내가 바라던 건 친구가 아니라 내가 원하는 대로 행동하길 바라는 꼭두각시에 더 가까웠던 것 같아. 그동안 내가 오해해서 미안해. 진심으로 미안해."

내 말이 끝나고 현수는 한동안 침묵하다 입을 열었다.

"기분이 좀 어때?"

그 말에 나는 내 솔직한 감정을 말했다.

"속을 꽉 막고 있던 게 뚫린 느낌이야."

내 말에 현수는 입꼬리를 조금 올리고 말을 했다.

"네가 그동안 답답했던 이유가 지금까지 쌓여 있던 네 감정을 솔직하게 드러낼 수 없어서 그랬나 보다. 난 이렇게 생각해. 상대의 진실한 감정을 있는 그대로 이해하고 존중해 줄 수 있다면, 지금 앞에 있는 상대가 나의 진정한 친구라고."

현수는 거기서 말을 잠깐 멈추고 주머니에 손을 넣어 사물함에 있던 네모난 초콜릿 상자를 꺼냈다. 그리고는 초콜릿을 꺼내 반을 갈라 한쪽을 내게 건네주며 말했다.

"우리 다시 친구 할래?"

눈물이 몰려올 것 같았지만 애써 참고 고개를 위아래로 힘껏 끄덕이며 현수가 건넨 초콜릿을 손에 쥐었다. 우리는 동시에 초콜릿을 깨물었다. 우리의 새로운 우정의 시작을 세상에 알리는 순간이었다.

우리가 서로에게

작가의 말

    내 인생 첫 책인 『우리가 서로에게』 집필에 대한 지원과 중학교 3년 동안 옆에서 응원의 말, 충고의 말, 격려의 말을 아낌없이 해 주신, 처음으로 '참 선생님'이라는 말이 피부로 느껴졌던 정원진 선생님. 선생님이 쓰신 책 『선생님도 선생님이에요?』를 읽고, 나도 내 이야기를 책으로 써 보고 싶다는 생각이 들어 책쓰기 동아리에서 마침내 글 한 편을 완성하게 되었다.

    「친구라는 방정식」은 에세이가 아닌 단편 소설이지만, 나의 평소 생각, 말투, 가치관 등이 자연스럽게 녹아 있다. 그래서 소설과 에세이 그 사이의 장르라고 할 수 있겠다.

    이 세상을 살아가다 보면 필연적으로 다른 사람과 상호작용을 한다. 서로에게 도움을 받고 도움을 주고, 상처를 받고 또 상처를 주며 살아간다. 그러면서 자연스럽게 인간관계를 관리하기 시작하는데, 아직 관계 맺기에 익숙하지 않은 10대 창욱이가 현수와의 만남을 통해 변화하는 모습을 그렸다.

    이 책을 통해 인간관계뿐만 아니라 단 한 사람의 사소한 고민거리라도 좋으니 독자분들의 걱정이 작게나마 해결이 될 수 있다면 책을 쓰기 정말 잘했다는 생각이 들 것 같다.

　일 년 동안 함께 책을 쓴 수현이, 도연이, 세준이에게 고생했다는 말을 전한다. 그리고 네 명의 재능과 역량을 충분히 발휘할 수 있도록 지원해 주신 정원진 선생님께 다시 한번 감사의 인사를 올린다. 마지막으로 몇 년 후 이 책을 다시 펼쳐 보고 있을 나에게. 작가의 말을 쓰고 있는 열여섯의 나를 분명히 부러워하고 있을 테니 부디 후회하지 않을 하루를 보내라고 말해 주고 싶다.

이승주 씀

탄성

임 수 현

처음 연필을 잡았을 때의 그 느낌을 아직도 잊지 못한다.

어린 시절 처음 그림을 마주했을 때 그림을 그린다는 것은 나에게 엄청나고 대단한 일이었다. 다른 사람들은 그림을 너무 어렵게 보거나, 흔하게 접할 수 있는 그림 자체에 흥미를 느끼지 않을 수 있지만, 다른 도구 없이 연필과 종이만 있어도 무엇이든 창작해 낼 수 있고 어디서든 재능을 뽐낼 수 있다는 점에서 그림은 내 흥미를 자극하기에 충분했다.

처음으로 흥미를 느꼈던 그림은 지금 내가 가장 뛰어넘고 싶으면서도 내 주변에서 가장 그림을 잘 그린다고 느꼈던 사람의 그림이었는데, 그때 느꼈던 느낌을 아직도 기억한다. 절대 내 실력으로는 넘을 수 없다는 확신에서 오는 박탈감, 그리고 거대한 벽을 느낀 기분이었다.

그 사람이 그림을 그리고 주변 사람들에게 칭찬받는 것을 보고 그림에 조금씩 관심을 가지기 시작했다. 지금 생각해 보면 여러 변명들을 붙이며 애써 포장한 말로 그림에 빠지게 된 이유를 말하고 다니지만, 그때 내가 그림에 빠지게 된 진정한 이유는 그 대단한 그림을 보고 흥미를 느껴서일까? 아니면 칭찬받는 모습을 보고 가장 직접적으로 칭찬을 받을 수 있는 방법을 찾았기 때문일까? 이 말인즉슨 내가 그림을 좋아한 것인가 칭찬을 원했던 것인가 헷갈린다는 뜻이다. 내가 진정으로 그림을 좋아하기는 했을까? 지금 이 물음을 스스로에게 던지고 있는 내 자신도 밉다.

어차피 내가 못난 걸 누굴 탓할까. 내가 게으른 탓에 그림을 더 열심히 하지 않았고, 그림을 귀찮아하면서 점점 더 그림을 멀리했다. 그런 나에게 이런 결과는 당연할지도 모른다. 하지만 화낼 명분이 없다는 걸 알면서도 분해서 가만히 있을 수가 없다. 그 분함을 앞으로의 원동력으로 사용했으면 좋았을걸. 그 감정은 그저 내 손에서 연필을 놓게 만들 뿐이었다.

맞서 싸울 용기가 없어 나 스스로 도망쳤다. 허탈함과 무기력함, 알게 모르게 패배감이 몰려왔다. 말로는 표현할 수 없는 여러 감정이 나를 바닥끝까지 끌고 내려갔다. 나로서는 최선을 다해서 발버둥 쳐 보고, 다시 마음 다잡아 봤지만 그러면 그럴수록 이미 많은 힘을 소모한 탓인가 더이상 위로 올라갈 힘이 부족했다. 더 노력해 볼 수는 없었을까. 잠깐씩 생각이 나지만 이제 후회해서 뭐 하나 달라지는 건 없다. 더 이상 내 손에는 연필이 존재하지 않았다.

* * *

맨날 빠짐없이 늦게 일어나서 지각이 일상이던 내가 오늘따라 알람보다 먼저 눈이 떠졌다. 혹시나 이게 다 꿈은 아닐까, 조금의, 아주 조금의 희망을 가지고 책상 위에 있는 노트북을 다시 켜 보았다. 역시 여러 번 봐도 믿기지 않고 적응되지 않는 화면이다. 화면에는 예전부터 내가 준비하던 전국 미술대회 결과가 나와 있었다. 이렇게 충격받은 걸 보면 내가 대회에서 떨어졌다고 다들 예상하겠지만, 우습게도 나는 대회 1등을 했다. 정확히는 '내 그림'이 1등을 했다. 이게 무슨 말인가 하면, 누군가 내 그림을 대회에 제출해서 1등을 하게 되었다는 말이다. 놀랍게도 그 1등은 우리 중학교 3학년. 나와 동갑이었다. 하지만 안타깝게도 처음 들어보는 이름이었다. 자신의 이름이 아닌 다른 이름으로 응모한 듯했다.

문제는 여기서 끝이 아니었다. 이 대회를 1등 할 만큼 실력이 좋지도 않고 학교에서 하는 대회조차 1등을 하지 못해서 분해하는 내가 어떻게 전국 대회에서 1등을 할 수 있었냐는 것이다. 억울하게도 내 그림을 훔친 도둑놈은 나보다 그림을 훨씬 잘 그리는 놈인가 보다. 내 그림의 아이디어와 그림의 일부분들 빼고는 거의 다 그 도둑놈의 손으로 재탄생된 그림이었다. '그래도 아이디어는 내 거잖아. 그러면 저 사람의 그림이 아니지!'라고 스스로를 위로하다가도 그 그림을 보고는 차마 내 자신을 위로할 수 없었다.

그 그림은 완벽했다. 내 그림이었다고는 할 수 없을 만큼 그 사람의 센스와 재치 그리고 재능이 돋보이는 그림이었다. 그 그림을 보고 나는 더이상 말을 이을 수 없었다. 어떤 말을 하든 변명이 될 것 같았고 이 사람이 내 그림을 도용했다고 말해 봤자 그 누구도 믿어 주지 않을 것 같은 그림이었다. 그만큼 나의 그림과 그 사람의 그림의 실력 차이는 컸고 그걸 느낀 나는 깊은 감정에 빠졌다. 그림이 싫어졌다.

더 후회해서 뭐 하냐는 생각이 들어 난 그대로 노트북을 덮고 학교 갈 준비를 했다. 빠르게 교복으로 갈아입고 밥을 먹으러 갔더니 오늘따라 일찍 일어난 나를 엄마도 신기하게 쳐다보는 듯했다. 그림 대회의 소식을 들은 엄마도 애써 격려해 주려는 듯해 보였지만 나는 그저 미소만 짓고 황급히 자리를 떴다. 괜히 불쌍한 비 맞은 강아지 꼴이 된 것 같아 기분이 썩 좋지 않았다.

양치를 하고 가방을 싸던 도중 맨날 같이 챙겨 가던 스케치북과 색칠 도구를 가방에서 꺼내 놓았다. 얼마 안 되는 무게지만 왜인지 가방을 메었을 때 전과는 다르게 가방이 무척 가벼웠다. 그만큼 내 마음도 어딘가 가벼워져 있었다. 한편으로는 지금까지 열심히 그림을 그리던 나에게 이래도 되나 싶을 정도로 마음이 가벼운 게 조금은 자책되었지만, 그것도 잠시 모든 걸 포기했다는 후련함에 더 이상 그림 생각은 안 하기로 했다. 해 봤자 정신 건강에 안 좋을 것 같다는 나의 판단이었다.

내 마음을 모르는 건지 아니면 드디어 그림을 떨쳐 버린 걸 축하하는 건지 등굣길에는 아직 쌀쌀한 날씨임에도 불구하고 벚꽃이 도로변을 장식하고 있었다. 벌써 중학교 3학년 새 학기도 점점 지나가는 듯했다. 그만큼 나도 반에서 빨리 적응해야 할 텐데 반에서 그림만 그리던 나에게 친구들은 거의 없었다. 이젠 그림을 그리지 않으니 친구가 많아지기는커녕 어젯밤부터 충격받은 내 몰골은 원래 있던 친구까지 없어지게 만들 정도였다.

한참 교문에 다다랐을 때쯤 교문에 있던 선생님이 나를 보고 새삼 놀라셨다. 눈빛만 봐도 내가 지각을 안 한 게 이해가 되지 않으시는 듯했다. 나는 그냥 미소 한 번 지으며 인사한 뒤 교문을 재빠르게 통과했다. 그만큼 지각을 내가 많이 했었나 새삼 반성하게 된다.

운동장을 지날 때쯤 운동장에서 내 유일한 단짝이 뛰어왔다. 임준섭이다. 농구부 주장이자 얼굴도 반반하게 생겨서 인기도 많다.

"뭐야, 주시환. 네가 지각도 안 하고? 맨날 밤까지 그림 그리다 늦으면서."

"그림 그만뒀어."

처음에는 장난인 줄 알던 준섭이는 내 표정을 보더니 진심임을 깨달았는지 '네가?'라는 표정으로 나를 바라봤다. 나는 허탈한 표정으로 맨날 들고 오던 스케치북과 색칠 도구가 없다는 걸 증명하듯 양손을 펴 보였다. 그제야 조금 믿는 듯한 얼굴이었다. 준섭이는 뭔가 놀릴 걸 찾았다는 눈빛으로 두 눈을 무섭게 반짝였다. 나를 불러 세운 뒤 자신의 물병과 신발을 챙겨 와서 학교 건물로 들어가며 말해 보라는 듯이 손짓을 했다.

"무슨 바람이 불어서 네가 그림을 다 포기하냐. 뭐, 다른 거 하려고?"

"그럴까, 이참에. 할 것도 없는데 뭐 하지."

진지하게 고민에 빠졌다. 이제 시간도 많아져서 하고 싶은 건 다 할 수 있을 텐데.

"넌 애가 키도 작은데 마르고 호리호리해서 뭐 하겠냐. 또래 남자 평균 키 넘기는 해?"

"아픈 곳 건드리지 말자. 딱 평균 조금 안 된다고. 그리고 배우는 거 하난 또 기가 막히지."

"그건 그렇지. 인정."

예전부터 배우는 거 하나는 잘했으니 앞으로 뭐든 잘해 낼 거라 믿고 있었다.

"그래. 왜 포기했는데."

다시 본론으로 돌아와서 나는 대회에 대해 이야기를 했다. 준섭이는 그걸 듣자마자 누가 그랬는지 찾으려고 머리를 굴리기 시작했다. 나는 생각보다 빨리 괜찮아졌는데 준섭이가 오히려 범인을 더 찾으려고 악을 쓰니 내가 이렇게 가만히 있는 게 민망할 정도였다.

이러니 갑자기 나도 내 그림을 도용한 도둑놈이 누군지 궁금해졌다. 애초에 도용, 도둑놈이라는 말이 어울릴지 모르겠지만 일단 그 도둑놈을 알아내면 누가 그림을 이렇게 잘 그리는지, 왜 하필 내 그림이었는지, 뭐라도, 어떤 의문이라도 풀릴 것 같았다. 그렇게 나는 도둑놈을 잡아 보겠다고 다짐했다.

오늘 학교에서 열심히 생각해 본 결과, 그림 실력이 그렇게 뛰어난데 지금까지 교내 대회에서 상을 받아 보지 않았을 리 없다. 그럼 그림쟁이들이 모여 있을 만한 그림 동아리 부원이지 않을까? 아니면 내가 대회 마감일 며칠 전날 점심시간에 미술실에서 양해를 구하고 잠깐 그림 그렸을 때 몰래 본 건가? 미술실에는 도구도 많아서 그림을 내기 전에 마지막으로 고칠 겸 미술실을 빌렸었다. 그렇다면 충분히 내가 없을 때 미술실로 들어와 내 그림을 보고 갔을지 모른다. 하지만 아직도 범위가 너무 포괄적이다. 먼저 미술실에 들어온 학생이 있었는지 나중에 미술 선생님께 여쭤봐야겠다. 그럼 또 도둑놈이 있을 만한 곳은 더 없으려나. 정리되지 않은 정보들이 머릿속을 휘저으니 머리가 어지러워지는 것 같았다.

정신을 차려 보니 벌써 오늘 학교 수업이 거의 다 지나간 뒤였다. 쓸데없는 생각 때문에 통 집중할 수가 없었다. 그저 궁금증에 불과하던 의문은 점점 커져만 갔고, 풀리는 건 없이 답답할 뿐이었다.

수업이 끝나자마자 나는 미술실로 향했다. 일단 미술실에 누군가 들어간 적은 있는지 용의자를 추릴 필요가 있었다. 미술실에 도착했을 때 선생님은 계시지 않았고 그림 동아리 부장 최아리가 있었다. 아리와 나는 중학교 1학년 때부터 서로 그림으로 경쟁하며 라이벌로서 친분을 쌓아 왔었다.

선생님이 안 계셔서 실망한 상태로 돌아서려는 그때 최아리에게서 조

우리가 서로에게

금의 힌트라도 얻을 수 있지 않을까 하는 생각에 먼저 말을 걸었다.

"저기……."

"그림 동아리는 다 차서 더 이상 못 들어와."

맞다. 까먹고 있었다. 최근에 동아리 신청을 했다가 처참히 거절당해서 서로 냉전 상태였다는 것을. 도둑놈에게 한눈이 팔려서 그것도 까먹다니. 하지만 벌써 말을 걸었으니 물어볼 건 물어봐야겠다 생각했다. 모든 상황을 설명하기에는 명색이 라이벌이라 조금의 자존심이 상했지만 도둑놈의 그림을 보여 주며 비슷한 그림 스타일을 가진 동아리 부원이 있냐고 물어보았다.

"이거 네 그림이야?"

"아니?"

아뿔싸, 너무 급히 반응했나?

"그런데 이거 살짝 너 그림체도 있는 것 같은데?"

나의 그림이 맞긴 하지만 온전한 내 그림이 아니어서 되도록 숨기고 싶었는데 한 번에 알아차리는 아리의 대답에 순간 몸이 뚝딱이기 시작했다. 역시 아리의 눈은 속일 수 없다. 나는 딱 봐도 어딘가 찔리는 구석이 있는 것 같은 사람처럼 보였지만 그렇게 행동하지 않으려고 애썼다. 아리는 고민하더니 이런 그림을 자주 그리는 도서 부원이 한 명 있다고 말해 주었다. 그러자 내 얼굴에는 무의식적으로 미소가 번지고 말았다. 아차 싶어서 다시 얼굴의 표정을 바꾸었지만 그걸 그냥 넘어갈 최아리가 아니다. 순간 아리의 눈빛이 의심의 눈초리로 바뀌었다.

"그건 왜 물어보는데?"

"그냥 멋있길래. 나도 그림체 좀 바꿔 볼까 해서."

정말 내가 생각해도 얼토당토않은 변명이다. 최대한 눈을 피해 가면서 둘러댔지만 아리의 의심하는 눈빛은 여전했다.

"그래서 누구인데."

어쩔 수 없이 화제를 돌리기 위해 아리의 대답을 독촉했다.

"김서힌. 최근에 동아리에 들어왔어. 중학교 2학년 때까지는 몰랐는데 그림을 엄청 잘 그리더라고? 갑자기 이렇게 재능 있는 애가 나타난 게 신기할 정도야. 근데 정말 왜 물어보는 건데?"

아리의 말대로 갑자기 나타난 거라면 이때까지 내가 몰랐던 이유가 설명이 된다. 그리고 아리가 인정할 정도의 그림 실력이라면 기대해 볼 만하다.

하지만 내가 대답을 독촉한 만큼 나도 대답을 피하기는 어려워 보였다. 빨리 화제를 바꿀 더 큰 게 필요한데. 그렇게 미술실을 여기저기 둘러보다가 아리가 그리고 있는 그림이 눈에 띄었다.

"너는 무슨 그림 그리는데?"

물음 한마디에 자신의 그림을 자랑할 줄 알았던 아리는 갑자기 자신의 그림을 숨기기 시작했다. 의도치 않게 숨기고 싶었던 부분을 건드린 모양이다. 근데 무슨 그림을 그리길래 저리 숨기는 건지 갑자기 궁금해지기 시작했다. 이리저리 고개를 돌려 봐도 내 고개에 맞춰서 그림을 가리는 아리가 점점 더 수상하게 느껴졌다. 자꾸 그림을 훔쳐보려는 나를 보더니 아리는 왜 왔냐고 갑자기 신경질까지 냈다. 그저 미술 선생님을 보려고 하다가 너를 만난 거라고 설명하니까 아리는 선생님은 어디 가셨는지 모른다고, 비겁하게 그림 동아리 부원 아니면 나가라고 했다. 그림 동아리까지 꺼낸 걸 보면 어지간히 숨기고 싶은 그림인가 보다. 나도 그림 동아

우리가 서로에게

리 소리가 썩 반갑지 않아 못 이기는 척 자리를 피했다. 큰 싸움 만들고 싶은 것도 아니니까.

이 정도면 나쁘지 않은 소득 같았다. 김서힌? 정말 처음 들어 보는 이름이다. 내가 친구가 많지 않아서 아는 아이들도 적은 건 사실이지만 정말 처음 듣는 이름이라 좀 더 알아볼 필요가 있는 것 같았다. 그렇게 첫 번째 용의자 김서힌이 나의 노트에 적혔다.

용의자 1. 김서힌.

* * *

다음 날에도 나는 일찍 등교했다. 아침 일찍 그림 그리는 걸 즐기시는 미술 선생님을 찾아뵙기 위해서였다. 아침 일찍 미술실은 특히 햇빛이 잘 들었는데 딱 그림 그리기 좋은 분위기였다. 그 외에도 미술실 특유의 느낌은 많은 영감을 준다. 마감일 며칠 전에 미술실을 빌렸던 이유 중 하나다. 먼저 혹시나 미술 선생님이 계시나 미술실 창문으로 빼꼼 바라보았다. 사실 본 목적은 혹시나 최아리가 있으면 또 날 의심할까 봐 최아리의 여부를 확인한 것도 없지 않긴 하다. 나는 미술 선생님이 계시는 걸 확인하고, 문을 슬며시 두드리며 미술실 문을 열었다.

"실례합니다."

다행히 최아리는 없었다. 미술 선생님께서는 특히 이번 대회를 준비할 때 미술실도 빌려주시고 많은 도움을 주신 분이기도 하다. 근데 이런 소식을 들고 오다니 죄송한 마음이 들었다. 어찌 되었든 선생님께는 사실

대로 이야기하는 게 가장 좋은 선택인 것 같아 대회에 대한 대화를 나누면서 혹시 대회 마감일 며칠 전 미술실을 빌렸던 날 점심시간에 미술실에 들어왔던 사람이 있었는지 여쭤보았다. 선생님은 사연을 들으시더니 나를 위로해 주시면서 찾아보는 걸 돕겠다고 하셨다. 그러실 필요까진 없었지만 말이라도 감사했다.

마침 그때 선생님께서 그날 점심시간에 미술실에 들어가던 여러 명의 아이들 중 한 명이 생각난다고 하셨다. 이름은 모르겠지만 동그란 안경을 쓰고 머리가 어수선하고 다크서클이 진하며 뭔가 피곤해 보이는 아이였다고 하셨다. 명찰을 보니 성이 한 씨였다는 것만 기억하신다고 하셨다.

한 씨라는 소리를 듣자마자 우리 반의 한인표라는 아이가 생각났다. 우리 학교 3학년 중 한 씨는 몇 명 없고 그렇게 매사에 피곤해 보이는 아이도 얘밖에 없을 것이다. 하지만 얘가 무슨 목적으로 왜? 최근에 항상 뒤에서 아이들과 게임 이야기만 하는 걸 봐서는 밤새 게임만 하다가 와서 피곤해 보이는 것 같았다. 항상 숫기 없는 아이라서 반에서 별 존재감은 없었지만 내 자리가 그 애 앞이어서 친구들과 게임 이야기를 하는 소리를 많이 들었다. 항상 게임 아이템 살 돈이 없다고 투덜거리던 소리가 대부분이었다. 물론 미술대회에 나간다면 상금이 있긴 하겠지만 그 아이가 그만큼의 그림 실력이 있을까? 숨겨진 재능이 있는 아이라면 어느 정도 내가 몰랐던 이유와 돈이 필요해서 그랬다는 여러 가지 이유가 조금씩 맞긴 하다.

깊은 고민에 빠졌을 때 미술 선생님께서 한 명이 더 왔었다는 말씀을 하셨다. 그게 누구냐는 물음에 선생님은 익숙한 이름을 이야기하셨다. 바로 임준섭이었다. 하지만 그때 내가 일이 있어서 대신 그림을 정리해서 가져다 달라는 부탁을 했기 때문에 준섭이가 들어왔던 이유는 이해가 되었다.

그렇다면 인표가 들어왔던 이유는 무엇일까? 미술실에 들어올 이유가 있었을까? 그렇다고 가서 뻔뻔하게 물어보자니 친하지도 않은 사이라 날 이상하게 볼 게 뻔했다. 그렇다면 인표와 친한 친구 중에 나와 친한 아이가 있다면? 이야기는 좀 달라진다.

이렇게 말하니 내 자신이 여러 정보를 수집하고 해결 방안을 찾는 명탐정 같아 보였다. 뭔가 우쭐해져서 한껏 어깨를 펴고 미술실을 나와 당당히 복도를 걸어갔다. 처음에는 답답하기만 했는데 지금은 뭔가 재미있다는 생각이 들었다. 나도 모르게 오늘 많은 걸 알아낸 것 같아 뿌듯한 미소를 얼굴에 머금고 나아갔다. 그렇게 두 번째 용의자 한인표가 나의 노트에 적혔다.

용의자 2. 한인표.

＊＊＊

두 번째 용의자를 적은 지 벌써 이틀이 지났다. 하지만 나의 노트에는 진전이 없다. 이 순간이 재밌다고 느꼈던 것도 잠시 더 이상 알아낼 게 없으니 답답할 뿐이었다. 정말 놀랍게도 인표와 나의 접점은 하나도 없었다. 친한 친구의 친구조차 없었고, 좋아하는 분야도 너무 달라서 마주칠 일도 거의 없었다. 고작 반에서 떠드는 소리만 들리는 정도였다.

그러던 중에 정말 운 좋게도 나에게 기회가 생겼다. 바로 오늘 미술 시간이었다. 학기 초반이기 때문에 선생님이 간단히 집에서 그림 하나를 가져오라고 숙제를 내주셨다. 자신이 그려 와도 되고, 집에 있던 화가의 그림이나 다른 가족이 그린 그림이어도 괜찮으니 뭐라도 가져오라고 하셨다.

그때 인표가 가져왔던 그림은 누나가 그린 그림이었다. 인표가 가져온 그림을 본 아이들은 하나같이 모두 감탄을 자아냈다. 인표는 익숙하다는 듯이 반응이 무미건조했다.

"그냥 미술 과제 때문에 그림 하나 달라고 했더니 줬어."

그 그림을 보고 내 눈이 번뜩였다. 누나가 그림을 잘 그린다면 어느 정도 앞뒤가 맞는다. 인표는 상금을, 누나는 그림을. 또 이렇게 미술 시간 과제를 위해 그림을 빌려줄 정도면 미술 시간 과제라고 그림을 도와 달라고 해도 인표의 누나는 도와줬을 것이다. 그렇다면 그때 정말 인표가 내 그림을 몰래 찍어 갔을까? 이 틈을 타서 나는 슬쩍 인표에게 말을 걸었다.

"우와. 그림 멋지다. 너희 누나가 그린 거라고 했지? 미술 전공하셨어?

"응."

이렇게 감탄하면서 치켜세워 주면 기분이 좋아져서 뭐라도 말해 줄 것 같았는데 하도 누나 칭찬을 많이 들었는지 익숙하다는 듯이 별 호응이 없어서 실망했다. 짧은 대답은 질문한 나를 민망하게 만들었다. 하지만 그렇다고 물러날 내가 아니었다.

"너도 미술에 관심 있어?"

"아니."

점점 눈살이 찌푸려졌다. 역시 처음부터 친하지도 않은 당사자한테 물어보는 건 무리였나 보다.

사실 나도 이틀 동안 정말 아무것도 진전이 없었던 건 아니었다. 조금씩 인표가 교실에서 게임 이야기를 하는 걸 지켜본 결과 인표가 우리 반 반장 박현철과 친하다는 걸 알아냈다. 둘이 서로 친하고 인표를 잘 알면서도 친화력이 좋아서 누가 다가가도 친절히 대해 주는 사람. 딱 정보를 얻어내기 적합했다. 당사자에게 물어볼 기회가 왔다고 들떠서 바로 물어본 나의 실수였다. 역시 친한 친구에게 물어보는 게 답이었나. 왜 인표가 점심시간에 미술실에 들어갔는지는 알지 못해도 누나의 이야기나 인표에 대해 알게 된다면 뭔가 힌트가 될 만한 게 있을지 모른다. 하지만 또 섣불리 다가가서는 안 된다. 착한 현철이의 마음을 움직일 만한 방법이 중요하다. 제법 나 혼자 명탐정 놀이에 빠진 듯하다.

현철이의 마음을 열 방법은 역시나 바로 동정심을 유발하는 거지!

저번 미술 시간부터 생각했던 나의 결론이다. 미술 시간이 어떻게 끝났는지 기억나지도 않는다. 지금 내 머리는 어떻게 하면 현철이에게 정보를 얻어 낼지 바쁘기 때문이다. 저렇게 마음 착한 아이에게는 미안하지만, 그런 착한 마음이 이용당하기 쉬운 게 이 자연의 법칙 아니겠는가. 근데 그러기도 전에 원초적인 부분에서부터 문제를 맞닥뜨렸다.

'뭐라고 물어보지?'

생각해 보니 다가가서 대놓고 물어보면 현철이도 의심하기 망정. 그러다 인표에게 말을 전하기라도 하면? 불난 집에 부채질은커녕, 차라리 기름 한 바가지를 쏟아라. 그렇게 쉬는 시간, 머리를 굴리고 있을 때 뜻밖에도 나에게 먼저 이야기를 건넨 건 다름 아닌 박현철이었다.

"안녕."

안녕이라는 말 한마디를 왜 이렇게 오랜만에 들은 것 같은지. 아니면 이런 막막한 상황이어서 그런가, 저 말 한마디에서 마치 빛 한 줄기가 내려

오는 듯했다. 나는 어색하게 인사를 받아쳤다. 그때 현철이가 먼저 이야기를 이어 갔다.

"너도 그림에 관심이 많구나?"

뜻밖의 질문이었다.

"응. 어떻게 알았어?"

"예전부터 열심히 그리는 걸 봤어. 아까 미술 시간에 인표한테 말 거는 것도 봤고. 그리고 이번에 대회 나가는 것도 들었고."

"대회도 알고 있었어?"

생각보다 깊게 알고 있는 걸 듣고 놀랐다. 현철이도 잠깐 실수한 듯 멈칫하더니 말을 이어 갔다.

"아, 아침에 미술 선생님이랑 너 하는 이야기를 들었어. 잠시 미술실에 용건이 있었거든."

생각지도 못했다. 그 이야기를 들었을 줄은. 여기서 현철이가 아무 상관이 없고 그냥 지나갔다면 좋았겠지만, 혹시나 연관 있다면? 이 대회에 대해 아는 사람이 많아지는 건 피하고 싶었다.

"그림 잘 그리더라."

"내 그림을 본 적이 있어?"

"아, 평소에 워낙 그림 많이 그리니까."

현철이는 답지 않게 아까의 당당한 모습은 어디에도 없고 조금 꾸물거리는 듯했다.

"갑자기 말을 건 이유가 뭐야?"

아, 너무 직설적이었나? 갑자기 이렇게 말을 걸어 줘서 오히려 잘됐긴 하지만 오히려 계속 물어보니까 반감이 들어서……

"별건 아니고 갑자기 인표에게 물어보길래 왜 그런가 해서. 별건 아니야!"

이야기가 나를 위해서 흘러가고 있는 것 같아 좋긴 하지만 물어봐야 하는 건 나였는데 왜 현철이가 안절부절못하면서 물어보고 있는 건지 모르겠다. 나야 정보를 얻으면 좋지만 이러니까 현철이가 더 의심되는 걸?

"그냥 인표 누나가 그렇게 그림을 잘 그리는지 몰랐어. 사실 누나가 있다는 것도 몰랐고. 그때 너무 신기해서 그랬나. 나도 모르게 물어봤네."

"아. 그렇구나."

"너는 평소에 인표랑 친했잖아. 인표 누나, 그림 잘 그리셔?"

"맞아. 그림 전공으로 대학 다니고 계셔. 그리고 혹시 이런 말 해도 되는지 모르겠지만……."

무슨 말을 하려는지 현철이는 비장한 눈빛으로 쭈뼛거리기 시작했다. 뭔지 모르겠지만 일단 내 대답은 '안 돼.'라고 할 예정이다. 저런 자세로 항상 좋은 말을 하는 사람은 없으니까.

"내가 말했듯이 너랑 미술 선생님이 하는 이야기를 들으면서 대회에 대한 이야기도 들었어. 그, 그러니까."

역시나 대회에 대한 이야기가 목적이었나. 역시…….

"내가 그 범인 같이 찾아봐도 될까?"

"안 돼. 잠시만, 뭐?"

저렇게 비장하게 말해 놓고는 뭐? 같이 범인을 찾자고?

"역시 안 되는 거구나……."

"아니, 그게 아니라."

내 생각에 이 이야기 속에 점점 말리는 건 나인 것 같다. 분명 정보를 조금만 빼내려고 했던 거였는데 어쩌다 조수까지 생기게 되었으니. 안 된다고 대답하려는 순간 번뜩이는 생각이 났다. 오히려 조수로 두면 옆에서 두고 관찰하는 게 나으려나? 역시 적은 가까이해야 한다고 했다.

"그래, 좋아. 무슨 목적인지는 모르겠지만."

"그냥 궁금했을 뿐이야. 나야 뭐, 정의롭지 않은 건 못 참으니까."

멋적은 듯이 현철이가 웃어 보였다. 전혀 믿음직스럽지 않지만 그래도 일단은 옆에 두고 생각해 보지, 뭐. 하, 어딘가 머리가 더 아파진 느낌이다. 세 번째 용의자 박현철이 나의 노트에 적혔다.

용의자 3. 박현철(조수?).

＊＊＊

그렇게 무슨 일이 일어났는지 모르겠다. 어찌저찌 여러 정보를 얻어 봤지만, 최아리는 아직도 나만 보면 견제하는 눈빛으로 가까이 다가오지도 못하게 했다. 김서힌은 도대체 어디 있는지 한 번 마주치지도 못했으며, 한인표는 어쩜 저리 게임 중독처럼 게임 이야기만 하는지. 그리고 나에게 생긴 가장 귀찮은 존재, 박현철. 혼자 여러 추리를 해 보는 것 같은데 왜 하고 있는지 모르겠다. 오히려 내 추리 방향을 더 헷갈리게 한달까. 그리고 어제는 갑자기 그림을 배우고 싶다나 뭐라나. 이참에 관둬? 하나의 일을 오래 못 하는 나에게는 너무 혹독하다. 그냥 모든 걸 관두고 가만히 있고 싶다. 모든 조사가 흐지부지되어 가고 있었다. 엎드려서 멍 때리고 있던 그때 선생님이 조례를 위해 들어오셨다.

"얘들아, 다 왔니? 오늘은 별 이야기 없고 동아리 신청이 내일까지인데 더 신청할 사람은 빨리 하렴. 끝나고 신청하면 어쩔 수 없어. 한 달이나 시간 줬다."

그 순간 번뜩 정신을 차렸다. 내가 이럴 때가 아닌데! 재미없는 학교생활 속 내 활기를 담당하는 동아리는 내가 학교에서 2년 동안 해 왔던 필수 항목이다. 그동안 항상 똑같이 아리가 운영하던 그림 동아리에 참석해 왔지만, 이번에 아리가 안 된다면서 막아서는 바람에 신청하지 못했다. 일개 부원 따위가 부장의 말을 거절할 수 있나. 결국, 동아리에서 거부해서 내 신청은 먼지가 되어 사라져 버렸다. 그렇게 1년을 더 버틸 동아리가 사라졌다. 여기서 동아리를 안 할 수는 없고, 그렇다고 이미 퇴짜 맞은 곳에 찾아가자니 칼 같은 아리 성격에 바뀌는 건 없을 거다. 그림을 안 하겠다고 마음먹은 지 얼마 됐다고 벌써 동아리가 그리워지다니. 아니, 그림이 그리운 게 아니라 동아리가 그리운 건가. 그래도 다 같이 그림 그리면 제법 재밌었는데.

그렇게 쉬는 시간, 열심히 고민 중이던 나를 찾아온 건 다름 아닌 바로 옆 반 준섭이였다.

"야! 주시환, 너 동아리 없지?"

"아쉽게도 그렇네."

"그럼 우리 동아리 좀 들어와라."

"뭐?!"

이게 무슨 마른하늘에 날벼락인가. 임준섭이 하는 동아리라 해 봤자 보나 마나 뭐 뛰어다니는 동아리겠지만. 이쯤 되면 예상하다시피 난 절대 활동적이지 않다. 되돌아보면 나는 항상 임준섭이 부탁해서 운동부 대타로 있거나, 운동부 인원수 맞추기용이었다. 그것도 초등학생 때인데 이제 와서 동아리에 들어오라고? 내가 미쳤지. 당연히 내 대답은 거절이었다. 임준섭은 이유를 모르겠다는 눈으로 5초 정도 나를 바라보았다. 난 황급히 자리를 떴다. 더 이상 있으면 경험상 100% 징징거리는 게 시작될 것이다. 아뿔싸. 이미 늦었나.

"아, 해 줘. 제발! 우리 활동도 점심시간밖에 안 해. 가끔 원하면 방과 후에 모이기는 하지만 그래도 정식은 점심시간만 조금 투자하면 된다고! 나 너 말고는 넣을 애들도 없⋯⋯. 주시환? 주시환! 어디 가!"

내가 말 안 했던 게 있었는데 어쩌면 내 인생에 했던 운동은 하나 더 있다. 바로 임준섭 따돌리기. 항상 뭔가를 해 달라며 날 쫓아오는 임준섭을 거절하는 건 이미 예전부터 해 본 지 오래다. 일단 임준섭이 지칠 때까지 힘을 빼 놓는 게 유경험자로서의 교훈이랄까. 나도 알고 싶지 않았다.

하지만 오늘만큼은 이 맨날 통하던 교훈이 답이 아니었나 보다. 달리기는 내가 유일하게 임준섭을 이기는 운동 중 하나였다. 그래서 달리다 보면 보통 뒤에서 점점 느려지는 걸 확인하고 다시 돌아가곤 한다. 그런데 오늘따라 내가 달리는 걸 흡족하게 바라보면서 달려오는 저 맹수 같은 눈에 오금이 저린다. 결국 체력이 비교적 약한 내가 먼저 멈췄고, 임준섭은 말을 쏟아내기 시작했다.

"그래. 너 달리기도 잘하잖아. 우리 동아리에 들어와. 우리 동아리에서는 이 스피드가 중요하다니까?"

젠장. 그러고 보니까 얘 동아리가 뭐더라.

"너 설마 내 동아리도 모르는 거 아니지?"

귀신같기는. 이러면 또 삐진다니까.

"당연히 알지. 그, 딱 봐도 뻔하지. 그, 공 가지고 하는 거 아니야?"

우리가 서로에게

"우리 학교 운동 동아리 중에서 공 없이 하는 동아리가 흔치 않을 텐데. 설마 모르는 거 아니지?"

"내가 설마 모르겠어?"

의외네. 정말 바보는 아니네. 진짜 알았다. 분명 알았는데, 어떻게든 머리를 굴려 봐야 한다. 원래 중요한 건 생각해야 할 때 기억나지 않는 법이다. 한 번 더 뛸까?

"축구잖아. 축구."

"오. 농구야."

"아, 그래. 농구 농구. 하하."

"웃겨?"

그거 좀 모를 수도 있지. 참 쪼잔하기는.

"한 번만 해 주라. 너도 재밌어 할 거야. 이거 쉽게 오는 기회 아니라고. 진짜 내가 농구부 부장이어서 어렵게 한 명 데려올 수 있는 거란 말이야."

"뭐? 진짜? 왜?"

"아니, 뭐가 왜야. 너 그림도 그만두고 할 거 없잖아. 새로운 취미 찾아 봐야지. 그렇게 무기력하게 있을래?"

뭐야……. 감동.

아리를 보기 위해서 잠깐 그림 동아리실로 왔다. 아, 갑자기 왜 급전개냐고 의문을 품는다면, 내가 미쳤다고 어딜 들어간다고? 농구? 축구? 딱봐도 인원수 한 명 부족해서 저러는 거다. 내가 초딩 때 얼마나 당했는데. 준섭이가 혼자 떠들고 있을 때 냅다 도망쳐 왔다. 내 살길 가야지. 근데 또 막상 동아리실에 오니까 문을 두드리기가 쉽지 않아졌다. 갑자기 생각해 보니까 무슨 미련으로 여기까지 왔는지 모르겠다. 그냥 임준섭을 피하려고 왔던 것 같은데. 하여간 도움이 안 돼. 무슨 미련이라니까 이제 와서 찾아온 전남친이 된 기분이다. 그래도 문을 두드려야 하나. 아니, 이유가 없기는 한데. 그렇게 한참 동안 고민하고 있을 때 갑자기 동아리실 문이 열렸다. 동아리실에서 나온 건 다름 아닌 최아리였다. 서로 놀랐는지 한동안 정적이 흘렀다.

"그, 동아리는 다 찬 거지?"

말을 끝내자마자 두 눈을 질끈 감았다. 최악이다. 정적을 깨기 위한 말이었지만 하필 왜 이 말을 했을까. 정말 더 찌질해 보였다.

"내가 찼다고 말했잖아. 그 말 하려고 온 거야?"

그냥 그동안 있었던 내 미술 용품이나 가져가려 했다고 하고 싶었지만 그 전에 갑자기 왜 내가 동아리를 나가야 했는지가 의문이 들었다.

"아니, 근데 동아리는 갑자기 왜 나가라고 한 거야?"

와, 이러니까 진짜 전남친인데? 찌질함의 극치다. 하지만 그 정도로 궁금했기에 조금 버텨 보기로 했다.

"그냥……. 내 친구들 중에 이번 기회에 들어오고 싶다는 애들이 많아서. 미안. 너는 그래도 2년 동안 했으니까."

"2년 동안 시켜 준 사람이 누군데. 항상 네가 같이 하자고 해 놓고 이제 와서? 무슨 문젠데."

왜 내가 이렇게까지 따지고 있는지는 모르겠지만 왜인지 조금 오기가 생겨서 더 따졌던 것도 있다. 아리는 조금 인상을 찌푸리더니 금세 시선을 피했다. 저건 대답하기 귀찮다는 의미일까 아니면 나에게 표하는 조금의 죄책감일까. 아리는 대답하기 어렵다는 듯이 대충 말을 얼버무렸

우리가 서로에게

다. 뭘 말하고 싶어 하는 것 같으면서도 자꾸 나오지 않는 저 말이 참 거슬린다.

말하지 않는 이유는 걱정 때문일까. 아리와 나는 중1 때부터 함께 동아리를 해 왔던 만큼 서로 의식하면서 발전하고, 성장해온 친구이다. 그런 만큼 서로에게 느끼는 게 많았던 친구였는데 갑자기 이러는 건 아리 성격답지 않다. 더군다나 갑자기 무슨 말이든 직설적으로 하는 아리가 이렇게 뜸 들이면서 얼버무리는 건 더 이해할 수 없다. 그렇게 서로 눈치만 보다가 아리가 조심스럽게 말을 꺼냈다.

"그냥……. 부원 애들이 너 좀 불편하대. 너 혼자 남자잖아. 그림 그리는 남자애 흔하지도 않고, 우리끼리 어디 가도 너 챙겨야 하고."

듣자마자 생각하지 못한 내용에 눈살이 찌푸려졌다.

"뭐? 그림 그리는 남자가 왜 적어."

다른 이유도 아니고 노력으로는 바꿀 수 없는 조건을 들은 나는 머리를 한 대 맞은 것 같았다.

"남자애, 다른 곳은 몰라도 우리 학교는 적어. 그냥 좀 불편한가 봐. 나는 그래도 너 넣고 싶었는데, 생각보다 반대가 심해. 미안해."

생각보다 더 의외의 대답에 머리가 멍해졌다. 동아리가 원래 그렇긴 하지만 솔직히 전담 선생님이 많이 챙겨 주는 동아리가 아닌 경우에는 선생님이 신경 쓰지 않으시고, 친한 애들끼리 모여서 학생 주도적으로 활동하는 경우가 많긴 하다. 친구를 위해 동아리 부원 한 명 정도 빼는 건 일도 아니란 말이다. 그동안 있었던 나의 동아리를 빼앗기는 것 같아 조금 서운했다. 서운하기보다도 조금은 욱했던 것 같기도 하다. 하지만 그래도 빈 세월은 아니라고 아리의 말이 왜인지 빈말이 아니라는 느낌이 들었다.

나를 그래도 생각해 주는 것 같았다. 괜한 나의 김칫국일지도 모르겠지만. 아니면 나 혼자 그러길 바라는 걸지도 모르겠다.

"아. 그렇구나. 이따 다시 물건 가지러 올게."

황급히 대답하고 자리를 떴다. 뭐랄까, 그냥 당황스러움이 컸던 것 같다. 이 감정을 뭐라 설명해야 할지도 모르겠다. 사실 다른 동아리 부원들과는 친한 사이는 아니었다. 그냥 같은 부원. 1학년 때부터 있었던 부원은 흔치 않아서 더 친한 부원들이 없는 것도 사실이다. 여자애들끼리는 잘 알아도 나랑은 알기가 쉽지 않으니까. 심지어 난 그렇게 친구가 많은 편도 아니었고. 정말 불편함이면 좋겠지만, 혹시라도 다른 감정이 있다면 지금 다시 동아리에 들어오라고 해도 불편해서 그 사이에 못 있을지도 모른다. 들어오라고 할 일도 없겠지만. 어딘가 씁쓸하다.

그렇게 점심시간에 동아리실에 찾아갔다. 동아리실에서는 누군가가 이야기하는 듯했다. 애들이 없을 줄 알고 온 거였는데. 다시 뒤돌아 가려는 순간 대화 속 내 이름이 귀에 박혔다.

"뭐라고? 주시환이 다시 들어오고 싶다 했다고?"

"내가 앞에서 아리랑 대화하는 거 들었다니까."

어느새 나도 모르게 나는 동아리실 벽에 귀를 대고 도둑고양이마냥 엿듣고 있었다.

"헐, 들어와서 뭐 하려고. 걔 그림 잘 그려?"

"뭐, 말로는 아리랑 비슷하다더라."

"그럼 좀 그리는 거잖아."

"야, 그래도 남자애가 그림이 뭐냐. 좀 체육도 잘하고 키도 커야 멋있지."

순간 머리가 멍해졌다. 그렇게 이후로도 많은 대화가 오갔다. 처음에는

우리가 서로에게

어이없고, 자기 멋대로 나를 평가하는 말들에 화도 났지만 가장 걱정되는 건 떨어지는 내 자존감이었다. 왜 아리가 그런 식으로 순화시켜 말했는지 이해하게 되면서 아리에게 고마운 마음도 들었다. 이런 내가 잘못된 걸까. 그저 좋아하는 걸 하면 안 되는 걸까. 우리 학교에 나같이 그림을 그리는 남자애가 드문 건 사실이다. 하지만 그래도 남자가 그림 그리는 게 잘못된 건 아니지 않나. 점점 자신에게도 혼란이 왔다. 머리가 여러 생각으로 어질했다. 그렇게 잠깐의 정적이 이어 갈 때쯤 놀랍게도 정적을 깬 건 다름 아닌 최아리였다.

"뭐, 잘 그리긴 하지. 근데 그거 다 남의 작품 비슷하게 따라 하는 거잖아. 그러면서 좀 그리는 척하고, 솔직히 그렇게 잘 그리는 편은 아니야."

순간 머리가 핑 도는 것 같았다. 믿고 있었던 아리의 목소리여서 더 당황스러웠다. 애써 아니라고 믿고 싶었지만 그건 확실한 아리의 목소리였다. 내가 얼마나 열심히 했는지 알면서 내 편을 들지 않아 주는 아리를 향한 배신감과 이 상황이 무슨 일인지 아직 따라오지 못하는 머리만 멍하게 있을 뿐이었다. 아직도 따라가기 어려워하는 내 머리 상태를 알 리가 없는 아리는 버거워하는 나를 뿌리치듯이 이어서 말을 하기 시작했다.

"글쎄, 저게 뭐가 좋다고 다들 치켜세워 주는지 모르겠어. 노력도 안 하는 것 같이 보이던데. 그냥 재능충 같은 걸까."

예전부터 항상 내 노력이 무시당하는 건 참을 수 없었다. "그냥 잘한다는 거니까 칭찬 아니야?"라고 물어보는 사람도 많았지만, 나에게는 지금까지의 나의 시간을 무시하는 듯한 느낌이어서 항상 싫어했다. 하지만 갑자기 왜 아리가 나에게 이렇게 말하는지 모르겠다. 이제부터 아리의 말을 제대로 들을 수 없을 것 같은 느낌이었다.

벽에 기대어 조금 허탈해하고 있을 때 점심시간이 끝나가는 예비종이 쳤다. 그러자 동아리실에 있던 애들이 우르르 나오기 시작했다. 나는 잽싸게 몸을 숨겼다. 애들이 모두 지나가자 한참 동안 머리가 멍했다.

시간은 금세 흘러갔다. 정신을 차리고 나의 미술 용품들을 정리하기 위해서 동아리실로 들어갔다. 그렇게 미술 용품을 정리해서 가져가려고 할 때 의도치 않게 눈에 들어온 건 아리가 그리던 그림이었다. 마치 내가 예전에 동아리실에서 그렸던 그림과 정말 유사해 보이는 그림에 어안이 벙벙했다. 뭐지, 아리가 내 그림을 따라 그린 건가? 아니면 그저 비슷할 뿐? 지금까지 동아리 하면서 그린 그림은 다 동아리실에 두었으니 가능성이 아예 없는 건 아니었다. 그토록 최아리가 숨기던 게 이거였나? 나는 서로 좋은 자극도 얻고 같이 그림 그리는 친구였다고 생각했는데. 아니었던 걸까? 여러 의문이 머릿속에서 맴돌았지만 지금 당장 해결할 수 있는 건 없었기에 그냥 조용히 동아리실에서 나올 수밖에 없었다. 그냥 복도를 터덜터덜 걸어갈 뿐이었다.

* * *

그렇게 동아리 신청이 오늘까지인 시점, 나는 큰 사고를 벌였다. 화창한 오늘, 학교에서 가장 기대되는 점심시간. 지금 내가 서 있는 곳이 교실이 아니라 강당이라는 걸 후회했다. 항상 조금 욱하는 성격을 고쳐야 한다 생각했지만, 난 왜 여기 있을까. 어제 일이 있고 난 뒤 미술에 정이 다 떨어져서 다른 동아리 뭐라도 해야겠다는 생각에 농구를…… 하겠다고 해 버렸다. 이건 정말 사람의 충동성을 보여주는 가장 좋은 예로 쓰일 만한

우리가 서로에게

일이었다.

그렇게 멍하게 있는 나를 보고 준섭이가 농구부를 소개해 줬다. 다들 키가 커서 조금 많이 무섭긴 했지만, 생각보다 처음 농구를 한다는 나를 잘 받아 주었다. 조금 있어 본 결과 농구부는 선생님들의 많은 관심을 받지 않는 동아리였다. 다른 운동 동아리에 비해 뒤늦게 만들어져서 그런지 전담 선생님은 있었지만, 신경을 잘 써 주지 않았고 오히려 그 덕분에 자유로운 분위기가 형성되어 부원들과 친해지기 편하게 만들었다.

처음에는 간단한 규칙을 배우고 다른 애들이 서로 경기하는 걸 지켜보았다. 원래는 항상 준섭이가 운동할 때면 힘들겠다는 생각밖에 들지 않았지만, 막상 와서 준섭이를 보니 진짜 즐기는 듯한 얼굴이 나조차도 뿌듯하게 만들었다. 진짜 좋아하는 걸 하는 얼굴은 저런 표정일까, 나도 저런 표정을 지었었을까? 같은 여러 생각이 들 게 만들었다. 준섭이뿐만이 아니었다. 다들 좋아하고 즐기는 표정이 나도 뿌듯하고 흥미를 가지게끔 만들어 주었다.

오늘은 첫날이었으니 이 정도만 하고 교실로 들어가기로 했다. 농구는 매일 점심시간에만 한다는 공지와 더 하고 싶으면 학교 끝나고 가끔 모이기도 한다는 이야기도 말해 줬지만 아직은 관심 없었기에 한 귀로 흘려들었다. 이미 예전에 한 번 준섭이가 했던 말이기도 했다.

다른 부원들과 인사하고 준섭이와 반에 들어가면서 조금은 흥미가 생긴 것 같다고 말하자 준섭이는 그럴 줄 알았다는 듯이 말을 늘어놓기 시작했다. 조금 더 하면 엄청 좋아하게 될 거라면서 앞으로 너도 운동 좀 하고 살아야 한다면서 떠들어 대는 준섭이가 원래 같았으면 귀찮았겠지만, 오늘따라 조금 봐줄 만했다.

그렇게 서로 인사한 후 반에 들어와서 수업을 들을 준비를 하는데 머릿속에는 온통 농구 생각밖에 들지 않았다. 수업 시작하고 끝날 때까지 규칙을 다시 생각해 본다던가, 경기하는 걸 떠올려 본다던가 온갖 망상에 빠져 있었다. 그런 나의 망상을 깬 건 다름 아닌 한인표였다. 잠만, 정신을 차리고 다시 보니 현철이었다. 현철이는 나에게 오더니 이제는 그림을 그리지 않는 거냐며 더 이상 범인을 찾는 건 그만둔 거냐는 등 여러 질문을 했다. 나는 솔직히 더 이상 힘 빼고 싶지 않았기에 그냥 나중에 다시 생각해 보겠다고 대충 얼버무리고, 일단 지금은 안 할 거라고 대답했다. 그러자 미세하게 울상인 표정을 짓는 듯하더니 돌아가려고 하는 현철이를 보며 문득 명찰이 '한인표'라는 걸 알아차렸다.

　"잠시만. 그 교복, 네 거가 아니네?"

　헷갈릴 내가 아닌데. 그러고 보니 안경도 쓰고 있는 게 진짜 인표와 제법 비슷했다.

　"아, 맞아. 인표는 교복 잘 안 입고, 나는 교복 조끼를 잃어버려서 항상 인표한테 빌려서 입었어. 우리 부모님은 단정하게 입고 다니는 거 좋아하셔서 항상 체육 없을 때는 교복 입거든."

　"그럼 안경은? 안경도 썼네?"

　"아, 안경 쓰고 왔구나. 안경은 가끔 내가 공부할 때만 써. 가끔씩 정신없이 이동할 때는 쓰고 다니기도 해."

　멋쩍은 듯 웃어 보이는 현철이는 진짜 공부하다 온 사람처럼 생겼다. 이게 장난으로 하는 말이 아니라 정말 안경을 쓰니까 다크서클이 부각되어 보였다. 이 정도면 맨날 게임 하는 인표보다 더 다크서클이 심해 보일 정도였다.

　　　　　　　　　　　　우리가 서로에게

갑자기 이미지 변신된 현철이를 신기해하고 있을 때 현철이의 물음에 정신을 차리고 다시 본론으로 들어왔다. 순간 까먹고 있었네. 진짜 이제는 불필요한 감정 소비를 끝낼 거라고 마음먹었기 때문에 조사 또한 그만하고 싶었다. 그렇기 때문에 내 대답은 역시나 정중한 거절이었다. 현철이는 어쩐지 미술에 더 이상 관심 없어 보이는 나를 보고 조금은 서운해하는 것 같기도 하고, 범인을 찾는 건 나중에 하겠다는 말을 듣고 조금은 안도하는 듯한 이상한 표정을 지으며 알겠다는 짧은 대답을 하고 황급히 자리를 뜨는 듯했다. 이렇게 추리는 정말 이제 잠시 그만두기로 했다. 그렇게 여러 생각에 수업에 집중도 하지 못한 상태로 벌써 내 몸은 집에 도착하고 말았다.

* * *

오늘 하루 내내 머리가 멍했다. 최근 며칠 동안 많은 일이 지나가서 그런가 머릿속에는 여러 의문이 돌아다녔다. 지금 이제야 집에서 쉴 수 있게 된 나는 오랜만에 집에서 침대에 누워 휴식을 취하기를 다짐했다. 하지만 그렇게 침대에 누운 나에게 들어온 건 예전에 그렸던 그림을 모아 놓은 노트였다. 갑자기 예전 생각이 들기도 하고 그림을 오랜만에 구경하고 싶어서 나는 침대에서 일어나 노트로 향했다. 노트에는 지금까지 그려왔던 여러 그림이 그려져 있었고, 실력은 처참했다. 예전의 나의 그림은 지금 나의 그림이 발전했다는 걸 일깨워 줬지만, 지금 나의 그림은 예전보다 많이 발전하지 않았다는 걸 느끼고는 다시 한번 더 미술에 심통이 났다. 이러니까 또 갑자기 어제 있었던 일이 생각나서 심장이 먹먹해진다. 사실 나는 그림을 그렇게 잘 그리는 편이 아닌 게 맞다. 평소에 그림을 그저 많이 그렸던 거지 오히려 반에서 그림을 그릴 때 반 아이들은 나보다 더 잘하는 아이한테 가서 그림을 구경했고 나에게는 그저 몇 마디 하고 바로 가기 일쑤였다.

생각하면 할수록 더 재능에 집착했다. 재능이 너무 가지고 싶었다. 그 도둑놈이 가진 재능. 그건 뭘까. 비참한 나 자신에게 화도 나지 않았다. 그저 빨리 이 생각들을 회피하고 싶을 뿐이었다. 이렇게 점점 멀어지나 싶다. 지칠 대로 지쳐 버린 나는 노트를 다시 덮어 책꽂이에 꽂고 침대로 뛰어들었다. 푹신한 침대가 그 누구보다 나를 위로해 주는 것 같아 괜히 눈물이 핑 돌았다. 정말 짜증 났었던 것 같다. 화도 났었고, 솔직히 슬프기도 했고, 억울하기도 했다. 이제야 솔직해지는 내 마음에 스스로 조금이나마 위로를 보냈다. 그리고 새로운 관심사를 찾은 걸 축하했다.

확실히 운동이라는 게 중요하고 대단하긴 하다. 운동 때문인지 새로운 환경 때문인지는 모르겠지만, 지금 학교 가는 길이 조금 설렌다. 아주 조금, 정말 아주 조금이지만. 아직은 초반이라 벌써부터 힘들 것 같고 움직이기 싫긴 하지만 새로운 경험이 주는 색다른 느낌이 항상 좋은 것 같다. 요즘 밤늦게 그림도 안 그려서 그런가, 일찍 자고 푹 잠에 들게 된다. 아직 이게 익숙하지는 않지만, 확실히 학교에서 느끼는 기분이 달라진 것 같다. 보다 더 상쾌하고 시원한 느낌이 오늘 하루의 기대치를 높여 줘서 더 인간다운 삶을 살아갈 수 있게 하는 것 같다. 벌써 어느새 벚꽃은 다 떨어지고 푸릇푸릇한 잎사귀가 자라나 나무를 한 층 더 시원하게 꾸며 주었다. 이제 정말 여름이구나 싶다.

우리가 서로에게

＊＊＊

그렇게 동아리 신청 후 며칠이 지났다. 운동하는 건 정말 여러 기분을 느끼게 해 줬다. 물론 운동이라는 게 좋은 영향을 미치는 게 맞는 말이긴 하지만, 그런 것과 별개로 나에게는 더 특별했다. 그동안 운동과 벽을 쌓아 놓고 살아온 나에게는 더 색다르게 다가왔다. 어쩌면 여기가 지옥일지도. 미술을 할 때나 책을 읽을 때 가끔씩 지옥에 대해서 서술되어진 걸 보곤 한다. 어쩌면 작가분들이 지옥을 그리기 위해 운동을 했을지도 모른다. 정말 어쩌면. 여긴 어디 나는 누구⋯⋯.

운동을 못하지는 않았다. 예전에는 좀 했던 것 같은데 언제 이렇게 나 빼고 다들 성장했는지. 난 아직도 어릴 때에 머물러 있나 보다.

"기본기 조금 시켰다고 이렇게 멍 때리고 있을 정도야?"

준섭이는 물을 마시러 오면서 말을 걸어왔다.

"말은 정확히 해야지. 앞에 체력 기르기 한 것도 넣어 줄래? 오자마자 뛰어다니게 시키더니."

"신참 군기 좀 잡아야지. 그리고 넌 체력 좀 키워야 해. 열심히 좀 해. 기본기가 원래 더 중요한 거 알지? 미술 할 때는 그렇게 열심히 하더니."

"그래도 내 성격에 이 정도면 열심히 하고 있는 거잖아."

"그럼, 알지. 네 성격."

준섭이와 대화하면서도 열심히 공을 튕겼다. 역시 뭔가를 시작한다는 건 쉽지 않은 일이구나. 벌써 경기를 하는 건 무리이려나. 그렇게 생각하니까 또 힘이 쭉 빠진다. 점점 더워지는 여름이라 강당이 아니었으면 아마 지금쯤 포기했을 것 같다. 그나마 다행이지. 사실 아직도 내가 여기서 뭘 하는지 모르겠지만, 초반이라 뭐든 재미있긴 하네. 다들 열심히 하는 모습을 보니까 내가 다 뿌듯해지기도 한다. 그렇게 여러 번 경기를 하니 다들 지칠 대로 지쳐서 중력을 이길 힘도 없는지 하나둘 쓰러지기 시작했다. 준섭이는 지친 몸을 이끌고 내 옆으로 오더니 물을 마시는 둥 세수하는 둥 하더니 금세 쓰러지듯 누워 버렸다.

"이제, 그만 갈까?"

지쳐 있는 아이들 사이에서 누가 말을 꺼내자 다들 만족하는 듯 표정을 지었지만, 몸에 힘은 없는지 대답도 끄덕임도 하지 못했다. 그렇게 각자 조금씩 정신을 차리고 짐을 싸기 시작했다.

"우리도 가자."

준섭이가 짐을 싸면서 말을 걸어왔다. 듣던 중 반가운 소리였지만, 아직 아무것도 하지 못한 것 같아 가기가 아쉬웠다.

"벌써?"

"무슨 벌써야. 넌 가만히 있었으니까 안 힘든가 보지."

그래도 하긴 했는데. 드리블만 연습했으니 비교적 가만히 있는 게 맞긴 하지. 근데 나도 했는데. 따지려고 입을 열려다가 좋게 말하면 피곤해 보이는 임준섭을 위한 배려고, 그냥 말하자면 일일이 대꾸하기도 귀찮은 마음에 말을 아꼈다. 내가 져 주는 걸 애는 알까.

"수고하셨습니다!"

마지막으로 모두가 다 같이 외치고 각자 헤어졌다. 그저 평범한 인사말이었지만 왜인지 심장이 요동치기 시작했다. 이렇게 어딘가에 속해 있다는 기분과 조금 웅장한 느낌은 오랜만인 것 같아 괜히 간질거렸다. 나쁘지 않은 느낌이었다. 그렇게 우리는 반으로 향했다. 반에 다 도착했을 때

우리가 서로에게

쯤 아까 말을 기억했는지 준섭이가 말을 꺼냈다.

"그래도 아쉬우면 내 농구공 빌려줄까? 학교 공은 못 가져가니까 내가 특별히 빌려줄게."

정 많은 녀석. 역시 아까 내 배려가 통했구나. 조용히 있길 잘했다.

"진짜? 그럼 나야 좋지."

준섭이는 반으로 들어가더니 가방에서 농구공을 꺼내 왔다.

"농구공이 가방에서 나와?"

어이없는 상황에 헛웃음이 나온 것도 있고, 그토록 공부도 안 하는 놈의 가방이 최근 들어 빵빵했던 이유를 알게 되어서 웃음이 나왔다.

"조금 쓰다가 나중에 돌려줘."

나는 고개를 끄덕이고 반으로 들어왔다. 아직 점심시간이 끝나기까지는 시간이 좀 남아 있었다. 나는 자리에 앉아서 농구공을 잡고 뚫어져라 쳐다봤다. 뭔가 손에 잡히는 그립감이나 공의 질감이 다 느껴졌다. 계속 만지작거리다가 종이 치는 줄도 모르고 슛하는 듯이 조금 던져 봤는데……. 공이 조금 뜨면서 날아가다가 바닥을 몇 번 쿵쿵 치며 앞으로 굴러가더니 들어오시는 선생님의 발에 부딪히고 멈춰 섰다.

'×됐다.'

* * *

그렇게 학교가 끝나고 엄청난 청소와 잔소리를 듣고 나서야 하교할 수 있었다. 공을 압수하시려던 걸 정말 무릎 꿇고 빌어서 말렸다. 순간 할아버지가 주셨다고 거짓말하고 싶었지만, 괜히 일이 꼬이고 선생님이 더 화

나실까 조용히 고개를 끄덕이기만 했다.

 그렇게 집에 가는 길에 무모한 짓을 또 시전했다. 걸어가면서 드리블을 조금씩 연습하면서 가는 것이다. 아직 미흡한 실력이지만, 조금씩 튕기면서 앞으로 나아갔다. 처음은 아주 느리고 천천히 나아갔지만 손에 리듬이 익숙해지면서 점점 고개를 들 수 있게 되었다. 앞만 보는 게 아니라 하늘도 보고 목표도 볼 수 있게 된 것이다. 조금씩 공을 놓치거나 공이 도로변으로 굴러갈 뻔하기도 했지만, 위기로 인해 더 성장하는 시간이었다. 그렇게 하루, 이틀. 점점 매일을 드리블하면서 집에 도착했을 때 나는 조금 달라져 있었다.

 여느 때와 같이 집에 가던 어느 날, 유독 내 눈에 들어오는 곳이 있었다. 바로 학교에서 조금 떨어져 있고, 우리 집 바로 옆에 위치한 동네 놀이터에 있는 작은 농구장이었다. 농구 골대 그물은 낡아 빠져서 거의 남아 있지도 않았고, 바닥의 라인은 예전에 여기서 뛰었던 자칭 동네 프로 농구 선수들의 역사를 추억으로 남겨 두듯 닳아서 없어져 가고 있었다. 오히려 그런 느낌이 더 마음에 들었다. 그저 마음에 들었다고도 표현이 부족했다. 그냥 '이거다!' 싶었다. 또 심장이 요동치는 느낌이 들었다. 오히려 살짝 레트로 감성이라고 할까.

 나는 한 치의 고민도 없이 바로 농구장으로 향했다. 물론 가서 할 수 있는 건 정말 기본기 연습밖에 없지만, 그래도 농구장에서 할 수 있다는 게 있다는 거만으로도 만족했다. 그래도 그동안 하굣길에서 한 연습 덕분에 드리블은 꽤나 하게 되었다. 그렇게 연습하면서 해 보고 싶었지만 하지 못했던 걸 조금씩 시도해 봤다. 은근한 멋도 많이 추가해서 드리블도 해 보고 슛도 던져 보았지만 역시 아직 멋과 실력을 같이 챙길 정도는 되지 못했다.

그래도 혼자 제법 멋지다고 생각하며 심취해 있었을 때. 뭔가 저쪽 건물 모서리에서 자꾸 시선이 느껴졌다. 옆 놀이터에 놀러 오고 싶은데 나 때문에 오지 못하는 거려나 생각하면서 같이 빤히 쳐다보았더니, 금세 놀라서 사라져 버렸다. 뭔가 민망해서 공을 조금 튀기다가 나도 금방 집에 가야겠다고 생각했다. 근데 진짜 누굴까. 남은 건 의문뿐이었다.

＊＊＊

긴장하지 말고, 어깨만큼 다리를 벌리고 무릎을 조금 구부린다. 공을 잡는 그립도 신경 써 주고, 손을 올려서 하체에서부터 팔까지 힘을 모아 골대를 향해서 힘껏 공을 던진다. 마지막으로 나의 손가락을 스치고 벗어나 공은 위로 날아가면서 자연스럽게 골대 사이를 통과한다.

'슉.'

경쾌한 소리가 강당에 울려 퍼지고 내 마음도 몸도 상쾌해진다. 마치 지금 막 쓸려 오는 파도 앞에서 시원한 바람을 맞은 것처럼. 더운 날씨에 땀이 얼굴을 뒤덮을 때 딱 에어컨이 틀어져 있는 곳에 들어온 것처럼.

"오, 뭐야. 좀 하는데?"

이거지. 그래도 은근 하면 한다니까. 방금 동아리 부원들 앞에서 멋지게 공을 넣어 버린 시점이다. 이거, 이렇게 잘해 버리면 다른 애들 의기소침해지는 거 아니야? 한껏 어깨가 올라가서 입이 귀에 걸리게 미소를 지어 보였다.

"하하! 봤냐? 재능 있다고!"

"그래. 초보자치곤 잘했네. 오늘 시도만 수십 번은 한 것 같지만."

점점 성장하는 나날을 보면서 많이 만족스러웠다. 농구 부원들과도 많이 친해져서 친구도 많이 생기고, 운동을 매일 하다 보니 우울한 것도 줄어들고 점점 활발해지는 듯했다. 그렇게 내 일과는 거의 '집-학교-동네 농구장'으로 고정되었다.

"수고하셨습니다!"

오늘도 일과를 하나 마치는 종소리가 울렸다. 요즘 열심히 슛 연습을 했기 때문에 꾸준히 꽤나 땀을 흘리는 게 뿌듯했다.

"다음부터는 같이 경기해도 되겠는데?"

"그러니까. 완전 빨리 늘어. 너 운동 안 하던 애 맞아?"

농구 부원 애들이 칭찬을 해 주니까 몸 둘 바를 모르겠다. 그래서 그저 웃기만 했다. 하지만 속으로는 마음이 이미 지상 1000m까지 상승했다 내려왔다 했다.

"하지만 아직 멀었다고. 열심히 연습해 오도록!"

능청스럽게 끼어들어서 장난치는 준섭이의 말에 나는 능청스럽게 장난을 맞받아치면서 친구들과 각자의 반으로 헤어졌다. 마지막 준섭이까지 반으로 보내고 바로 옆 반인 내 반으로 들어왔다.

수업 준비를 하고 수업을 어찌저찌 듣고 학교가 끝나기만을 기다렸다. 나는 학교가 끝나자마자 바로 그 농구장으로 갔다. 바로 나의 다음 일과가 시작된 것이다. 역시 매일 갈 때마다 설레는 느낌이다. 마치 어릴 때 그토록 원했던 나무 위 집 같은 아지트가 생긴 거 같달까. 더군다나 사람도 적으니 완전 아지트가 따로 없다.

설레는 마음으로 향한 농구장에는 어쩐지 누군가가 연습을 하고 있었

우리가 서로에게

다. 나는 그 즉시 불을 처음 본 원시인처럼 경계 태세를 갖추고, 마치 처음 보는 생물을 본 것처럼 살금살금 다가갔다. 저 익숙한 체육복⋯⋯. 우리 학교 체육복이었다! 저 특유의 형광색이 섞인 구린 디자인 못 알아볼 수 없다. 그렇게 한 발자국, 두 발자국, 세 발자국을 디디려는 순간.

'우지끈.'

'아뿔싸, 나뭇가지가 하필 바닥에⋯⋯.'라고 생각한 순간 아차 싶어서 바로 고개를 다시 들자 딱 그 애와 눈이 마주쳤다.

'여자애?'

그리고 그 손에 들려 있는 건⋯⋯.

'농구공?'

5초 정도 정적이 흘렀나. 어색하게 손을 들어 조금 흔들었다. 역시 모르는 사람의 인사를 받아 줄 리가 없지. 말을 걸어 보고자 어떤 말을 할지 고민하다가 '그래도 명색이 중학교 3학년, 즉 중학교 최고 학년인데 쫄 것도 없지. 말을 걸어 보는 거야!'라는 생각에 말 한마디를 건넸다. 그렇게 고민 끝에 뱉은 말은.

"1학년?"

"뭐?!"

'텅.'

공이 경쾌한 소리를 내며 여자애의 손에서 미끄러져 내렸다. 그리고 몇 번 더 바닥에서 나뒹굴더니 내 발 앞까지 굴러왔다. 공을 한참 동안 쳐다보다가 고개를 들었을 때 여자애의 얼굴은 엄청나게 구겨져 있었다. 내가 뭘 실수했나? 아, 2학년이었나.

"내가 그렇게 작아 보여?"

몇 초 전까지만 해도 한 것 구겨져 있던 얼굴이 금세 울상으로 바뀌었다. 말 없던 여자아이가 꺼낸 말이 작아 보이냐는 거라면 내가 한 말이 여자애의 뭔가를 건드리긴 했나 보다.

"아니, 워낙…… 아담해 보이기는 해."

애써 시선을 회피해가면서 대충 얼버무렸다. 그러다 바닥에 있는 농구공을 발견하고는 다시 정신을 차리고 물어보고 싶었던 질문들을 물어봐야겠다 생각했다. 운동하는 애인가. 아, 아니지. 묻고 싶은 게 많지만 일단 누군지부터 알아야 할 것 같았다.

"너 이름이 뭐야?"

"나 김서힌."

"뭐?!"

김서힌? 그 쵀아리가 말한 김서힌? 그럼 3학년? 아니, 그런 애가 왜 여기에 있어. 아니, 뭐야? 아니, 뭐? 의외의 장소에서의 의외의 만남은 너무 당황스러웠다.

"왜 갑자기 소리를 질러."

"너 미술 하는 거 아니었어?"

"아, 미술. 너 나 알아? 너 누군데."

"난 주시환인데."

나는 어쩔 수 없이 대회에 대한 이야기와 아리에게 들었던 새로 들어온 그림 동아리 부원이 너였다는 이야기들을 털어놓았다. 처음 본 애에게 이런 말을 하는 나도 당황스럽긴 하지만. 아닌가, 오히려 처음 보는 애여서 더 편하게 말할 수 있었는지도 모른다. 물론! 내가 민망한 이야기는 조금 빼고 말하긴 했지만 뭐 거의 다 맞는 말이니까.

"아, 그렇단 말이지. 억울하겠네. 그 도둑놈 꼭 찾고 싶네. 나랑 그림 스타일이 비슷했다니. 최근에 대회 뭐 하나 나가고 나서 그림 그만한다고 마음먹고 안 한 지 나도 좀 됐거든. 마음고생 좀 했겠다. 나도 알아. 그 마음."

작은 위로에, 오히려 잘 모르는 사람이어서 할 수 있는 작은 말이 더 쉽게 마음에 들어왔다. 거추장스러운 동정이나 번지르르한 말 없는 그저 작은 위로 하나. 지금까지 그 작은 하나가 받고 싶어서 아등바등 살아온 걸지도.

"그래서 너도 그림 동아리야? 아리한테는 말하지 말아 주라. 나 지금 미술 동아리 애들 피해 다니고 있거든? 말하자면 길어."

"……싸웠어. 최아리랑. 동아리도 못 들어갔고. 이제는 농구부야."

딱 어디 소속이라고 말하는 게 뭔가 자랑스럽기도 하고, 이것까지는 말하고 싶지 않았기도 하고. 갑자기 기분이 픽 식어…….

"뭐??? 농구부?"

서힌이는 불쑥 들어와서 내 말을 끊어 버렸다. 갑자기 소리 지르면서 벌떡 일어나며 나를 바라보는 저 아이의 심리는 뭘까. 나도 지금 제정신이 아니지만, 쟤도 좀.

"응. 농구부. 나도 딱히 좋아서 들어간 건 아니야."

아니, 지금은 조금 좋아졌을지도. 그래도 그냥 그렇다는 듯 퉁명스럽게 대답했다.

"아니, 너 미술은 안 하고 갑자기 농구? 그리고 뭐? 딱히 좋지가 않아?"

갑자기 일어나더니 발악하는 걸 보고 있자니 키가 작아서 그런가, 괜히 1학년으로 오해한 게 아니다. 전혀 위협감이 없네. 조금 당황스럽네. 얘 진짜 뭐지.

"어쩌다 친구 부탁받아서 그래. 미술은 이제 흥미도 없고, 뭐."

다시 그 아이를 바라봤을 때 놀라지 않을 수가 없었다. 이걸 뭐라 설명해야 하나. 얼굴이 찌푸려졌는데, 모든 근육을 다 써서 찌푸렸달까. 기분 나빠 하는 건가? 얼굴이 썩어 가는 느낌?

"좋겠다? 흥미 없는 거. 친구 부탁이면 쏙쏙 들어가고."

아까부터 대화가 어떻게 돌아가는 건지 이해를 할 수가 없네. 아까부터 왜 자꾸 혼자 버럭거리는지. 그리고 미술 동아리 애들은 또 왜 피해 다닌다는 거야?

"하고 싶은 말이 뭔데. 이렇게 만난 것도 인연인데 들어줄게. 나도 말하기도 했고. 솔직히 아까부터 조금씩 뭔가 말하는 거 같은데 하나도 뭐가 뭔지 모르겠거든. 그만하고 앉아서 천천히 말해 봐."

그러자 좀 진정했는지 다시 옆에 풀썩 앉았다. 그리고 조금 고민하는 듯하더니 결국 조금씩 털어놓았다.

"맞아. 일단 뭐부터 말해야 하나. 그림은 안 그린 지 좀 됐어. 재미가 통 없기도 하고, 다들 잘 그린다 해 주기는 하는데, 뭐 이제 끌리지도 않고. 그러다가 농구를 만났어."

그렇게 서힌이는 천천히 농구에 대해서 이야기하기 시작했다. 그림을 그리다가 재미가 없어진 이야기. 그래서 그림을 안 한다고 하기 미안해서 피해 다닌다는 이야기. 어쩌다 우연히 농구에 빠지게 된 이야기. 남자애와 농구를 1 대 1로 붙어서 이긴 이야기. 농구를 직접 보러 간 이야기. 학교 동아리 중에 여자 농구부가 없다는 이야기. 혼자 농구를 배우기 시작했다는 이야기……. 순간 뇌가 번뜩이는 느낌이 들었다. 동아리에 여자 농구부가 없었나?

우리가 서로에게

"동아리에 여자 농구부가 없어?"

내 질문에 또 벌떡 일어서더니 강한 긍정인지, 강한 분노인지 모를 격한 반응을 하면서 말을 이어갔다.

"당연하지! 넌 모르지? 모를 거야! 없으니까! 솔직히 남자애들 원래 축구하고 농구하고 하잖아. 원래 운동해서 체력 되지, 할 친구도 있지, 기회도 많지. 그에 비해서 난 피지컬도 안 되고 나랑 해 줄 친구도 없어. 기회도 없어. 난 하고 싶어도 할 수가 없거든."

말을 다 하고 서힌이는 다시 풀썩 주저앉았다. 힘이 다 빠져서 그런 건지 은근히 서운해하는 건지 마지막에는 초반과 너무 상반되게 점점 목소리가 줄어들더니 거의 웅얼거리는 듯이 말하고 끝냈다.

"사실 모든 남자애들이 그렇다는 건 아니야. 다 싸잡아 말하는 건 오해를 일으킬 수 있으니까. 그냥, 나는 그냥 나에게 기회가 주어지는 게 많이 어렵다고 말하고 싶었어."

당황스러웠지만 왜인지 그 기분을 알 것 같아서 더 마음이 쓰라렸다.

"선생님께 부탁해 보는 건 어때? 혹시 몰라. 선생님께 같이하자는 애들 몇 명 데리고. 아니면 그냥 남자애들이랑 같이 해."

내가 생각해도 나쁘지 않은 말이었다. 물론 해결 방안은 어디에나 있으니까.

나도 비슷한 느낌을 많이 느껴 봐서 안다. 최근에만 해도 벌써 최아리와 동아리 애들한테 남자애가 뭐 그러냐는 소리까지 들었으니, 말로 표현할 수 없는 무기력함을 안겨 주는 말이었다. 노력도 할 수 없게 희망을 뿌리째 뽑아 버리는 듯한 말.

사실 그런 말과 같이 은근히 차별 섞인 말을 하는 건 어렵지 않다. 차별은 우리 뇌 속에 이미 뿌리 깊게 내려서 지배하고 있으니까. 그냥 툭 던진 말이 편견과 차별 덩어리라는 걸 알지 모를지 모르지만, 그게 뭐가 됐든, 모든 사람이 던지니까 당연하다는 듯 던지는 사람들이 있다는 게 참 슬프고도 당연한 현실이다. 틀에 박힌 삶이 솔직히 편하니까. 내가 다수니까 괜히 이 안정적인 삶을 깨고 싶지 않으니까 소수를 탓하는 게 아닐까. 어쩌면 소수도 아니다. 그냥 평범한 똑같은 애일 뿐이다. 우리 멋대로 우리와 너는 다르다고 말하는 거조차 이상하단 말이다. 그냥 다 각자 특색 있고 좋아하는 게 다르고 싫어하는 게 다르고. 즉 그냥 각자 다 다르다는 말이다. 그걸 이해하는 게 중요하지만, 이 작고 작은 학교에서는 많은 다양한 사람을 보기가 어렵기 때문에 아이들이 학교에 있는 사람이 세상에 있는 사람 전부인 줄 알고 소수인 아이들을 멋대로 이상한 애들로 분류하는 게 아닐까. 어른들도 사실 별 관심 없다. 바빠 죽겠는 사회에서 우리의 작은 사회까지 봐 주기 힘들 뿐만이 아니라, 일 일으키는 것조차도 일이니까. 그 아래에서 우리는 그렇게 어른으로 자란다.

"너도 농구부면 알 거 아니야. 농구부는 선생님들의 큰 관심 없이도 알아서 잘하니까, 친구들끼리 잘하니까 딱히 신경 써 주시지 않아. 그래서 알려 줘야 할 게 많은 우리 여자 체육부는 많이 귀찮아 하실지도 몰라. 그래서 선뜻 부탁도 안 해 봤어. 그 특유의 귀찮다는 어른들의 눈빛이 있거든. 그리고 남자애들 사이에 끼어서 하라고? 웃겨. 그게 되겠어. 체격 차이는 말도 마. 남자애들도 불편해하고 같이한다고 해도 재미도 없어. 그리고 남자애들 사이에 여자애 하나 껴 있는 걸 다른 애들이 어떻게 볼지 조금 걱정되기도 하고⋯⋯."

생각보다 깊은 주제에 나도 잠시 깊게 생각에 빠졌다. 사실 차별이라는

우리가 서로에게

게 없어질 수 없는 이유가 있다. 우리는 모두 각자 특색 있고 모두 다 다르기에 모두 좋은 거지만 그렇기에 서로 이해하기 힘들고 시선과 관점이 다르기 때문에 가끔은 당연하다고 생각하는 게 당연하지 않을 수 있다. 그렇게 아까의 위로를 보답하기 위해 조심히 이야기를 꺼냈다.

"사실 나도 그림 하고 싶었던 것 같아. 근데 남자애가 뭘 그림이냐고 하더라. 사실 그냥 그 정도 말에 딱 식어 버릴 흥미였나 봐. 내가 그림을 좋아하는 게 딱 그 정도였나 봐. 근데 이제 와서 그 틀에 맞게 나도 체육 하는 흔한 남자애가 된 거야. 웃기지."

"그렇게 말하지 마. 체육 하는 남자애가 누가 흔하대. 그냥 애들이 각자 하고 싶은 걸 하는 거뿐이야. 체육 하고 싶어 하는 남자애들이 많아서 체육 하는 남자애들이 많은 거뿐이야. 그걸 당연하다는 듯이 받아들이고, 그게 흔한 거라도 받아들이는 거부터가 편견의 시작인 거야. 그리고 그냥 새로운 시작일 뿐이야. 네가 체육이 맞는지 미술이 맞는지 어떻게 알아. 하늘이 이참에 너한테 많은 걸 시도해 보라고 준 기회인가 봐. 그걸 받아들이고 체육으로 갈지, 아니면 그건 잠깐의 시련이고 다시 그림에 대한 의지를 굳게 만들어 줄 기회인지는 너에게 달렸어."

"……."

그렇게 몇 분 있었나. 나는 고개를 들고 눈을 몇 번 깜박였다. 그리고 흐려 보이는 하늘이 다시 명확하게 보일 때쯤 다시 고개를 내렸다. 그리고 생각했다. 아주 깊이. 깊게.

"미안 너도 연습하러 온 걸 내가 내 신세 한탄만 했네. 오늘 연습 못 했겠다. 괜한 소리만 했네."

"말해 봐."

"응?"

"그냥 말해 보라고. 선생님께 여자 농구부. 아직 말 안 해 봤잖아. 그러면서 어떻게 될지 어떻게 알아. 가끔은 우리와 많이 달라 보이는 어른이지만, 그러기에 어른인 거야. 이미 우리의 시절을 지내 왔고 그렇기에 그러면서 배운 걸 우리에게 알려 주시는 거잖아. 혹시 몰라. 너의 마음이 간절하면 선생님 마음에 닿을지. 기회가 올 때 잘 잡는 것도 맞지만, 우리가 기회를 만들 수 있지 않을까. 우리가 더 노력하는 거지. 당연한 건 항상 없으니까. 재능 있고 당연한 것처럼 보이는 애들도 어쩌면 노력해서 그렇게 올라가 있는 걸지도 몰라."

순간 뭔가 아차 싶었다. 그렇게 재능에 치이고 재능은 넘지 못한다 생각하고 있던 내가 재능에 대해 말하고 더 노력하라고 조언하다니. 오지랖도 넓지. 이 조언은 어쩌면 나 자신에게 내가 가장 해 주고 싶은 말이자 내 마음이었을지도 모른다.

"……그래. 그렇게. 꼭."

괜히 마음이 훈훈한 것 같았다. 모든 걸 털어놓고 말하니까 뿌듯하기도 하고. 그래도 여전히 머리는 복잡했다. 하지만 이제 조금 풀어 나갈 용기를 얻은 것 같다. 그렇게 그 뒤로 여기엔 매일 오냐는 둥 연습은 어떻게 하냐는 둥 이야기를 조금 더 이어 갔다.

"우리 이제 일어날까? 나 모기 열 방은 맞은 것 같은데."

슬슬 정말 다리 전체가 통통 부어서 하늘로 떠올라 갈 정도였다. 그렇게 일어나서 다리를 털고 일어났다. 그때 눈에 들어온 건 서힌이의 농구공이었다. 나는 농구공을 주워 들었다.

"농구 한판 할래? 물론 실력은 없지만. 재미 삼아."

우리가 서로에게

서힌이는 농구공을 바라보더니 씨익 웃어 보였다. 한여름에 하는 길거리 농구는 좋게 말하면 낭만 그 자체였다. 내가 농구 같은 한 종류의 스포츠를 할 수 있음에 기뻤다. 여름은 더워서 가만히 있어도 땀이 났지만 왜인지 우리는 그렇게 뛰어다녀도 가만히 있는 것보다 시원했다.

"잘 가. 앞으로 너의 슬럼프 잘 이겨 내길 바랄게."

서힌이가 집으로 향하면서 손을 크게 흔들며 인사했다. 그리고 잠시 대화에 대해 다시 생각해 보면서 고민에 빠졌다. 이게 슬럼프인가. 아직 포기한 게 아닌가. 그래도 뭐가 되었든 응원을 받았으니 열심히 해 봐야겠지. 뭔가 되게 미끄덩거리는 기분이다. 알 수 없는 울렁울렁거리는 느낌. 미끌미끌.

그렇게 다음 날. 슛 연습과 여러 기본기를 마스터했을 때쯤. 드디어 찾아온 점심시간. 대망의 경기 진출! "주시환 선수! 달려갑니다! 슛!"을 꿈꾸며 슛하는 폼을 따라 하면서 하늘 높이 손을 뻗어 보았다. 그 손가락 사이를 통과하는 시원하면서 따뜻한 바람과 햇빛을 보자니 눈이 부시다. 하늘도 오늘따라 왜 이리 밝고 푸른지. 그렇게 당당한 걸음으로 강당으로 향했다. 밖의 더운 날씨와 달리 미리 와서 켜 둔 에어컨 바람이 문을 열자마자 몰려서 쏟아져 나왔다. 더없이 상쾌했다. 심장이 간질거렸다. 그렇게 아이들과 팀을 나누고 경기를 하기 위해 각자 번호가 적힌 조끼를 입고 간단히 준비 운동을 했다. 그렇게 난 난생처음 경기를 위해 경기장에 발을 내딛었다.

"잘 부탁드립니다!"

* * *

"슛!"

'덜컹.'

"리바운드!"

어쩜 슛이 이리도 안 들어가는지. 슬슬 짜증과 함께 조바심이 나기 시작했다. 이러면 더 잘 안 풀릴 걸 알면서도 마음을 다스리기가 참 어렵다. 당장 드러눕고 싶지만, 경기 중에는 무리겠지. 계속 뛰어다니는 것도 체력적으로 힘들다. 그렇게 체력을 키웠건만, 역시 직접 뛰는 건 확실히 더 힘들고 신경 쓸 게 많다. 역시 무리인가. 한 번만 더 던져 보고 싶기도 하고. 일단 뛸까? 아니다. 누구한테 패스하려나. 이쪽으로 패스? 저쪽으로? 아니면 그냥 3점 슛? 아니면······. 나한테 안 오면 좋겠다.

'픽.'

그 순간 정신이 번뜩 들었다. 어느새 공은 벌써 나에게 패스되어 있었다. 내가 할 수 있을까. 아까의 실수를 생각나서 미칠 지경이다. 그렇게 내 손에 쥐어져 있는 농구공을 보았다. 익숙한 느낌, 질감이 느껴졌다.

"······후."

깊게 한숨을 쉰다. 아무 생각 없이. 깊게. 한숨을 한 번 쉬고 나니 머리가 정리되는 느낌이었다. 나를 믿고, 나보다도 지금까지 했던 나의 노력을 믿고 나아간다. 그렇게 드리블을 하면서 천천히 앞으로 나아간다. 앞으로 느리지만 확실하고 정확하게. 어떨 때는 잽싸게 피한다. 그리고 링 위에 가볍게 놓고 내려온다.

'슉.'

정확히 링에 들어가 그물을 타고 내려와 바닥을 찍는다. 득점이다. 그 많은 점수 중 하나지만, 그 작고 소중한 점수 하나가 지금까지의 생각을 모두 지우고 자신을 반성하게 만든다. 한 번만 더 나에게 기회가 왔으면.

한 번 더 슛! 다리를 어깨만큼 벌리고, 공을 올려 위로 길게 던진다. 끝이군. 나는 주먹을 쥐어 보이며 결과도 보지 않고 뒤돌아서 나아간다.

'덜컹.'

"리바운드!"

뭐? 에잇. 그럼 그렇지. 내가 밉다, 미워. 왜 그렇게 내 공만 안 받아 주는 건지. 이 정도면 저 골대에도 자아가 있는 것 아닐까 고민해 본다. 눈썹 모양이 이상해진다. 짝짝이 눈썹을 한 느낌. 막무가내로 인상이 지어진다.

"경기 끝!"

다들 숨을 헐떡이며 주저앉아 물을 마신다. 당장 여기 쓰러지듯 잠들어서 누가 업어 가도 모를 것 같다. 눈이 조금 감기는 것 같기도 하고.

"왜 이렇게 눈살을 찌푸려. 벌써 싫증 난 거야?"

거의 자다시피 하던 나를 깨운 건 다름 아닌 준섭이었다. 싫증이라니. 뭐, 그렇기는 하다만 아직 조금 버틸 만한 것 같긴 하다. 이 또한 꼭 필요한 시기다, 하고 생각하고 지내고 있으니. 그나저나 내가 그렇게 눈살을 찌푸렸던가. 가끔 짜증 나면 제어가 안 됐던 것 같기도 하고. 오늘이 특히 더 평소보다 통제가 안 되는 날이었기도 하다. 모르겠다, 정말로.

"수고하셨습니다!"

잽싸게 누구보다 빠르게 강당을 탈출했다. 넣어질 듯 말 듯 한 그 느낌이 오히려 나를 더 답답하게 만들었다. 여전히 따라오며 쫑알거리는 임준섭의 입을 치고 싶지만, 그래도 응원차 하는 말을 나불대니 그냥 무시하기로 했다. 그리고 밖에 나온 순간, 다시 유턴해서 강당으로 들어갔다. 나의 청춘 같던 여름은 어디 가고 이 후덥지근한 현실만 남았을꼬. 이게 바로 드라마와 현실의 차이다. 현실은 땀에 젖어 축축하고 이렇게나 불구덩이인데. 어쩐지 요즘 모기도 잘 안 물리더니, 모기가 다 타서 죽어 버린 게 틀림없다. 더우면 불쾌지수가 올라간다 하던데 내 불쾌지수는 지금 측정 불가 상태다. 더워 죽어 버릴 것 같은 여름에 사람도 융해될 수 있다는 걸 몸소 체험했으니 뇌도 녹아 버린 게 틀림없다. 그렇지 않고서는 내가 지금 무슨 말을 하고 있는지도 모르는 상태로 이렇게 구절구절 말을 늘어뜨려 놓지 않을 것이다. 모든 게 서투르고, 맘처럼 되지 않고, 그렇기에 더 짜증나는 그럼 여름.

***

"……후."

한숨 한 번 쉬어 주고 다시 도전이다. 오늘은 뭔가 다르다.

아침부터 달랐다. 왜인지 모르지만, 평소보다 일찍 눈이 떠진 덕분에 아침을 충분히 먹을 시간이 있었고, 그래서인지 수업도 귀에 쏙쏙 들어오기도 했다. 점심시간에는 점심을 간단히 천천히 먹을 수 있었으며, 그 덕에 지금 컨디션은 최상이다. 피곤하지 않고, 점심 때문에 몸이 무겁지 않으며, 배가 고파 힘들지 않은 나의 최적의 상태. 연습 삼아 넣은 공도 거의 링에 안착. 정말 기분도 좋아진다. 그렇게 경기가 시작되었다. 몇 번 패스가 오가고 열심히 뛰어다니고, 더 열심히 수비했다. 그렇게 나에게 온 기회. 2점이지만 성공하기를. 그렇게 마지막까지 공을 밀며 손목이 접히고, 공이 공기를 가르는 기분 좋은 소리가 났다.

'슉.'

득점이다. 처음부터 득점이라니. 시작이 좋다. 이 느낌 유지하면서 계속해 보는 거야! 경기를 이어 가면서 수많은 패스와 여러 득점이 오갔다. 그리고 득점하려는 순간 상대가 수비하는 걸 이용해 상대에게 파울을 얻어 냈다. 쏘아 올린 공은 링을 맞고 튕겨져 다행히 다시 링을 통과했다. 바스켓 카운트! 그리고 앤드 원. 그리고 자유투는?

'퉁.'

아, 링을 맞고 튕겨 나가서…… 다시 링에 떨어지더니, 링에서 몇 번 돌다가…….

'슉.'

득점이다!

환호성이 강당을 채웠다. 동료들이 다가와 등을 치고 가거나, 머리를 헝클어뜨렸다. 기분도 기분대로 좋았지만 특히 오늘따라 심장이 타오르는 것 같았다. 아자! 그렇게 다시 경기가 시작되고, 천천히 뛰어다니며 자리를 잡았다. 그렇게 여기저기 정신없는 패스가 이어지고, 한 번 더 기회가 주어지려고 할 때쯤 기회가 주어진다면 멋있게 넣고 싶다는 생각이 머리에 맴돌았다. 그렇게 조금 멍 때렸나. 정신 차리고 보니 옆에서 패스가 오고 있었다. 아뿔싸, 받아야겠다는 생각에 황급히 손을 뻗는 순간.

'찌릿.'

머리가 핑 돌았다. 그 순간마저도 멍했다. 마치 갑자기 뜨거운 탕에 손가락을 넣은 느낌. 처음에는 그 어떤 감각도 없고 아무런 느낌도 안 나지만, 그 시간이 끝나면 타는 듯한 뜨거운 느낌과 고통이 뒤늦게 찾아온다. 순간 아무 말도 할 수 없고, 눈물이 핑 돈다. 상황을 뒤늦게 이해한 뇌가 다른 손으로 손가락을 감싸게 지시한다. 잽싸게 다친 손가락을 손으로 잡아 더 이상 노출되지 못하도록 몸으로 감싸 안아 보호한다.

주변 사람들의 걱정을 진정시키고 일단 교체해서 강당에 앉아 있다. 아끼는 말도 안 나왔지만, 지금은 조금 상황 판단이 가능해진 것 같다. 일단 손가락은 새빨갛게 질려 있고 점점 부어오르고 있었다. 가장 많은 피해를 받은 건 중지였고, 검지는 인대가 조금 놀란 것 같은 정도. 잠깐 사이에 일어난 일이라 아직도 조금 멍쩌 있었다. 아프다. 손가락을 누르면 통증이 심하고, 마디 사이가 더 빨간 게 걱정이다.

보건실에 가 보라는 말에 천천히 보건실로 향했다. 강당을 나와 복도를 걷고 있자니 많은 생각이 들었다. 처음에는 손가락에 대한 걱정이 나중에는 순간 멍 때린 것에 대한 죄책감으로 변했고 그 감정은 또 다른 불길한 걱정으로 번졌다. 난 이제 농구를 못하는 건가? 아니, 그건 아니다. 물론 잠깐 동안은 힘들겠지만 다시 나으면 할 수 있을 것이다. 설마 크게 다쳤겠어. 하지만 만약 빨리 낫지 않는다면 감도 다 잃고, 동아리도 거의 참여도 못 하고, 심하면…… 그냥 쓸데없는 망상이다. 그저 조그마한 사건이 망상으로 최악의 최악을 낳고 그걸 깨달은 나는 최악에 동요된다. 그렇게 자신을 다시 진정시키기 위해 애써 최악을 못 본 척함으로써 초조함과 걱정은 더욱 커지고 망상만 늘어날 뿐이다. 벗어날 수 없는 쳇바퀴에 올라탄 셈이지. 그렇게 천천히 보건실로 향했다.

선생님은 별 말씀 없으셨다. 그저 지금은 보호대만 해 줄 테니, 정확한 진료를 위해 방과 후에 병원을 가 보라는 말씀뿐이셨다. 보건실 문을 열고 나오니 조금 진정이 된 것 같았다. 심리적으로도 정신적으로도. 그저 깊게 숨을 들이마시고 내뱉는다. '뭐 다 알아서 잘되겠지.'라는 마인드로.

우리가 서로에게

심신 안정 같은 거랄까? 생각해 보니까 욱하네. 잘하다가 갑자기 이럴 건 또 뭐람. 오늘따라 모든 게 다 잘되더라니. 하지만 내가 걱정해야 하는 건 그게 아니었다. 어디서나 최악은 예고 없이 찾아오니까. 그렇게 복도를 걸어가고 있을 때 마주친 건 다름 아닌 현철이였다.

"뭐야, 손 왜 그래?"

보자마자 걱정해 주는 게 고맙기도 하고, 다시 한번 더 욱하기도 했다.

"농구 하다가."

말하면서 멋쩍은 듯 웃어 보였다. 자꾸 심장이 요동친다. 장이 뒤틀리고 토할 것 같다. 지금은 그 누구도 만나면 안 될 것 같아 자리를 피하려고 했다.

"잠깐만!"

그때 현철이가 갑자기 나를 붙잡았다.

"왜? 할 말 있어?"

예전부터 뭔가 안절부절못하는 건 있었지만 이렇게 뭘 말하려고 하는 건 처음인 것 같아 의외였다.

"……아니야. 너 지금 아픈데 내가 뭘 말하겠어. 별거 아니야."

원래도 수상했지만 엄청엄청 더 수상하다. 원래 같았으면 억지로 대답을 받아 냈겠지만, 지금은 심적으로 여유가 없어서 그런지 따질 기력도 없었다. 점심시간도 끝나 가는데 나중에 언젠가 말해 주겠지.

"알았어. 나중에 말하자."

나는 황급히 자리를 벗어났다. 복도를 지나 문을 열어 밖으로 나갔다. 숨을 크게 들이쉬었다. 더워서 상쾌하지도, 시원하지도 않았다. 하지만 더운 것도 더운 거지만 아무리 숨을 쉬어도 토할 것 같은 건 좀처럼 진정되지 않았다. 그만 반으로 돌아가 에어컨 바람이나 맞아야겠다.

인조적이지만 상쾌하다. 가만히 교실에 앉아 있었다. 정말 할 게 없었다. 가방 안을 들여다보니 준섭이한테서 빌린 농구공이 보였다. 항상 하교하면서 튕겼던 그 농구공이다. 나는 농구공을 꺼내서 책상에 올려놓았다. 그리고는 뚫어져라 쳐다봤다. 이리저리 만져도 보고 허공에 던졌다 잡아 보기도 했다. 그리고 결심했는지 농구공을 가지고 교실 밖으로 향했다. 향한 곳은 옆 반 준섭이의 자리였다. 그리고 옆 반을 나와 우리 반으로 돌아왔다. 나는 아무것도 들고 있지 않았다. 원래부터 내 것은 아니었으니까.

* * *

집에 도착해서 침대에 누웠다. 학교 끝나고 병원에 갔다 와서 그런가 지금에서야 도착했다. 의사 선생님께서는 별말씀 안 하셨다. 당분간은 손가락 쓰지도, 운동하지도 말고 가끔씩 물리치료 받으랬나? 사실은 말씀을 듣지도 않았다. 들릴 리가 없다. 그냥 멍하게 앉아 있으니 상담은 끝나있고, 손가락은 깁스를 하고 있었다. 솔직히 깁스는 너무 과하다고 생각했지만 내 의견 따위는 안중에도 없었다. 여름에 더워 죽을 일이 있나. 그저 지금 내 오른손에는 딱딱한 석고 덩어리가 붙어 있는 것이다. 정말 인생 답이 없구나.

농구를 못 하는 상태로 간 학교는 애석하게도 별 차이가 없었다. 점심 시간에 내 발이 자동으로 강당에 도착하지 않게 노력하는 거 빼고는 딱히. 가장 사소하면서도 크고 시린 부분이다. 거기 있어도 아무것도 할 수

우리가 서로에게

없으니 재미없기도 하고. 그렇게 그냥 평범하게 지냈다. 이제는 교과서에 필기도 못 하고, 그렇다고 낙서도 못 하고, 밥도 스스로 못 먹으니 이보다 비참할 수가. 그래도 그냥 원래부터 가만히 있는 게 인생의 반이었으니까 크게 달라진 건 없었다. 수업 시간에는 원래 멍 때렸고, 불안하지만 깁스 한 손으로 어찌저찌 밥은 먹으니까. 하루하루가 스펙터클해졌달까.

처음에는 오히려 영광의 상처라 생각해서 신나기까지 했다. 하지만 둘째 날은 가만히 있는 공백과 외로움. 지루함, 후회가 밀려오고, 무기력해졌다. 셋째 날은 나태해지면서 엎친 데 덮친 격으로 소외감까지 느껴지기 시작했다. 누군가를 질투하고 비열한 생각을 하게 되었다. 그러다 뒤를 돌아보면 이렇게까지 추해질 수 있는 나의 모습에 깜짝 놀라 나 자신을 미워하기 일쑤였다. 그렇게 넷째 날. 다행히 주말이 찾아와 나 혼자만의 시간을 가질 수 있을 거라 생각했던 건 나의 오만. 인간은 사회적인 동물. 밖에 나가지 않으니 오히려 곪아 터져 버릴 것 같았다.

그토록 많은 감정들이 오갔지만 결국 나를 어둠으로 잠식시키는 건 그동안 조금씩 같이 살아오던, 그리고 전혀 대비하지 못한 무력감이었다. 질투도, 후회도, 소외감도 그냥 나의 눈길을 앗아 갔을 뿐, 아래서부터 조금씩 바닥부터 기어 올라와 내 숨통을 조르는 건 아무것도 아닌 사소한 감정이었다. 애초에 질투가, 후회가, 소외감이 모여 만들어 낸 사소한 감정이 커져서 무기력을 만들어 냈을지도 모른다. 가장 아무 느낌 없이 찾아와 아무 생각 없이 만드는 감정이지만 가장 이성적인 행동을 하기 어렵게 만드는 그런 감정. 그 감정에 서서히 잠식되어 가면 나는 그냥 아무것도 하지 않는다. 뭐든 의미 없고, 목적도 없고. 아무것도 할 수 없다. 하지 않는 게 아니라. 그저 앞은 어둠이고 뒤도 어둠이니 소용없다. 사방이 보이지 않는 세상에 서 있는 기분이다.

처음에는 이럴지 몰라도 무기력함이 오래 지속되고 일상이 되면 깨닫는 게 하나 있다. 사실 나 자신은 답을 알고 있다는 걸. 뭐라도 해야 이 무기력함을 없앨 수 있다는 걸. 뭐라도 열심히 하거나 시도해 보면 된다는 걸. 하지만 이 시도조차 무의미한 것처럼 보이게 만드는 게 무기력함의 가장 무서운 점이다. 지금의 내 상황에서는 더. 농구도 할 수 없지만, 일상 생활도 할 수 없는 상황.

사실 손가락 하나 다쳤다고 이렇게 우울해지는 건 맞지 않지만, 나에게는 이를 계기로 지금의 감정들이 쏟아져 나오는 게 아닐까 생각한다. 겨우 얻은 기회였는데. 가만히, 점점 숨이 쉬어지지 않는다. 그 어떤 저항도 할 수 없듯이. 위에서 내리쬐는 빛을 물 아래에서 바라만 보듯이. 다른 세상인 것처럼. 사실은 같은 세상이지만, 몸에 힘이 없고 금방이라도 사라져도 될 것 같은, 그런 상태다. 그렇다고 누군가에게 털어놓을 수도 없는 상황이니 더 죽겠다. 내가 뭘 할 수 있지. 하고 싶은 게 있나. 힘들다. 그냥 자고 싶다. 토할 것 같아.

* * *

학교에 가기 위해 일어났다. 알람은 이미 꺼져 있었고, 지금부터 10분 만에 준비해야 겨우 지각을 면할 수 있었다. 세상 빠른 속도로 준비하기 시작했다. 최근 들어 이렇게 빨리 움직이는 것도 오랜만이다. 황급히 뛰어가고 있는데 참, 등굣길도 기분 더럽게 보이더라. 나무에서 예쁘던 꽃들은 다 떨어지고 매미만 울어 대니, 인간은 귀가 찢어질 것 같구나. 살아

우리가 서로에게

남자고 울어 대는 매미를 안쓰럽게 쳐다보았다. 생태계 가장 꼭대기에 있는 종의 여유랄까.

결국 지각으로 교문 앞에서 걸려 손 들고 서 있게 되었다. 옆에서는 매미가 울어 대길래 그걸 구경하며 시간이나 때워야겠다, 생각하고 있을 때쯤 바닥에 허물이 떨어져 있는 걸 발견했다. 매미도 긴 시간을 버티고 허물을 벗고 성장하여 나아가는데 가만히 머물러 있는 나를 보면 생태계 꼭대기도 별거 없구나 싶다. 애초에 내가 생태계 꼭대기가 아니라 인간이라는 종이 그런 거지, 어쩌면 나는 매미보다도 못한 존재일지도 모르지. 그렇게 늦게 반에 들어갔다.

점심시간, 아무 목적도 없이 가만히 반에서 왼손으로 글씨를 써 보려고 노력하고 있는 나를 불러낸 건 다름 아닌 박현철이었다.

"음······. 일단 미안해!"

되게 당황스럽네. 뭐가 미안하다는 거지. 순간 뇌가 작동을 멈춘 기분이었다. 얘는 지금 뭐라는 건지 모르겠고 그 앞에서 멍하니 있는 나도 웃겼다. 아, 저번에 하려고 했던 이야기인가?

"뭐가?"

일단 정신을 차리고 천천히 물어보기로 했다. 원래부터 착해빠져서 마음에 걸리는 짓은 하고 다니지 못하는 성격이기 때문에 사과하는 게 별 이유가 없을 거라 생각했다.

"사실 네가 이제 농구해서 별 상관없을 것 같아서 말 안 했는데, 그때 마감일 전날 미술실에 들어갔던 건 나야. 물론 대회까지 올리지는 않았어! 그때 난 네 그림을 보기만 했어. 정말이야."

그럼 그동안 인표가 아니라 현철이었어? 물론 교복과 안경을 쓴 모습이 비슷하긴 했다. 사실 아니라고 해서 아예 의심을 안 할 수는 없다. 그게 거짓말인지 아닌지는 모르니까. 오히려 믿는 게 이상하다. 하지만 거짓말이라면 대놓고 앞에서 말하러 오는 이유가 뭐지? 아니, 그 전에 다시 이 사건에 대해서 말을 꺼내는 이유는 뭐지? 안 그래도 손가락이 이 모양이라 뭘할 마음도 없는데 더 이상 추리하는 것도 지쳐서 벌써 그만두기도 했고, 그걸 다시 시작하기도 힘들다.

"그걸 다시 말하는 이유가 뭐야? 말했지만 난 이제 더 이상 추리 같은 거안 해."

"하라는 게 아니야. 그냥 꼭 말해 주고 싶었어."

뭘 말해 주고 싶었다는 걸까? 이제 와서 미술실에 들어갔던 거 하나 말하고 싶었다는 거면 괜히 김빠지는 소리다. 이런 거에도 죄책감을 느낄성격이어서 말하러 온 걸지도 모르지만, 어딘가 비장해 보이는 현철이의얼굴에 나는 조용히 들어 주기로 마음먹었다. 현철이는 천천히 이야기를이어 나갔다.

"나는 사실 꿈도 하고 싶은 것도 없었어. 예전부터 그냥 부모님이 다니라는 학원만 계속 다니곤 했어. 그중에 하나가 미술 학원이었어. 수학, 영어, 과학 같은 시시한 과목보다는 흥미가 있어서 열심히 다녔어. 열심히하니까 학원 선생님이 내가 또래보다 재능 있다는 말씀을 부모님께 하셨나 봐. 그걸 부모님이 듣고 내 진로 방향을 그림 쪽으로 완전 틀으셨어. 근데 사람 마음이 참 신기하지. 또 그림만 억지로 하니까 하기 싫어지더라. 그때는 어린 마음에 미술을 하는 게 부모님이 좋아하시는 줄 알고 열심히했지. 근데 그게 나를 위한 건 아니더라."

"갑자기 가정사?"

"끝까지 들어 봐. 하여간 성격 급하기는. 그렇게 그냥 지내다가 미술에는 당연히 슬럼프가 왔지. 하기 싫어서 처음으로 학원을 째기도 했어. 처음으로 pc방에 갔는데 그러다가 인표를 만나서 친해지게 됐어. 인표랑 놀면서 진짜 하고 싶은 걸 하는 사람의 눈은 이렇게 빛나는구나, 느꼈어. 사실 인표가 게임을 직업으로 삼으려고 하는 게 아니어도 그냥 열심히 하는 게 신기해 보였어. 나는 직업을 생각하고 살아왔으니까. 왜 이렇게 열심히 하냐는 물음에 인표의 대답은 시시콜콜하지만 맞는 말이더라. 그냥 재밌으니까, 하고 싶으니까 한다고. 그때 깨달았지. 나도 내가 하고 싶은 걸 찾고 싶다고. 이번에 미술 대회에서 큰 상을 타면 부모님께 다른 걸 하고 싶다고, 좋아하는 건 미술이 아니라는 걸 알게 되었다고 다 말하고 싶어서 너의 작품을 훔치려고 미술실에 가긴 했어. 근데 거기에 그림을 그리는 네가 있더라. 놀라서 벽에 숨어서 몰래 너를 봤는데, 눈이 참 밝게 빛나더라. 표정도. 열중하는 모습이 이런 거구나 싶어서 마음이 이상해지더라. 네가 나가고 나서 너의 그림을 봤는데 훔치기는커녕 넋 놓고 바라만 봤어. 사실 내가 그림을 보고 있다가 선생님께서 오시는 바람에 훔칠 수도 없었지만 말이야. 네 그림 멋지더라. 정말 네 정성이, 노력이 다 느껴졌어. 그림만으로 사람 감동시키는 거, 그거 쉬운 거 아니잖아. 네가 대단해. 대회 소식 들었을 때 혹시나 내가 그때 미술실 들어갔던 걸로 범인으로 몰릴까 봐 네 옆에서 조수 하면서 나한테 불똥 튀기지 않게 하려고 했던 거였어. 그것도 미안하네. 대회 소식 정말 안타까웠어."

"그걸 이제야 말하는 이유가 뭐야. 난 너한테 사과 원하지 않아. 결과에 분했던 건 사실이야. 하지만 지금 내가 뭘 할 수 있는데. 난 이제 그림도, 농구도 못 하고 심지어 밥도 잘 못 먹어. 근데 내가 과거에 그랬다 한들 이제 뭘 하겠어."

이제 와서 떠들어 대는 현철이가 미웠다. 지금 내 손가락이 다친 걸 비웃는 것 같고, 대회 결과를 비웃는 것 같고, 어쩌라는 거야. 내가 뭘 어떻게 할 수 있다는 거야. 그때 현철이가 묵묵히 말을 이어 나갔다.

"나는 아직도 꿈이 없어. 어릴 때부터 별거 다 해 봤는데. 그래도 해 보고 싶은 건 아직도 없어. 근데 내가 하나 하고 싶은 건, 나도 인표처럼 그리고 너처럼 나도 모르는 사이에 눈이 빛나게 되는, 그런 걸 찾고 싶어. 너 그림 그릴 때 멋있어. 생각보다 너, 그림을 좋아하는 것 같아. 근데 네 자신은 그걸 모르는 것 같아서. 물론 농구도 그만큼 좋아할지도 모르지. 내가 네가 농구 하는 건 못 봐서 모르겠지만, 그래도 지금 너무 힘들어 보이길래 이 말은 꼭 해 주고 싶었어. 그림 그릴 때 너 엄청 밝아 보여. 그런 네가 미술을 포기하는 게 안타까워서. 그냥 취미만으로도 괜찮아. 포기하는 건 너무 아쉽잖아."

지금 와서 이런 말을 하는 이유는 뭘까. 지금은 어차피 둘 다 하지도 못하는데. 누군가 나를 보고 멋있다고 느껴 준다니, 그건 참 고마운 일이다. 늘 모든 걸 조금씩 조금씩만 하던 내가 처음으로 끈기 있게 오래 붙잡고 있었던 그림이 나에게 의미 있는 것도 사실이다. 이걸 이렇게 쉽게 포기해 버리면 아쉬운 것도 알고 있다. 어느 새부터 까먹고 있던 사실이다. 그렇다고 농구와 그림도 모두 놓쳐 버린 지금 내가 더 뭘 할 수 있단 말인가.

"모든 건 너의 기분이고, 선택이지만 말이야. 그래도 이걸로 조수의 할당량은 한 것 같은데? 이만 조수는 은퇴할게. 이제 나 하고 싶은 거 찾으러 떠나련다."

그리고 현철이는 홀가분한 듯 복도를 걸어갔다. 나는 아직 여기 머물러

우리가 서로에게

있는데 말이다. 이렇게 혼자 떠나 버리는 현철이가 밉기도 했다. 현철이는 분명 예전에 나를 멋있다 생각했다 했지만, 이제는 현철이의 뒷모습을 바라보고 있는 나였다.

가만히 있어도 돌아가는 세상 속에서 가만히 있으니 수업은 끝나 버렸다. 터덜터덜 집에 갔다. 내 손에는 퉁길 농구공도 무거운 그림 도구들도 없었다. 그냥 걸어갈 뿐이었다.

$$* * *$$

시간이 얼마나 흘렀을까. 바닥에 휘날리고 있는 화실 홍보물들이 눈에 들어왔다. 홍보물에는 화실을 운영하는 사람의 이름이 쓰여 있었는데 매우 익숙한 이름이었다. 이 사람이 여기에 화실을 차렸다고? 어차피 뒤에 할 것도 없는데 찾아가 보기로 했다.

도착한 화실은 그다지 멀지 않았다. 조심히 문을 열고 들어갔다. 문을 열자마자 화실은 물감 냄새와 캔버스들로 가득했다. 벽에는 그림들이 걸려 있었는데, 아주 익숙하고 반가운 그림이었다. 마음이 몽글몽글해지고 또 씁쓸해졌다. 그렇게 혼자 중얼거렸다.

"여전히, 넘을 수가 없구나. 대단하네."

"당연하지."

예상치 못한 대답에 뒤를 돌아보니 바로 그 사람이 서 있었다. 내가 가장 존경하고, 뛰어넘고자 노력했던 인물. 나의 거대한 벽. 이 모든 나의 그림 이야기의 시작이었던, 나의 사촌 누나였다.

"뭐야, 있었어?"

"그래. 화실 연 지 얼마 안 됐는데 어떻게 왔대?"

"홍보물 뿌린 거 봤어."

역시 오길 잘한 것 같네. 오랜만에 그림을 보니 처음 그림을 시작했을 때가 생각이 났다. 아등바등 노력하면 꼭 내가 더 잘할 것 같았는데. 역시나 뛰어넘지 못하는구나. 하지만 이상하게 이 느낌은 그냥 포기하고 우울해진 느낌이었다기보다는 항상 내가 더 나아갈 수 있는 동기를 만들어 주었다. 그렇기에 지금까지 그림을 그려 올 수 있었던 거겠지. 아, 지금까지는 아니려나.

오랜만에 사촌 누나와 이야기를 하면서 시간을 보냈다. 그동안 못 했던 이야기도, 최근의 고민들도 이야기했다. 여러 이야기를 주고받으면서 마음이 조금 정리되는 것 같았다.

"최아리라는 애가 그런 말을 했다고? 나빴네."

"뭐, 그 덕에 농구를 시작하게 되긴 했지."

"그래도 조금은 이해가 돼. 같은 미술을 하는데 견제가 안 되는 게 이상하지. 질투를 느꼈는지도 몰라. 같은 친구여도 마음을 다스리는 건 쉽지 않으니까. 그동안 성장하는 너를 보고 조바심을 느꼈는지도 모르지."

"그런가."

그렇게 들으니까 또 다른 면으로도 생각해 볼 수가 있구나 싶었다. 역시나 배울 게 많다니까.

한참 이야기를 이어 가고 있을 때 한 아이가 화실로 들어왔다. 초등학교 2학년 정도 되어 보이는 아이였다. 들어와서 인사를 하고는 꼼지락 꼼지락 스케치북을 펴고 크레파스를 가져와서 테이블 구석에서 그림을 그리기 시작했다. 그리고는 앞에 걸려 있는 사촌 누나의 그림을 보면서 눈을 부릅뜨며 인상을 쓰더니 다시 그림 그리기에 열중했다. 아이가 본 그림 쪽으로 시선을 돌리니 그곳엔 드넓은 하늘에, 자유로운 들판에서, 꿋꿋이 태양을 보면서 자란 것 같은 아주 큰 해바라기 그림이 있었다. 그걸 따라 그리려고 노력하는 모습이 어찌나 사랑스럽던지. 서툴지만 정확하게 조금씩. 그림은 전혀 똑같지 않았다. 실력은 한참 부족하고, 색깔도 비교적 적게 사용했지만, 자신만의 느낌을 잔뜩 담아낸 스케치북은 새로운 화가의 탄생을 반겼다. 그런 모습을 계속 보고 있게 되었다.

조금 뒤 다 그렸는지 아이는 사촌 누나에게 자랑을 하러 왔다. 칭찬을 받은 뒤에는 눈이 밝게 빛나더니……. 아, 이 눈인가. 현철이가 봤다는 눈이. 그렇게 아이는 칭찬에 한껏 들떠서 기뻐하더니 다시 자리로 가서 무언가를 그리기 시작했다. 마치 어릴 때 나를 보는 것 같았다. 밝게 빛나는 눈이 얼마나 멋있던지. 나에게도 저런 눈이 있었다고 말해 준 현철이에게 고마워하고 싶을 정도였다.

나도 예전에는 참 좋아했는데, 그림. 저렇게 기뻐하면서 그렸겠지. 세상 행복해 보였겠지. 나도 저렇게 좋아할 때가 있었는데. 갑자기 과거까지 회상하게 되고, 그림은 참 나에게 생각보다 중요했나 보다. 쉬운 마음으로 시작했는데. 사실은 노력도 별로 안 하고, 그림도 별로 안 그렸는데. 그래도 뭔가를 좋아한다는 거 하나만으로도 많은 지지가 되었나 보다.

그렇게 쓴 미소를 한껏 지어 보였다. 어릴 때는 그저 멋있어 보여서 따라 한 거였는데. 이런 어린아이를 보고 있자니 어린데도 열심히 연습하는 게 기특해서, 어렸을 때 나도 이렇게 좋아했을까 하고 염치없게 기대하게 되어서, 조금 욕심이 나서, 나도 모르게 아이와 나를 빗대어 보고 있었다. 저 아이는 처음의 마음과 목적을 끝까지 들고 가기를 바란다. 동시에 나에게도 하나의 해바라기가 다시 피어나길 바랐다.

* * *

무기력함은 쉽게 없어지는 게 아니다. 여러 고민 속에 빠져 헤엄치기 바쁜 나에겐 나를 사랑해 줄 여유도 없고, 딱히 사랑할 이유도 없다. 나는 뭘 하고 싶은 걸까. 이렇게 그냥 누워 있는 상태로 시간이 흘렀으면 좋겠다. 그냥 아무것도 하지 않았으면 좋겠다. 가만히 누워서 아무 일도 일어나지 않았으면. 모든 게 귀찮은데, 조금 목이 마르다. 엄청나게 갈증이 나는데 그냥 일어나기가 싫어서. 무릎 한 번 굽혔다 펴기 싫어서. 손가락 하나 움직이기…… 아, 맞다. 나 손가락 못 쓰지.

힘들어서 모든 근육에 힘을 풀었다. 얼굴이 조금 따뜻해진다. 그러니까 또 잠이 온다. 숨쉬기도 귀찮네, 그냥. 아니지. 이런 입버릇 가지면 안 되는데. 이 세상에서 작디작은 존재인 내가 지금까지 해 왔던 걸 다 잃었는데, 난 이제 뭐 하지. 새로운 걸 찾아야지 뭐. 새삼 참 힘들다.

○○ ○○. 표현이 극단적인 거지, 내 맘을 가장 잘 표현해 주는 단어일지 모른다. 사실 그건 진짜 내 마음은 아니다. 나는 그저 그냥 다 힘들어서 가만히 있고 싶은 건데. 그게 그건가. 솔직히 너도 그런 건 아니지 않아? 그냥 쉬고 싶은 거지. 이러는 나도 진짜 미쳤구나. 목적 없는 말이나 늘어뜨려 놓고 있다니. 하지만 이렇게나마 조금의 발악은 해 볼 수 있는 거 아닐까.

더 이상 나 자신을 볼 수 없을 것 같았기에 천천히 일어나려고 노력했다. 손가락부터 끌어올려서, 손을 올려서 하체에서부터 팔까지 힘을 모아

우리가 서로에게

있는 힘껏 일어났다. 머리가 핑 돌았다. 뭐였더라. 기립성 저혈압? 뭐 그런 거. 다 하나씩은 있는 거. 그거 때문에. 무거운 발걸음을 한 발자국씩 걸어 나아갔다. 그리고 책상 앞에 도착해서 포스터 하나를 집어 들었다. 포스터에 대해 설명하기 위해서는 잠시 다시 화실에 있던 때로 돌아가야 할 필요가 있다.

＊＊＊

"가져가."

사촌 누나가 건넨 건 다름 아닌 그림 대회 포스터였다. 그렇게 큰 대회도 전국도 아닌 그저 작은 대회였다. 형식도 자유롭고, 상금도 없었으며, 기간도 꽤 길었다.

"이걸 갑자기 왜?"

오랜만에 보는 대회였다.

"너 많이 혼란스러워 보여. 이 상황에 이런 거 추천받는 거 어려운 거 아는데, 그래도 너 아직 미련 있어 보여. 그리고 뭐, 도전이 나쁘지는 않잖아? 그냥 시도해 보는 거뿐이야. 무기력함도 떨쳐 내 보는 겸."

사촌 누나는 씨익 웃어 보였다. 뭔가 무슨 계획을 꾸미고 있는 듯한 미소여서 기분이 좋지 않았지만, 괜히 추천해 주는 건 아닐 거라 생각하고 포스터를 받아서 가방에 넣었다. 원래 가끔은 나조차도 모르는 걸 주변 사람들이 알려 줄 때가 있다. 내가 정신 차리지 못하고 있을 때 이런 주변 사람들은 둔 건 정말 축복받은 일이다. 그만큼 내가 정신을 차리지 못했다는 것이기도 하니까 새삼 반성하게 된다.

나는 이 대회에 참여해야 하나. 내가 하고 싶은 건 뭐지. 확실한 건 없지만 그래도 도전이 나쁜 건 아니니까.

＊＊＊

정신없이 하루하루를 보냈다. 아직 정확해진 것도 명확한 것도 없었지만, 도로 사이에서도 민들레는 피어났고 작은 햇빛에도 해바라기는 고개를 돌렸다.

그렇게 학교를 지나가던 중에 우연히 학교 안내판에 붙어 있는 포스터를 봤다. 사촌 누나가 준 포스터와 같은 대회 포스터였다. 정신없이 보고 있을 때쯤 옆에서 인기척이 느껴졌다. 바로 최아리였다. 순간 머리가 멈춰서 굴러가지 않았다. 하지만 그때 먼저 말을 건넨 건 다름 아닌 최아리였다.

"이거 나가려고?"

최아리는 지금 무슨 생각을 하고 있을까? 왜 먼저 말을 걸었을까? 아, 내가 그 대화를 들었다는 걸 몰랐을까?

"그냥 고민 중이야."

"솔직히 너, 많이 싫었어."

"뭐?"

아리는 대뜸 이야기를 꺼내기 시작했다. 매우 당황스럽게. 그리고 시간이 꽤 지나서 그냥 잊고 살았는데.

"너는 그냥 잘하는 것 같았거든. 노력은 내가 더 했다고 할 수는 없지. 너도 나도 열심히 했으니까. 근데, 그래도 그냥 심술이 나더라. 내가 더 열

우리가 서로에게

심히 할 생각은 안 하고 그냥 네가 노력하든 말든 실력이 점점 배로 늘어
가는 게 짜증나서, 질투에 눈이 멀어 나 혼자 속이 뒤틀린 거지. 사실 나
봤어. 너. 동아리 애들이랑 너 험담하던 날 말이야. 그때 다 들었지? 친구
를 더 소중히 했어야 했는데. 내가 이래. 일부러 너 싫어하는 거로 계속 트
집 잡았어."

막상 이야기를 들으니까 생각보다 아무렇지 않았다. 사촌 누나의 이야
기를 먼저 들어서 그런가, 나도 예전에 겪어 봐서 그런가. 질투라는 게, 상
대를 견제한다는 게 참 어렵다. 그 마음을 아는 사람으로서 나는 아무 말
도 할 수 없었다.

"사실 나, 네가 동아리에서 그렸던 그림 참고해서 그림 그렸어. 너의 그
림을 따라 그리는 거니까 어디 내놓진 못했지만. 그래서 네가 그림 보려
고 했을 때 숨겼던 거야. 지금은 다 버렸어. 나도 나의 그림체를 찾아가야
지. 그러면서 많이 느꼈어. 오글거리지만 친구여도 마음속으로는 진짜 멋
지다고 생각하고 있어. 이 대회, 나갈 거야?"

많은 생각이 들었다. 예전부터 대회를 공유하며 같이 성장했던 사이로
서 나의 대답은 당연히.

"당연하지."

"그래, 그럴 줄 알았어. 열심히 해."

"너는?"

"나는 먼저 하고 싶은 게 생겼거든."

아리의 목표라. 궁금하다. 벌써 목표도 생긴 걸까. 그게 나중에 어떻게
되든 상관없다. 아리는 지금까지 대단했으니. 자신의 선택을 믿고 아리는
자랑스럽게 앞으로 나아갈 것이다. 나도 뒤처질 순 없지. 그렇게 약 3년이

라는 시간은 친구로서는 그렇게 오래된 건 아닐지 몰라도 라이벌로 보낸 3년은 서로를 이해하기 충분했다. 그렇게 우리는 자연스럽게 다시 돌아왔다.

* * *

"후."

눈을 비비면서 앞 시계를 보았다. 새벽 4시였다. 너무 늦은 시간까지 깨어 있으니 눈이 감겼다. 언제부터인지 모르겠지만 이미 내 눈은 반만 뜨고 있었다. 하지만 왜인지 정신은 피곤하지 않았다. 나는 새벽이 참 좋다. 내가 주로 활동하는 시간이기도 하고 이때 그림이 가장 잘 그려지기도 한다. 그러다 해가 뜨면 또 밤을 샜구나 하는 죄책감도 생기지만, 창문을 열고 깊게 숨을 들이마시면 그 새벽 차가운 공기가 어찌나 상쾌한지 모른다. 지금은 대회를 준비 중이다. 바쁘게 그리고 꼼꼼하게 앞으로 나아가고 있다.

코에서 뭔가 흐르는 느낌이 났다. 나는 얼른 도화지에 떨어지지 않게 손을 받쳤다. 원래 어릴 때부터 자주 이래서 별 감흥은 없다. 능숙하게 코를 지혈했다. 요즘 많이 피곤해서 그런가 보다. 확실히 요즘 많이 무리하기는 했다. 하지만 밤에 나를 위해 시간을 쓴다는 건 정말 뜻깊은 일이다. 인생에 잠시나마 목표가 생긴 것에 감사했다. 이만큼이나 열정적으로 살고 있으니 말이다. 앞으로도 새로운 목표를 위해서 더 나아갈 생각이다. 그렇게 점 하나를 선 하나를 면 하나를 더 그렸다. 손이 가는 곳에 선이 생기고, 색깔이 생기고, 마음이 생겼다. 그러다 마음에 들지 않으면 바꾸고, 다

우리가 서로에게

시 그리고, 또 수정했다. 그리고 맘에 드는 게 나왔을 때 비로소 한시름 놓을 수 있었다. 정말이지 몸도, 팔도, 손가락도 바들바들 떨렸지만 내 마음만큼은 주체하지 못하고 입술 사이로 미소가 삐져나왔다. 정말 산뜻하고 행복한 미소가.

몇 발자국 뒤에서 그림을 바라봤다. 가슴이 뭉클해졌다. 또 한참을 그림 그리다 이 정도면 됐다 싶어서 침대로 뛰어들었다. 열심히 해서 뿌듯해서 그런가 아니면 몸이 많이 지쳐서 그런가 딱 눕자마자 나를 감싸 주는 침대는 정말 포근했다. 언제나 나에게 힘을 줬다. 열정에 취해 몸이 힘들 때까지 하면 뿌듯하고 좋긴 하지만 어디까지나 몸도 중요하다는 사실을 꼭 명심해야 한다.

침대에 누워서 여러 생각에 빠졌다. 대회 때문에 낙심했던 게 어제 같기도 했다. 여기서 잠들다 일어나면 대회에 떨어진 그날로 돌아가지는 않을까, 하는 터무니없는 망상도 했다. 과거로 돌아가고 싶지 않다는 생각이 처음으로 들었다.

내일 학교로 돌아가면 현철이에게 그림 거의 다 그렸다고 말해 줘야지. 저번에 이어서 그림 그리는 것도 마저 알려 줘야겠다. 서힌이는 얼마 전 여자 농구부 주장으로 발탁됐다. 그러고 보니 준섭이랑 농구도 하러 가야 하는데. 아리는 요즘 화실에 다니는 것 같았다. 인표도 열심히 게임을 하는 중이다. 다른 사람들이 보면 시간을 허투루 쓰는 것처럼 보일지 몰라도 정말 좋아하는 걸 한다는 건 정말 좋은 거다. 물론 해야 할 것도 해야겠지만. 혹시 누가 알까. 인표가 게임으로 성공할지.

사실 난 아직도 뭘 하고 싶은지 모르겠다. 하지만 농구든 그림이든 나에게 많은 걸 알려 주었고 앞으로도 많이 배울 것이다. 아, 그리고 다행히 손은 점점 나아가고 있다. 그러니 지금 그림을 그리고 있겠지. 운동을 하기엔 아직 조금 걱정되어서 좀 더 나으면 다시 농구도 할 생각이다. 준섭이에게 농구공을 돌려주고 농구공을 새로 장만했다. 나도 나만의 농구공을 샀다! 준섭이에게는 네 것보다 훨씬 멋있다고 자랑했다. 물론 준섭이는 인정하지 않는 눈치지만 말이다. 지금 거의 농구공을 안고 잘 기세다. 농구를 위해 돈을 쓸 정도면 농구가 나에게 많이 중요해졌나 보다.

요즘은 경기를 눈으로 보면서 내가 배울 점들을 체크하고 있다. 집에 돌아와서는 늘 그랬듯 책상 스탠드를 켜고 도화지를 깔았다. 해가 뜬 여름날 옆 창문에서는 아직도 매미가 울어 댔고, 죽도록 더웠고, 한창 푸릇하게 피어난 나무들이 창문을 두드렸다. 창문을 열어 주자 뜨거운 바람이 방 안으로 덮쳐 들어왔다. 시원하지도 인공적이지도 않았다. 하지만 내 마음을 움직이기에는 충분했다. 방은 다시 점점 채워지고 있었다. 모든 건 그저 좋은 경험이었다. 설레기도 하고, 두렵기도 했던. 어쩌면 가장 현실적인 나만의 여름.

침대에서 일어나 바닥에 있는 연필을 다시 주워 들었다. 어느새 코피는 멈춰 있었다.

* * *

그렇게 몇 달 뒤, 대회 결과가 나오는 날이었다.

"야, 비켜 봐."

"너나 비켜. 넌 뭔데 여기 있는데."

"다들 조용."

시끌벅적, 결과를 확인하겠다고 다들 모였다. 어찌나 시끄러운지. 큰 대회도 아니었는데. 그래도 열심히 준비했다. 크지 않았지만, 상금도 없었지만, 나를 위해서 나도 이렇게까지 할 수 있다고 말해 주고 싶었다. 그렇게 결과는.

'드륵, 드르륵.'

계속 스크롤을 내렸다. 참가상, 장려상, 3등, 2등……, 1등. 한순간 모두가 조용해졌다. 없었다. 내 이름, 내 그림은.

"괜찮아. 야, 저 사람들이 보는 눈이 없네."

"그러게."

조금은 씁쓸하네. 그렇게 노력했는데. 하지만 노력은 절대 어디 가지 않는다. 그것만은 내가 확실히 말해 줄 수 있는 한 가지이다. 그리고 오히려 마음은 어딘가 더 가벼워져 있었다. 원래부터 이게 정상이었지.

한여름 밤의 꿈과 같았다. 잠시 달콤했었다. 물론 뒷맛은 달콤한 맛의 대가인 듯 씁쓸했지만, 그 또한 감칠맛을 위해 꼭 필요한 맛이지. 앞으로의 나에게 힘든 일도 많겠지만, 내가 생각한 미래가 아니더라도 나 자신을 믿고 잘살고 있기를. 무궁무진한 가능성을 열고서. 지금은 앞에 길이 보이지 않고 착잡할지 몰라도 나중에 뒤를 돌아봤을 때 지금의 큰 벽은 아주 작은 담으로 보일지도 모른다. 그리고 그 벽을 넘어선 것 자체만으로도 나중에 나의 화려한 업적으로 길이 남을지도 모른다.

그렇기에 조금 더 힘내서 그 장애물을 넘어 봤으면 좋겠다. 모두에게 그런 경험이 하나라도 있다면 앞으로 인생을 살아갈 때 훨씬 인생이 즐거워질 테니까. 지금도 아무런 실감이 나지 않지만, 결과보다 나의 지금까지의 노력만이 모든 걸 기억하고 있다. 나의 노력을 증명하듯 쌓여 있는 카페인들과 부러진 연필, 과자 쓰레기들. 드디어 나 자신을 똑바로 볼 수 있게 된 것 같다.

가끔 그 도둑놈에게 조금은 고마운 감정이 인다. 모든 일의 시작. 하지만 그로 인해 얻은 게 많으니 입 다물고 있어 주는 거로 타협하자. 어쩌면 동경하는 사람이 더 늘었을지도. 요즘도 종종 무기력하긴 하지만 친구와 만나거나, 농구를 하거나, 그림을 그리며 금방 이겨 내려고 노력 중이다. 아쉬운 점이라면 다시 등굣길에 두 손이 무거워졌다는 거? 매일 그 무거운 걸 들고 다니는 건 확실히 귀찮긴 하다.

지금 내가 올려다보고 있는 나무의 이 푸릇한 잎이 무슨 색으로 변할지는 가을이 되어야 알 수 있는 것처럼 앞으로의 나의 화려한 변신도 많이 기대해 주길 바란다. 길다면 길고 짧다면 짧은 혼란이었지만 그로 인해 더 단단해졌다. 나는 손을 꽉 쥐어 보였다. 앞으로 내 손에는 연필이 있을 것이다. 어쩌면 다른 것도 함께.

우리가 서로에게

작가의 말

　모든 이야기를 하기 전에 먼저 이 소설의 배경은 모두 허구라는 말씀을 드리고 싶습니다. 항상 쓰면서 걱정했습니다. 제가 학교를 다니고 있는지라, 혹시나 같은 학교 학생이 읽으면서 '이 학교 우리 학교인가?'라고 생각해 버리면 학교 선생님들도 농구부도 모두 오해가 생길 것 같아서요. 다시 한번 말씀드리자면 소설의 배경은 저희 학교가 절대 아닙니다. 그저 제멋대로 쓴 소설입니다. 하지만 등장인물만큼은 아니죠. "진짜 존재하는 사람인가요?"라고 물으신다면 반은 맞고 반은 틀립니다. 어디까지나 소설이니까요. 지어낸 것은 맞습니다. 하지만 등장인물 하나하나가 모두 저를 닮아 있고, 저의 한 부분을 따와서 정성껏 만들었습니다. 제가 곧 모든 등장인물이고, 등장인물이 곧 저이니 진짜 존재하냐는 질문엔 그렇다고 대답할 순 있겠네요. 딱히 다른 모델을 두고 만들지는 않았습니다. 저만 두고 만들어도 전하고 싶은 감정이 충분했거든요. 등장인물 하나하나마다 공감해 주시면서 읽으신다면 기쁠 것 같아요.
　늦었지만 인사드리자면 먼저 제가 이렇게 이런 글 한 편을 마무리 짓게 해 주신 우리 책 쓰기 동아리 친구들과 선생님께 감사합니다. 항상 글 한 편 써 보는 게 소원이었는데 이렇게 쓰게 되네요. 혼자 써 볼 때는 항상 어렵고 너무나도 길고 힘들어 보였지만 또 옆에서 도움을 주는 많은 사람들과 함께하니까 또 되더라고요. 처음에는 글 한 편을 써냈다는 게 실감이 나지 않았지만, 이렇게 작가의 말을 쓰니까 실감이 됩니다.

이 이야기는 고등학교를 들어가기 전의 중3이 쓴, 무궁무진한 가능성이 있는 중3의 이야기입니다. 아직 늦지 않았고, 뭐든 할 수 있다는 말을 해 주고 싶었던 것 같아요. 아직 다 성장한 아이들이 아니다 보니 더 성장하기 위해서 꼭 겪어야만 하는 고민들을 넣어서 글을 쓰기도 했어요. 주로 직업 관련으로요. 그런 다사다난한 사건들을 모두 지나면 자신의 감정에 확신이 있으면서도 더 단단해져 있는 모습을 보게 될 거예요. 앞으로 그렇게 쭉 헤쳐 나가기를 바랍니다.

그리고 중요한 포인트는 여름이라는 점이에요. 항상 무덥고 짜증 나는 여름이지만 나중이 되어서 생각해 보면 항상 소중했던 청춘이니까요. 그 당시에는 머리 아픈 고민일 테지만, 지금 보면 아름다운 우리의 여름이, 아직 사회의 틀에 박히지 않은 무궁무진한 청춘들이 이렇게 책으로나마 기억되었으면 좋겠습니다.

작은 에피소드도 말해 드리자면, 기억하실지 모르겠지만 서

우리가 서로에게

힌이가 도서 부원이었던 이유는 제가 도서 부원이어서 작게나마 이스터에그로 넣어 놨습니다. 전혀 내용과 관련 없는 설정이었지만요.

할 말이 정말 많은데 글이 너무 길어졌네요. 아직 미흡한 글 실력과 충분하지 못한 농구 지식에 조금 불편하셨을 수도 있지만 그럼에도 읽어 주셔서 감사합니다. 이 제목처럼 여러분들도 모든 걸 이겨 내고 더욱 힘차게 다시 나아가셨으면 좋겠습니다. 우리의 인생은 여기서 끝이 아니니까요. 추락한 만큼, 보다 더 다시 튀어 오르기를.

임수현 씀

인생 소설

——————

김도연

잠에서 깨었다. 비몽사몽한 상태에서 눈을 비비며 침대에 앉았다. 심장이 멈춘 사람처럼 미동도 없이 있다가 정신이 들었다.

시계를 보니 오후 3시 21분, 평소라면 아직 학교에 있을 시간이다. 순간 놀라서 퀴퀴한 냄새가 나는 듯한 이불을 던지고 다시 시계를 보았다. 여전히 오후 3시 21분이다. 얼른 짐을 싸려 가방을 찾던 중 생각났다.

"아, 오늘 방학이지."

순간 몸에 힘이 쭉 빠져 바닥에 드러누웠다. 창문 밖에서 태양빛이 방전체를 드리웠다. 다시 잠에 들기에는 무리인 듯했다. 조금의 시간이 지난 후 바닥에서 일어나 휴대폰과 책 한 권을 들고 책상에 앉았다. 햇빛이 들었지만 다행히 책상을 비추지는 않았다. 책을 읽기에 최적의 환경이었다. 어깨와 목을 한 번 쭉 핀 후에 읽을 책을 집어 들었다. 지금 읽고 있는 책은 『저 너머』라는 책으로 최인호 작가의 여행, 힐링 소설이다. 방 안에만 박혀 있는 나에겐 나름 괜찮은 책이었다. 또 인호 작가의 독특한 필체가 더해져 현장의 공기가 피부에 맞닿는 느낌이 들었다.

인호 작가의 신작이 인근 서점에 입고가 되기 전까지 책을 계속 돌려 보고 있었다. 돌려 볼 때마다 처음 볼 때 보지 못했던 부분들이 보여 나름대로의 재미가 있었다. 슬슬 읽어 보려 책갈피를 빼고 읽어 내리기 시작했다. 지금 읽고 있는 부분은 제일 마지막 부분으로 주인공이 여행을 마치고 고향으로 돌아오는 길에서 문득 자신도 모르게 트라우마를 극복하게 되었다는 내용이다. 이 부분에는 바뀐 주인공의 심리 묘사와 여행에 관한 묘사가 잘 드러나 개인적으로 마음에 들었다. 그리고 마지막 페이지를 넘기려 할 때 휴대폰에 알람이 울렸다.

"메시지가 도착했습니다."

학기 중도 아닌 방학 기간 때 내게 메시지가 오는 건 아주 드물었다. 학기 중에도 반 단톡방에서 오는 것이 거의 대부분을 차지했다. 혹시 뭔 일이 있을까 싶어 조심스레 휴대폰을 잡아 올렸다. 다른 메신저 어플로 오지 않고 메시지로 온 문자였다. 아무래도 단톡방은 아닌 듯했다. 메시지함에 들어가 확인하자, 서점에서 온 것이었다. 드디어 신간이 들어왔다.

부랴부랴 나갈 채비를 하였다. 방의 정리 정돈 상태가 엉망이라 짐을 싸는 데 꽤나 애를 먹었다. 가방은 책상 아래에, 패딩은 컴퓨터용 의자에 걸쳐 있었고 티셔츠, 맨투맨, 바지는 높이가 낮은 서재 위에 널브러져 있었다. 적당히 옷을 주워서 갖춰 입고는 가방을 걸친 뒤 조용히 현관문을 열고 나갔다. 휴대폰을 보니 4시 13분이었다. 유치원생들이 하원할 시간대였다. 그래서 그런지 엘리베이터가 도저히 올 기미를 보이지 않았다.

"늦으면 안 되는데…."

슬슬 초조해질 차에 옆집 문이 열리는 소리가 들렸다.

"터벅… 터벅…."

옆집에 사는 부부인 줄 알았지만 곁눈으로 보니 내 또래로 보이는 여자애였다. 최근 옆집에 부부가 이사 왔다는 건 알았지만 내 또래 여자애가

우리가 서로에게

있다는 건 들어 보지 못했다.

"… 아이 씨."

불쾌한 투의 말이 귀에 박혀 옆을 돌아보았다. 그 여자애는 휴대폰을 보고 짜증 난 듯한 표정을 하고 있었다. 휴대폰을 계속해서 두들기는 걸 보아 누군가와 다투는 듯했다. 괜히 나까지 불편해져 계단으로 내려갈까 생각이 들던 차에 엘리베이터가 도착하였다. 어색한 공기 사이로 엘리베이터가 1층에 도착했다. 불편한 나머지 엘리베이터를 뒤로하고 빠르게 걸어 나갔다.

근방의 도로에서 택시 한 대를 잡고는 서점으로 향하였다. 사람들이 많은 버스를 이용하기보다는 택시를 타는 게 편했다. 또 괜히 버스를 탔다가 학교 애들을 만나면 그거대로 뻘쭘해지는 상황이었다. 막 유치원에서 빠져나오는 어린애들과 학원으로 향하는 학생으로 붐비는 거리를 지나서 서점으로 달려갔다. 코끝으로 스치는 바람과 높고 낮은 빌딩들이 왠지 가뿐하게 느껴졌다.

"손님, 도착했습니다."

택시 요금을 결제하고는 택시에 내려 서점 정문에 다가갔다. 이 대형 서점은 봐도 봐도 익숙해지지 않는다.

빠르게 책만 사고 나오려고 서둘러 서점에 들어갔다. 확실히 다들 학원에 가는 시간대라 그런지 학생들은 잘 보이지 않았다. 서둘러 내가 사려는 책을 찾으러 신간 코너로 갔다.

확실히 새로운 책들이 많이 들어와서 그런지 책장들이 가득 메워져 있는 것이 서점이라는 것을 일부러 티내는 것만 같았다. 그리고 내가 원하는 책을 찾기 위해 신간 코너를 뒤지기 시작했다. 시간이 흐르고 한참을 찾았음에도 책은 보일 기미조차 없었다.

"도대체 어디 있는 거야…."

서점 직원에게 물어볼까도 했지만 반 애들한테도 말을 못 거는 판에 아예 모르는 서점 직원에게 물어보는 것은 더 무리였다. 신간 서적으로 가득해진 책장들을 한참을 위아래로 훑었지만 책은 도통 보이지 않았다. 이래서는 밤이 되어서까지도 못 찾을 게 뻔했다.

혹시나 해서 서점 신간 문자를 다시 확인했지만 분명히 인호 작가의 신간은 명단에 있다. 혹시 신간 코너에 없을까 싶어 2층과 3층도 싹 훑어보았지만 책은 마치 이 서점에 처음부터 없었던 것처럼 보이지를 않았다.

오만 가지 생각과 마음을 껴안고 1층으로 내려오자 시간은 5시 20분쯤이었다.

그래, 어쩌면 내가 서점에 오는 와중에 내가 사려는 책이 다 팔렸을지도 모르는 노릇이었다. 포기하고 나가려던 와중에 주머니에 구겨 넣어 놨던 교통비가 바닥에 떨어졌다.

"하아…."

한숨을 쉬고는 지폐를 주우려 할 때에 책장 바닥 틈에 뭔가 보였다. 그리고 그것을 꺼내 보았다. 그 순간 나는 환호성을 지를 뻔했다. 그토록 찾던 인호 작가의 작품이었다. 계산을 하려 책을 계산대에 올려 두고 지폐를 꺼내려던 때였다.

"야, 쟤 박원호 아니냐?"

"킥킥, 맞는 듯?"

본능적으로 고개를 돌려 누구인지 봤다. 익숙한 체육복, 분명 내 전 학교 원진중학교의 체육복이다.

"야, 원호야. 여기서 다 보냐. 킥킥."

순간 숨이 턱 막히고 눈앞이 하얘지면서 순간적으로 서점의 정문으로 달려 나갔다.

'우당탕탕….'

달려 나가면서 서점 정문에 있던 작은 유리 조각상에 부딪혔다. 바닥에 떨어져 깨진 조각상의 유리 조각이 날카롭게 날아왔다. 유리 조각이 얼굴과 팔다리에 스치며 공중에 피가 낙엽인 듯 흩날렸다. 생각보다 많은 피가 흘렀다. 그럼에도 나는 계속해서 도망치듯 달려 나갔다.

나와 보니 하얗고 검은 벽과 같이 사람들이 거리를 에워싸고 있었다. 벽들 사이를 달리며 부딪쳐 넘어지고 달리고를 반복했다. 겨울이었지만 여름에 치러지는 마라톤을 치르는 것만 같았다. 게다가 다리에 멍이 들어 달리는 것이 힘들었다. 마른침이 입천장에 달싹 붙었다.

"헉… 헉…."

너무 달려 다리가 터질 것 같을 때쯤, 달리는 것을 멈추고 주위를 돌아보았다.

전혀 어딘지 모를 동네였다. 내가 이곳에 온 지 얼마 되지 않았지만 이런 곳은 처음 보았다. 골목에는 술집과 반쯤 허물어 가는 낡은 노래방들로 채워져 있었다. 간판들이 화려하게 빛나고 있는 것이 오히려 꺼림칙하게 느껴졌다. 얼른 골목을 빠져 나가려 휴대폰으로 지도를 보았다. 정확히 집의 반대 방향이었다. 한참을 뛴 상태라 걸어가는 것은 더 무리였다. 그래서 주머니를 뒤져 보았다.

"어, 뭐야. 어디 있어…?"

주머니에 있어야 할 택시비가 없었다. 아마 달릴 때 그대로 주머니에서 흘린 모양이다. 휴대폰 배터리도 곧 꺼질 정도였다. 어쩔 수 없이 일단 걷기 시작했다.

분명 가게들은 화려한데 사람들은 코빼기도 보이지 않는 것이 나 혼자 세계에 남겨진 느낌이었다. 계속해서 걷다 보니 날이 어둑어둑해졌다. 아까 유리 때문에 상처가 난 부위를 확인해 보니 다행히 깊게 난 게 아닌지 피가 멎었고 별로 따갑지도 않았다. 문제는 다리였다.

"경찰서는 어디 있는 거야….'

이대로라면 집에 가는 데에 한참이 걸릴 거 같다는 생각이 들 때쯤, 무언가 눈에 보였다. 분명 멀리 있었지만 눈에 확 띄었다. 일반적인 노래방과 술집과는 분명히 다르게 따스한 빛이 쏟아지고 있었다. 그곳 앞으로 가 보니 다른 단칸 건물에 비해 더 많은 빛이 쏟아졌다. 노래방의 화려한 빛과는 다른 종류의 것이었다. 또 콘크리트와 단색 페인트의 벽과는 다르게 그곳은 나무와 같은 재질의 벽이어서 겨울과 다르게 혼자만 여름인 것 같이 싱그러웠다. 이게 무슨 가게인가 싶어 간판을 보았다.

들레책방

책방이라는 단어와 가게의 따스한 빛에 홀린 듯 들어갔다. 가게 안은 정말 좁았다. 바닥은 밝은 갈색의 나무에 벽은 흰색 콘크리트 벽이었는데 벽면과 가운데에 책장과 긴 나무 책상이 있어 더욱 그런 듯했다. 나무로 된 것이 많아서 그런지 싱그러웠던 외관과는 다르게 내부는 영화에서나 봤던 난로를 떼는 통나무집의 공기였다.

"저, 아무도 없나요?"

사람의 흔적은 있어 보였지만 아무리 불러도 사람이 나오지를 않았다. 문 쪽을 다시 보니 '외출 중'이 걸려 있었다.

"잠깐 책이라도 볼까."

책상에 있는 의자 하나를 빼내서 앉아 책장을 둘러보았다. 생각보다 많은 책들이 있었다. 아는 책들도 간간이 보였다.

"최인호 작가님 책도 있을까?"

'띠링….'

혼잣말을 하던 중 문에 달려 있는 풍경에서 소리가 났다.

"아, 손님이 있으셨네. 혹시 이거 좀 같이 들어 주실 수 있으신가요?"

"아, 네네."

뒤에서 들어온 책방지기로 보이는 남자의 짐을 함께 들고 카운터 뒤에 가져다 놓았다.

"휴, 손님. 도와주셔서 감사합니다."

책방지기가 웃어 보이며 말했다.

"아, 네…."

나는 억지웃음을 살짝 지으며 말했다.

"뭐 찾으시는 거라도 있으신가요?"

"아 그, 최인호 작가 신간 있을까요…?"

솔직히 없을 거라 생각하며 책방지기에게 물었지만 책방지기는 카운터 뒤에 들어가 잠시 후에 무엇을 하나 가지고 나왔다. 바로 내가 그토록 바라던 책이었다.

"자, 손님. 이거 찾으시는 거 맞으시죠?"

책을 건네받고 보니 정말로 최인호 작가의 신작이었다.

"이거 어디서 구하신 거예요?"

시내의 대형 서점에서도 구하지 못한 게 이곳에서 나와 놀란 말투가 무의식적으로 튀어나왔다.

"아, 제가 이 작가 팬이라 따로 사 놓거든요. 방금 저 상자도 다 최인호 작가 작품이랍니다."

인터넷에서야 최인호 작가의 팬들을 많이 봐 왔지만 현실에서 직접 대면하는 건 오늘이 처음이었다.

"손님도 이 작가 작품 좋아하시나 봐요? 저도 이 작가 좋아하는데."

주인의 물음에 나는 고개를 끄덕이며 긍정하였다.

"그… 혹시 어느 작품까지 보셨나요…?"

나와 같은 팬을 만나 약간은 설레는 마음에 조심스레 물어보았다.

"아, 저는 아직 『저 너머』 초반 쪽 보고 있습니다."

『저 너머』 초반이라…. 아직은 입문하는 단계의 팬인 듯했다.

"아, 그러시구나…."

조금은 아쉬운 기분이 들었다.

"학생은 이름이 어떻게 되세요?"

책방지기가 갑작스레 질문하였다.

"… 박원호입니다."

갑작스럽지만 이름을 대답했다. 남한테 내 이름을 밝힌 것은 정말 오랜만이었다. 책방지기가 고개를 끄덕이며 말했다.

"제 개명 전 이름이랑 비슷하네요."

책방지기가 잠시 생각에 잠긴 듯 말했다. 어색한 분위기가 싫어 책방지기에게 질문을 하나 했다.

우리가 서로에게

"그럼 이름이 어떻게 되시는…?"

"아, 저는 하정원이라고 합니다."

하정원이라…. 아까 의자에 앉아 책들을 보면서 벽에 붙어 있는 포스터를 보았다. 그곳에 하정원 작가와의 만남이라 적혀 있었는데 아마 책방지기이자 작가인 그와의 만남인 듯했다.

"아, 혹시 작가이신가요?"

"오, 어떻게 아셨나요?"

고민에 잠긴 책방지기의 얼굴이 다시 펴졌다. 사람이 이렇게 빠르게 바뀔 수 있나. 신기한 생각이 들었다.

"아, 그 벽면에 작가와의 만남 포스터가 붙어 있길래 작가이신가 물어봤습니다."

입꼬리를 올려 조금 웃어 보이며 말했다.

"작가라 해도 별거 없습니다. 그냥 에세이 한 권 낸 게 전부입니다."

책방지기가 머리를 긁으면서 말했다. 부끄러운 듯 말했지만 내심 기분이 좋은 듯 입꼬리가 조금 올라가 있었다.

"아, 그리고 출판한 책 한 번 보여 드릴까요?"

"아…."

대답하기도 전에 책방지기가 카운터 뒤로 달려가서는 어린아이가 장난감 들고 오는 것처럼 책 한 권을 들고 왔다.

"이게 제가 낸 에세이인데, 이게…."

책방지기가 말을 시작하자 정말이지 인간 모터인 줄 알았다. 짧은 시간이었지만 쉴 새 없이 말을 해서 뭐라고 끼어들기도 어려웠다.

"근데 잠시 화장실 좀 갈 수 있을까요?"

"아, 화장실은 카운터 뒤에 있습니다."

대답을 듣고 화장실로 갔다. 가는 길에 시계를 보니 15분 정도 지나 있었다. 화장실에 들어가 혼잣말을 중얼거렸다.

"이 정도로 오래 있을 생각은 없었는데, 나가서 책방 주인한테 집 가는 방법이라도 물어봐야지."

손을 씻고 나서는 화장실을 나와 책방지기에게 말했다.

"저, 혹시 휴대폰 좀 빌려주실 수 있으신가요?"

책방지기에게 조심스레 작은 목소리로 물었다. 책방지기는 흔쾌히 수락하며 내게 휴대폰을 건넸다. 지도에 들어가 책방의 이름을 검색했다. 보니 우리 집과의 거리가 꽤 되었다.

"뭐 하고 계세요?"

책방지기가 등 뒤에서 휴대폰을 보며 물어보았다. 순간 깜짝 놀라 휴대폰을 손으로 가리고 책방지기의 얼굴을 바라보았다.

"아, 그러니깐…."

"혹시 집 가는 거 때문에 그러시는 건가요?"

"어, 어떻게 아셨나요?"

책방지기의 말에 당황해하며 질문하였다.

"아, 책상 정리하면서 슬쩍 봤는데 저랑 같은 아파트 사시는 거 같아서."

책방지기가 입으로 크게 웃어 보이며 말했다.

"어차피 곧 있으면 가게 문 닫는데 태워 드릴까요?"

택시 탈 돈도 없고 더 걷는 것도 힘든 나에게는 좋은 기회였다.

"아, 네."

'감사합니다.'라고 말한다는 게 또 버릇처럼 단답으로 대답하였다. 혹여

우리가 서로에게

나 무례하게 들릴까 봐 책방지기의 눈치를 보았지만 웃는 걸 보니 별 신경은 안 쓰는 것 같았다.

"그러면 정리 끝날 때까지 잠시만 기다려 주시겠어요?"

책방지기가 기다려도 된다고 말하긴 했지만 솔직히 눈치가 보여 그가 책상을 치우는 사이에 나도 책장을 조금 정리했다. 크게 책을 바꿔 끼울 것은 없어서 높은 선반에 조금 쌓여 있는 먼지를 조금 쓸고 기울어 넘어진 책이 있으면 똑바로 세워 두었다. 조금 치우다 보니 책방지기가 카운터에서 종이봉투 하나를 들고는 나갈 채비를 하고 있었다.

"이제 다 정리된 것 같은데 슬슬 가 볼까요?"

책방지기와 가게 불을 끄고는 가게 밖으로 나왔다.

"잠깐 차 끌고 오는 동안 기다리실 수 있으세요? 주차장이 멀어서 3분 정도 기다리셔야 할 거 같네요."

나는 알겠다고 답하고는 가게 건물 벽에 기대어 주위를 둘러보았다. 확실히 겨울이라 그런지 아까 전까지는 간판에 불이라도 켜져 있던 가게들이 어느새 어둠에 잠겨 있었다. 책방만 아니었다면 완전히 정적에 가까웠을 것이다. 책방은 불이 꺼져 있음에도 스스로 살아 있기라도 한지 싱그러운 기운을 내뿜고 있었다.

"이런 곳에 이런 책방이 있었을 줄이야…."

책방에 대해서 이런저런 생각에 잠기던 와중에 저 멀리서 불빛이 보였다. 아마 책방지기의 차인 듯했다. 그 차가 책방 앞에 멈춰 서고는 창문을 내렸다.

"얼른 타세요!"

책방지기가 손을 비비며 운전대에서 말했다.

차는 작은 소형차였다. 그래서 그런 건지 모르지만 히터를 틀어도 손이 시렸다.

"차가 조금 춥죠? 이거 히터가 살 때부터 불량이어서."

책방지기가 유쾌한 말투로 말했다. 나는 그냥 손을 비비는 것으로 대답을 대신하였다.

"그런데 여기는 어쩐 일로 오신 거예요? 여기 상권도 다 죽어서 오는 사람들도 엄청 드문 편인데."

책방지기의 질문에는 대답하기 참으로 난감했다. 사실 도망치면서 달리다 이곳에 온 거긴 했지만 그것을 설명하려면 내 과거사를 끄집어내야 한다. 과거사는 생각하기도 싫었다. 게다가 책방지기와는 오늘 처음 만난 것이었기에 그런 그에게 속내를 말하는 것은 거의 불가능에 가까웠다. 내가 어떻게 말해야 할지 생각을 하며 침묵하던 차에 책방지기가 무슨 눈치라도 챘는지 대화 주제를 바꾸었다.

"저희 책방 어떠셨어요?"

"깔끔했던 거 같아요."

사실 깔끔한 거 말고 분위기라던가 다른 장점도 많았지만 그냥 깔끔하다고만 말했다. 그저 대화 없이 조용히 가고 싶은 것이 이유였다.

"깔끔했다니 다행이네요, 사실 제가 청소를 자주 안 하거든요."

책방지기가 해맑게 웃었다. 그리고 잠시 창밖을 보더니 자기 이야기를 하기 시작했다.

"제가 어릴 때 동네에 책방이 되게 많았어요. 그곳에서 책을 구경하거나 읽는 게 제 취미였죠. 중학교 때는 학교를 몰래 째고 책방에 가기도 했어요."

책방지기가 잠시 얼굴을 찌푸리고는 말을 이어갔다.

"학교가 그다지 제게는 좋지 못한 것 같이 느껴졌거든요. 그땐 그랬어요."

책방지기의 말을 듣다 보니 왠지 내 얘기인 거 같기도 한 느낌을 받았다. 나도 똑같이 학교가 싫었다. 그래서 전학이라는 도망을 골랐었다. 잠시 생각에 잠긴 와중에 저 멀리 내 아파트가 보였다.

"이제 슬슬 다 와 가네요. 몇 동 사세요?"

책방지기가 내 얼굴을 보며 말했다.

"아, 저 104동 삽니다."

"저는 102동 사는데, 102동 바로 앞이니 그쪽에 내려드릴게요."

나는 고개를 살짝 끄덕여 대답했다. 아파트 앞의 횡단보도 초록불에 자동차가 걸리자 책방지기가 몸을 돌려 차량 뒷좌석에 있던 종이봉투를 앞자리로 꺼내서는 품에 안았다.

횡단보도가 빨간불로 바뀌자 아파트 정문으로 진입했다. 104동은 정문 바로 앞에 있었다. 책방지기가 문을 열어 주었고 나는 허리를 살짝 숙여 인사를 하고 나가려 했다. 그러던 때에 책방지기가 차에서 내려 내 어깨를 붙잡았다. 나는 고개를 돌려 책방지기의 얼굴을 보았다.

"아, 이건 선물입니다."

책방지기가 종이봉투를 내밀었다. 아까 뒷좌석에서 꺼낸 것이었다.

"덕분에 오랜만에 재밌게 대화할 수 있어서 감사의 의미로 드리는 거예요."

책방지기가 뒷머리를 쓸며 말했다. 나는 갑작스러운 선물에 괜찮다고 거절하려 했지만 책방지기가 손에 봉투를 꼭 쥐어 주는 바람에 그럴 수가 없었다.

"그럼 조심히 들어가세요."

책방지기는 내가 건물 안으로 들어가는 걸 보고서야 차에 타고 갔다. 나는 엘리베이터 버튼을 누르고 층수를 나타내는 표시등을 보았다. 아직은 내려오긴 한참인 듯했다. 가만히 서 있자니 심심해서 아까 선물 받았던 종이봉투를 열어 보았다.

'뒤적뒤적.'

손을 넣어 물건을 잡아 보니 네모난 직사각형 형태의 무언가가 잡혔다. 뭐지 하면서 꺼내 보니 책의 형태로 보이는 무언가였다. 어두워서 잘 보이지 않았다.

'띠링.'

무엇인지 확인하려 눈을 찌푸려 보던 중에 엘리베이터가 도착했다. 문이 열리면서 빛이 문의 틈새로 쏟아지자 책의 표지가 보였다. 그냥 잡지 같은 것이라고 생각했지만 정말 예상치 못한 것이 등장했다. 눈에 보이는 두 단어.

저자 최인호

놀란 마음을 뒤로한 채 엘리베이터에 탑승했다. 엘리베이터 불빛에 비친 책의 표지는 영롱히 반짝였다. 아기 다루듯 다시 봉투 안에 책을 넣고는 층수를 보았다.

'3…, 4….'

시간이 고장 난 카세트테이프처럼 길게 늘어진 건가, 층수가 아주 느리게 느리게 올라갔다. 인고의 시간을 거친 뒤에 엘리베이터가 13층에 도달

우리가 서로에게

하였다. 닐 암스트롱이 달에 도착했을 때 이런 기분이었을까? 오늘따라 왜인지는 몰라도 그런 생각이 들었다. 엘리베이터를 뒤로하고 집에 들어왔다. 집은 어둡고 고요했지만 그것은 별 신경 쓸 게 아니었다.

나는 최대한 빠르게 방으로 들어가 책상에 앉아 종이봉투를 열었다. 능숙하게 커터 칼로 책의 투명 포장을 벗겨 내고는 책을 펼쳤다. 책 사이에 무언가가 떨어졌지만 나는 무시하고 책 표지를 훑어보다가 책을 읽기 시작했다.

예상은 했지만 이번 책은 정말 역대급이었다. 책을 반절 정도 읽고 책갈피로 책을 집은 후에 잠시 기지개를 폈다.

'빠드드득.'

몸을 오랫동안 움직이지 않아 그런지 온몸에서 소리가 났다. 시간을 보니 10시쯤이었다. 거울을 보니 몸이 상당히 꾀죄죄한 꼴을 하고 있었다. 그래서 티셔츠 냄새를 맡아 보았다.

"으윽…."

검은색 티셔츠라 티가 나지 않았는데 냄새가 상당했다. 얼른 옷을 갈아입지 않으면 냄새에 머리가 아플 거 같은 지경이었다. 옷을 갈아입으면서 바닥에 있는 쓰레기도 몇 개 주우려 허리를 숙였다. 그러다 책상 아래를 보니 접혀 있는 초록색 종이가 하나 보였다. 이런 걸 던져 놓은 기억이 없는데, 그렇다면 아마 아까 책을 펼치며 떨어졌던 종이인 것 같았다. 팔을 뻗어 접혀 있던 종이를 조금씩 펼쳐 보았다. 다 펼쳐 보니 종이는 A4 용지 크기의 포스터였다. 포스터에 적힌 내용을 읽어 보았다.

"전국단편쓰기 대회. 최인호 작가 주체. 우승 시… 최인호 작가와의 만남 및 상금 100만 원?"

최인호 작가의 글쓰기 대회? 분명 팬카페를 하루도 빠짐없이 출석했지만 이런 소식은 들어 본 적도 없었다. 포스터 아랫부분 구석을 살펴보았다.

"포스터는 초판 1쇄 한정으로 배부."

초판이 오늘 출간되었고 카페에 들어가 보지 않았으니 못 본 듯했다. 그리고 어차피 나는 이 대회에 참가하지 않을 것이라 상관이 없었다.

"씻기나 하자."

포스터를 다시 접어 책상에 던져 놓고는 방 밖으로 나갔다. 샤워를 하고 욕실에서 나와 보니 시각은 10시 반쯤이었다. 냉장고에 가서 먹을 간식거리를 챙기고는 다시 방으로 향했다. 책을 다시 펼치고 집중해 읽기 시작했다. 조금의 시간이 지나자 무언가 느껴졌다. 책이 아까보다 잘 읽히지 않는 느낌. 분명 같은 내용의 책이었지만 이상하게 더디고 집중이 잘 되지 않았다. 계속해서 책을 읽으려 했지만 도저히 내용이 눈에 들어오지가 않았다. 오히려 읽으면 읽을수록 눈은 책의 내용을 향하는 것이 아닌 책상 구석에 있는 초록색 포스터를 향했다. 다시 보니 아까 대충 훑어보았을 때와는 다른 내용들이 몇 가지 보였다. 기간은 겨울 방학 시즌. 주제와 장르는 정해져 있었다.

자신의 이야기를 재구성한 단편 소설을 창작하여 제출.

이것이 문제였다. 나에게 소설로 쓸 만한 이야기가 있긴 한가? 있다 하더라도 전부 전학 전의 암울한 이야기투성이였다. 그나마 다행인 점은 소설을 인터넷으로 제출하고 참여 시에 가명을 써도 된다는 점이었다. 아마

우리가 서로에게

팬카페의 존재를 의식하고 내건 조건인 듯했다. 포스터를 더 읽어 보았지만 이 정도의 정보가 끝이었다.

"이걸 해 봐, 말아⋯."

살면서 누구나 일생일대의 결정을 내리는 순간이 온다는데 이 순간이 그런 순간일까. 전학 전, 그리고 지금. 일단 참여를 한다고 결정해도 적어도 2쪽을 써서 제출해야 했기에 우선 무작정 써 보기로 시작했다. 그러나 시작부터가 문제였다. 내게 쓸 만한 이야기가 없었다. 유치원, 초등학교 때는 정말로 평범한 삶을 살아서 특별하게 적을 내용도 없었다. 그리고 전학 전 중학교 시절은 생각만 나도 헛구역질이 나는 사건의 연속이었다. 이걸 어떻게 해야 하나. 이대로라면 참가도 못 하고 곧바로 탈락할 위기였다. 그러던 때에 휴대폰에서 알림이 울렸다.

'띠링.'

확인해 보니 평소에 보는 고등학교를 배경으로 한 웹툰 알람이었다. 생각 정리도 할 겸 웹툰을 보았다. 웹툰 속 주인공은 남자다. 그렇다고 특별하게 잘생기고 키가 큰 건 아니었지만 탁구에 재능이 있었다. 그 재능으로 대회에서 우승도 하고 친구도 많이 사귀었다. 어쩌면 현실에 하나쯤 있을지도 모르는 캐릭터가 주인공이기에 많은 이들이 공감을 얻어 이 웹툰을 보는 것일지도 모르겠다. 그러던 중 생각 하나가 머리를 스쳤다.

"내 이야기를 쓰지 못한다면 그럴듯하게 지어내면 되는 것 아닌가?"

현실성 있는 캐릭터를 하나 만들고 치밀한 설정으로 글을 쓴다면 어쩌면 정말로 이 웹툰처럼 통할지도 모르는 노릇이었다. 물론 대회에서 우승하고 난 이후의 일이 문제긴 했지만 당장의 나에게는 대회 참가가 우선이었다. 아이디어가 떠오르자마자 바로 실행에 옮겼다. 오랜만에 줄 공책을 꺼내어 마인드맵으로 주인공 설정부터 짜기 시작했다.

"주인공 이름은 일단 원호로 하고, 설정을 어떻게 해야 하나…."

설정이 고민이었다. 나는 웹툰 주인공처럼 탁구를 잘하는 것도 노래를 잘 부르는 것도 아니었다.

잘하는 게 없으면 열심히 했던 거라도 없을까. 기억을 한번 되짚어 보았다. 전학 전, 중학교 시절이 떠올랐다. 기억상으로는 그때쯤에 웹소설을 읽고 감동을 받아 나도 작가를 해 보겠다고 글을 열심히 썼던 것 같다. 그 당시에 SF, 무협, 일상 등 온갖 종류로 글을 썼었고 친구들의 평도 나쁘지 않았다. 그리고 그다음은….

내게 그다음은 없었다. 티셔츠를 목까지 올려 보았다. 배의 각종 멍과 가슴팍의 작지만 선명한 꿰맨 자국이 아직도 아물지 않았다. 이게 바로 내게 다음이 없었던 이유이자 증거였다.

"괜한 생각을 했네."

나는 찌푸린 표정으로 혼잣말을 중얼거렸다. 그래도 좋은 글쓰기 소재를 얻었다. 마인드맵에 주인공이 글쓰기를 열심히 한다는 설정을 적고는 나머지 설정도 채워 나가기 시작했다.

그리고 며칠이 지났다. 아이디어가 떠오를 때마다 공책의 마인드맵에 작성하고 휴대폰 어플을 이용하여 아이디어 중 괜찮은 것을 기록했다. 그 사이에 SF로 장르가 바뀌기도 했다. 이러한 노력으로 나름 괜찮은 세계관을 구성할 수 있게 되었다.

소설 속 주인공은 10대 소설가이다. 그리고 그에게는 공책 한 권이 있다. 그 공책은 신비한 능력을 지니고 있는데, 바로 공책에 이야기를 쓰면

우리가 서로에게

그 이야기 속으로 들어갈 수 있는 능력이었다. 이러한 설정들로 작품이 전개되었다. 공책에 쓸 수 있는 내용이 무궁무진하다는 점에서 내 얘기를 그럴 듯하게 마구 지어 낼 수 있을 것 같았다.

　내용도 정했겠다, 이제 글쓰기를 시작하기만 하면 되는 것이었지만 나는 아직도 시작하지 못했다. 어떻게 시작해서 전개해나가야 할지 갈피를 잡지 못했다. 글을 쓰려고 해도 내가 쓰는 표현들이 너무 오글거렸다. 내 문체가 아직도 중2병 걸린 웹소설에 머물고 있는 것 같이 느껴지는 게 제일 큰 문제였다.

　"에휴."

　글이 너무 안 써지자 기분 전환 겸 잠시 인호 작가의 팬카페에 들어가 보았다. 팬카페는 지금 글쓰기와 파티를 만드는 것에 불타고 있었다. 여기서 파티란 온라인상에서 서로 글쓰기를 하는 데 도움을 주는 그룹을 의미하는 팬카페의 은어 중 하나다.

　"나도 파티나 만들어 볼까."

　이 카페에서 나는 '열심회원'이었기에 파티를 만드는 것은 손쉽게 가능했다. 글쓰기에 재능이 있는 분들과 팀이 된다면 글쓰기가 훨씬 수월할 것이란 생각이 들었다.

　"글이라도 한번 써 보자."

　나는 빠른 손가락 놀림으로 모집글을 써 올렸다. 잠시 침대에 누웠다 일어나 휴대폰으로 게시글 댓글을 확인했다. 그 사이에 3명이 파티를 한다며 댓글을 달았다.

　"3명 정도면 충분하겠지?"

나는 메신저 어플의 단체 채팅방을 하나 만들어 대댓글로 채팅방 링크를 보냈다. 링크를 보내고 얼마 지나지 않아 사람들이 모두 채팅방에 들어왔다.

- 안녕하세요. 명예악마입니다

명예악마라는 닉네임을 가진 사람이 첫 번째로 채팅을 시작했다. 나도 곧바로 답장을 보냈다.

- 환영합니다. 타락이라고 해요

뒤이어 빠르게 메시지들이 올라왔다.

- 안녕하세요. 레몬이에요
- 반갑습니다. 이공이라고 합니다

간단하게 인사를 하고 본격적으로 글쓰기에 관해서 얘기하기 시작했다.

- 다들 어느 정도 글 쓰셨나요?

곧바로 레몬과 이공이 답장을 달았다. 들어 보니 둘 다 한 페이지 정도 쓴 거 같다. 명예악마에게도 물어보았다.

- 명예악마님은 어느 정도 쓰셨나요?
- 저도 한 장 반 정도 썼습니다. 타락님은 어디까지 쓰셨나요?

이 말에 정곡이 찔렸다. 다른 사람들은 적어도 한 장 이상씩 썼는데 나는 아직 시작조차 못했기 때문이다. 도움받으려 만든 게 이 파티니 일단은 현재 내 상황을 말했다.

- 사실 아직 한 글자도 못 썼네요 ㅋㅋ 좀 도와주시는 거 가능할
  까요?
- 당연히 도와드리죠. 저희도 서로서로 도움받으려고 신청한 건
  데요 ㅎㅎ 설정 짜셨으면 보여 주실 수 있으신가요?

명예악마가 친절하게 말했다. 채팅을 하는 건 불과 몇 마디에 지나지 않았지만 이 사람이 상냥하다는 게 말투로 느껴졌다. 그렇게 파티 멤버들과 하루종일 이야기를 나누면서 다양한 정보들을 알게 되었다. 글을 쓸 때 묘사가 중요하다는 사실이나 맞춤법, 띄어쓰기를 헷갈리지 않는 법 같은 글쓰기 팁들도 알게 되었다. 이를 바탕으로 글을 쓰기 시작해 보았다. 시작조차 어려웠던 이전보다는 확실히 잘 풀렸다. 이대로라면 글쓰기에는 문제가 없을 것 같았다.

＊＊＊

일주일 뒤쯤 집에 먹을 게 떨어져 마트를 가야 했다. 부모님은 두 분 다

두 달간 해외 출장을 가셨기에 내가 장을 봐야 한다. 귀찮지만 옷을 갈아 입고 밖으로 나갔다. 다행히도 얼마 전 보았던 그 옆집 여자애는 없었다. 평소보다 빠르게 온 엘리베이터를 타고 밖으로 나갔다. 정오쯤이었지만 겨울이라 그런지 롱패딩을 입어도 추웠다.

"빨리 사고 집에 들어가야지."

추운 날씨에 손을 비비며 혼잣말을 했다.

'빠앙.'

마트로 걸어가려던 때에 내 옆에 있던 차에서 경쾌한 경적이 울렸다. 내가 옆을 보자 창문이 내려갔다.

"원호 씨, 잘 지내셨어요?"

창문 안을 자세히 보니 저번에 만난 그 책방지기였다. 그 이름이 하정원 이었지?

"안녕하세요? 저야 뭐, 그럭저럭 지냈죠."

"그러시구나. 그런데 어디 가시는 중이세요?"

책방지기가 다시 나에게 물었다.

"아."

나는 말없이 장바구니를 들어 보여 주었다. 그러자 책방지기가 잠긴 조수석 문을 열며 손짓을 했다. 아마도 타라는 뜻 같았다.

"이 앞에 DC마트 가시려는 거 맞으시죠?"

"네."

"어차피 책방 가는 길목에 있어서 태워 드릴게요."

"아, 감사합니다."

대답을 하며 사람이 이 정도로 착할 수도 있구나, 하는 생각이 들었다.

그렇게 책방지기의 차를 얻어 타고는 마트에 도착했다. 책방지기는 그냥 가도 되는데도 불구하고 뭐 살 게 있나 본다며 같이 따라 들어와 주었다.

"장 다 보셨으니깐 이제 집으로 가시는 건가요?"

"네, 뭐. 그렇죠."

집에서 먹을 것들을 사러 밖에 나온 것이었고 얼른 집에 가서 글쓰기 파티 멤버들과 글을 써야 했다.

"그 혹시 집에서 할 일 없으시면 책방 같이 가실래요? 어차피 책방에 사람도 없고. 할 거 없으시면 책이라도 읽고 가시는 거 어떠신가 해서."

책방지기의 말을 듣고 잠시 생각해 보았다. 글쓰기가 걸리긴 했지만 뭐, 글은 휴대폰으로도 쓸 수 있었다. 그것 외에 집에서 할 일은 딱히 없었다. 무엇보다 그 책방에 있으면 왠지 글이 더 잘 써질 것 같은 예감이 들었다.

"그럼 장 본 건 어떻게 해야 할까요?"

"그건 책방 안쪽 작은 냉장고에 넣으면 될 거 같아요."

장 본 식재료들의 보관 문제까지 해결되었기에 책방지기의 제안에 수락하지 않을 이유가 없었다. 가는 동안 책방지기가 저번에 선물해 준 책 얘기를 조금 나누었다. 이번에도 모터처럼 말을 하는 건 여전했다.

얼마 지나자 책방 앞에 도착했다. 저번과는 다르게 정오라 그런지 골목에 사람들이 몇 무리 정도 보였다. 그래도 거리는 여전히 쓸쓸했다. 밖이 추워서 빠르게 책방 안으로 들어갔다.

"갑자기 일이 생겨서 대화는 못 나누겠네요. 책 읽으면서 편히 쉬다 가세요."

인스턴트 코코아 한 잔을 내어주며 책방지기가 아쉬운 듯이 말했다. 코코아를 마시며 나무 책상 구석에서 글을 쓰기 시작했다. 대회 마감날까지는 아직 한 달이 있었지만 계속해서 수정을 해야 했기에 시간이 있을 때 많이 쓰는 것이 중요했다. 두 시간 뒤쯤 두 페이지 정도를 완성했고 파티 채팅방에 글을 공유해 보았다. 몇 분 뒤 답장이 왔다. 확인해 보니 예상대로 명예악마였다. 명예악마는 늘 제일 먼저 피드백을 해 주는 멤버다. 또 맞춤법이라든가 띄어쓰기라든가 내가 놓친 부분들을 매우 정확하게 지적해 주었다. 그런 그를 멤버들은 명예천사라고 부르기도 했다. 명예악마도 내심 별명을 좋아하는 것 같았다. 명예악마의 피드백대로 글을 수정하고 있으니 다른 멤버들도 글을 올리고 서로서로 피드백을 했다. 그러던 중 이공이 말을 하나 꺼냈다.

  - 저희 합평회 해 볼까요? 서로의 글을 더 잘 파악할 수도 있고
    여러 가지 수정도 해 줄 수 있을 거 같아서요

그동안 우리는 내용 전체가 아닌 부분부분만 떼 와서 피드백을 해 주었는데, 합평회를 통해 글 전체를 보는 것도 나쁘지 않을 것 같았다. 그 생각에 동의하듯 레몬과 명예악마가 맞장구를 쳤다.

  - 오, 그거 좋은 생각이네요

그렇게 합평회 이야기를 하던 중에 내가 끼어들어 말했다.

  - 근데 다들 어디 사시나요?

우리가 서로에게

가까운 곳에서 산다면 현실에서 보다 더 직접적으로 활동을 할 수도 있었다. 물어본 나부터 먼저 사는 곳을 밝혔다. 그러자 답장들이 달리기 시작했다. 그런데 답장이 하나같이 똑같았다.

- 어, 저도 그쪽 사는데요?
- 저도 그쪽 근처에서 삽니다
- 저도 거기 사는데! ㅋㅋ

전부 내가 살고 있는 지역에 거주하고 있었다. 심지어 레몬과 이공은 같은 동네에 살고 있었다. 나는 조심스레 말을 꺼냈다.

- 그럼 저희 만나서 합평회 해 볼까요?

직접 만나는 것이 부담스러울 수도 있었지만 멤버들의 반응은 모두 긍정적이었다. 합평회 계획을 멤버들과 짜보았다. 합평회는 2번 정도로 진행하고 날짜는 각각 대회 마감날짜에서 3주 전, 2주 전으로 하기로 했다. 오후 1시쯤에 만나는 것으로 정한 것까지는 좋았는데, 문제는 장소였다. 다른 사람들이 없는 조용한 곳을 찾는 것이 관건이었지만 우리 동네에는 그런 곳이 없었다. 곰곰이 생각해 보던 중 전에 이곳에서 책방지기가 작가와의 만남을 진행한다는 사실이 생각났다. 어쩌면 이곳을 잠시 대여할 수도 있지 않을까. 나는 카운터에서 작업을 하고 있는 책방지기에게 다가가 물었다.

"저…."

책방지기를 부를 때 무슨 호칭을 써야 하지. 잠시 고민이었지만 곧바로 생각하고 말을 이어 갔다.

"사장님, 여기 책방 대여도 가능할까요?"

"되긴 하는데, 언제 대여하시려고요?"

책방지기가 달력을 넘기면서 물었다. 나는 합평회 날짜를 말해 주었다. 그러자 손으로 날짜를 쓱쓱 집고는 말했다.

"아마 될 거 같아요, 그런데 무슨 용도로 빌리시게요? 혹시 말해 주시면 그거에 맞춰서 세팅 같은 거 해 드리거든요."

나는 그냥 평범한 글쓰기 모임 같은 거라고 둘러댔다. 얼마를 드려야 하는지에 대한 질문에 책방지기는 잠시 고민을 하듯 턱을 만지작대고는 말했다.

"어차피 사람들도 잘 안 오는데. 공간 정도는 무료로 빌려드릴 수 있을 거 같네요."

"아, 정말요?"

"네네. 그리고 저도 작가인데 예비 작가님들 도와드려야죠. 대신 앞으로는 사장님 말고 작가님이라 불러 주시면 더 좋을 거 같네요."

책방지기가 해맑게 말했다. 나는 알겠다고 하고 인사하듯 허리를 살짝 숙였다. 그리고 곧바로 파티 멤버들에게 괜찮은 장소가 생겼다 알렸다. 멤버들의 반응도 나쁘지 않았다. 이상하게도 이공의 반응이 특나나 좋았다.

– 와, 이런 곳이 있군요? 정말 좋네요 ㅎㅎ

평소에 조용하던 이공이었는데, 그런 반응은 처음 봤다. 마치 어린아이

　　　　　　　　　　　우리가 서로에게

가 유원지 사진을 보고는 신나 하는 것 같았다. 장소까지 정해졌고 이제 이대로 합평회만 진행하면 된다. 이상하리만큼 모든 것이 순조롭게 진행되고 있었다.

* * *

잠에서 깨었다. 창밖을 보니 아직 햇빛이 환하게 들고 있었다. 책상에서 글을 쓰다 나도 모르게 잠에 든 모양이다. 다시 글을 쓰려고 내용을 한 번 보았다. 잠결에도 글을 썼는지 내용이 더 추가되어 있었지만 맞춤법이 죄다 틀려서 고쳐야 할 것 같았다. 자느라 뻣뻣해진 몸을 기지개로 한껏 펴고는 고쳐 쓰기를 시작했다. 시계를 보니 시간은 5시를 가리키고 있었다. 잠시 책상에서 일어나 평소에 다가가지도 않는 드레스룸으로 향했다. 평소에 가지도 않는 드레스룸에 가는 이유는 바로 내일이 합평회 날이기 때문이었다. 합평회 날에도 티셔츠랑 롱패딩만을 입을 수는 없는 노릇이었기에 내일 입을 옷을 미리 봐 두려는 것이었다.

"후드티가 어디 있지…."

티셔츠를 제외하고 그나마 입을 옷 중에는 후드티 정도밖에 없었다. 그렇게 드레스룸에 있는 서랍의 안쪽을 뒤지자 찾고 있던 후드티가 보였다. 그리고 바닥에 꺼내 놓은 옷들 중 아무 청바지 하나를 주워 후드티와 함께 밖에 던져 놓았다. 이 정도만 입어도 별 탈은 없겠지. 드레스룸 바닥에 널려져 있는 옷들을 정리하고 방으로 다시 넘어갔다. 저녁을 먹어야 하는 시간이긴 했지만 합평회에 앞서 문제가 없게끔 글을 점검하는 게 우선이었다. 어쩔 수 없이 컵라면 하나에 물을 내리고 방에 챙겨 들어갔다. 라면을 먹으며 글을 보니 영 집중이 되지 않았다. 집중이 안 되면 휴식을 하는 것이 나의 글쓰기 원칙. 글쓰기 파티 채팅방에 들어가 보았다. 때마침 레몬과 이공이 대화를 하고 있었다.

- 내일 합평회 떨리네요. 오타라도 나면 큰일인데 ㅋㅋ
- 에이, 그런 걸 발견하려 합평회 하는 건데. 별로 신경 쓰지 마세요

나도 메시지 하나를 보내 보았다.

- 그러게요. 저희 넷이 이렇게 모일 줄은 꿈에도 몰랐어요 ㅋㅋ

이공도 메시지를 보냈다.

- 그러게요 ㅋㅋ 근데 타락님, 그거 못 들으셨나요?
- 뭐요?
- 명예악마님 내일 좀 늦으신다네요

대화 내용을 위로 올려 보니 이전에 명예악마가 남긴 메시지가 있었다.

- 저 그날 조금 늦을 거 같아요

어제만 하더라도 합평회에 반드시 참가하겠다는 의지를 보였는데 어지

우리가 서로에게

간히 급한 일이 있었나 보다.

　- 일단 알겠습니다. 그렇게 많이는 안 늦으셨으면 좋겠네요

　어느 정도 대화를 더 나누고 글쓰기에 다시 매진했다. 보통 새벽에 글을 쓰지만 내일을 대비해 오늘은 일찍 잠자리에 들어야 했다.

　'타닥타닥…'

　계속해서 글 쓰고 수정하기를 반복하니 시간이 꽤 걸렸다. 원래 잠자리에 들기로 한 11시보다 한 시간이 더 지난 12시였다. 더 늦게 잔다면 내일 못 일어날지도 몰랐다. 분량을 확인해 보니 15쪽 정도였다. 이 정도면 충분하겠지, 생각하며 글을 저장하고 노트북을 덮었다. 그리고는 씻기 위해 화장실로 이동했다. 이를 닦으면서 내일 있을 합평회와 관련한 오만 가지 생각을 떠올렸다. 내가 제일 못 쓰면 어쩌지 같은 고민부터 책방으로 가는 길에 최인호 작가를 만난다면 어떡하지 같은 망상 같은 생각들. 그리고 내일을 생각했다. 다들 글은 어떨지, 어떻게 생겼을지 꼬리에 꼬리를 무는 질문들을 넘어 잠자리로 향했다. 생각과 질문들이 계속해서 쏟아졌지만 자고 일어나면 모두 다 알 수 있을 것이기에 억지로라도 빨리 잠을 청했다. 겨울이지만 왠지 춥지 않은 밤이었다.

　'띠리링, 띠리리링.'

　머리를 울리는 웬 벼락같은 소리에 잠이 깨었다. 침대를 더듬으며 무엇인지 찾았다. 눈을 떠 그것을 바라보니 휴대폰이었다. 알람을 끄고 시간을 확인했는데, 12시였다. 순간 뭐지, 하며 생각들을 정리하고 있다 깨달

왔다. 내가 일어나려 했던 시간보다 1시간이나 늦게 일어난 것이었다. 어제 자기 전 우려한 사태가 일어났다.

"망했다."

합평회 시작 시간은 1시 20분. 가는 시간까지 합친다면 빠듯한 시간이었다. 두 번밖에 없는 합평회에서 첫날부터 지각하는 건 별로 좋지 않은 일이었다. 이런 상황이 찾아오자 몸이 가장 빠르게 반응했다. 서둘러 머리를 감고 말리면서 토스터기에 식빵 하나를 내리고 미리 준비해 둔 옷을 입었다. 글이 노트북과 패드에 잘 저장됐는지를 확인하고 식빵 한 입을 베어 물면서 밖으로 나갔다. 날씨는 정말 좋았다. 합평회 날을 기념이라도 하듯 온화하고 맑은 날씨였다. 그렇게 설렘과 긴장을 함께 안고는 책방으로 향했다.

'띠링.'

때마침 옆집에서도 누군가 나왔다. 빠르게 도착해야 하는 나에게는 중요한 것이 아니었다. 아마 욕을 달고 나오는 걸 봐서는 전에 만난 그 애 같았다. 그 애도 바빴는지 내가 엘리베이터에 타자마자 곧바로 따라 들어왔다. 엘리베이터가 1층에 도착하고, 재빨리 길을 나섰다.

"여기서 왼쪽으로 꺾었었나?"

왼쪽 코너를 돌아 길을 따라 걷기 시작했다. 코너가 많아 휴대폰을 잘 보고 가야 했다.

길을 확인하던 때에 저 앞 코너에서 누가 뱅뱅 돌고 있었다.

"아… 씨, 여긴 어디야?"

아까 나와 함께 나왔던 옆집에 그 여자애였다. 뭔 일 때문에 이 골목까지 오나 싶었지만 내 갈 길이 우선이었기에 다시 휴대폰을 보고 길을 따

우리가 서로에게

라갔다. 얼마쯤 지났을까. 저 멀리 책방이 보이기 시작했다.

빠른 걸음으로 책방에 다가가 몰래 창문을 통해 안쪽을 보았다. 책방지기가 책상과 책장을 정리하는 중이었다. 안으로 들어가려 고개를 문 쪽으로 돌려 들어갔다.

"안녕하세요."

책방지기가 늘 그렇듯 밝게 맞이해 주었다.

"안녕하세요."

나도 짧게 답했다.

서점에 내가 제일 먼저 도착한 모양이었다. 멤버들이 오기 전 먼저 이것저것 꺼내어 놓았다. 글을 볼 때 활용할 패드와 만일을 대비해 챙겨 온 노트북.

"이제 좀 앉아 있을까."

그렇게 자리에 앉으려 할 때 문 쪽에서 종소리가 났다. 그대로 고개를 돌려 누가 왔는지 확인해 보았다. 나는 인사를 건네려던 차에 나는 들어온 사람의 얼굴을 보고는 그대로 멈출 수밖에 없었다. 바로 옆집의 그 여자애였다. 여자애도 나를 알아본 듯 멈칫했다. 잠깐 정적이 찾아왔다.

"혹시 둘이 아는 사이세요?"

책방지기가 내 귀에 대고 물었다.

"그, 옆집이에요."

책상을 쓸고 있던 책방지기에게 조용히 말했다. 책방지기가 대답을 듣고는 알겠다는 표정을 지었다. 전에 마트에 갔을 때 지나가는 말이었지만 옆집 아이에 대해 조금 말해 준 적이 있었기 때문에 책방지기도 옆집이 누구인지 알고 있었다. 책방지기는 옆집 애가 짐을 푸는 걸 도와주고 카운터 뒤쪽으로 넘어가 코코아 세 잔을 가지고 왔다.

"여기 코코아 들고 왔으니깐 마셔 보세요."

"아, 감사합니다."

옆집이 감사 인사를 하고는 코코아를 마셨다. 잠깐 코코아를 마시더니 옆집이 먼저 말을 꺼냈다.

"여기서 만날 줄은 몰랐네요. 레몬이에요."

"반갑습니다. 타락입니다."

자기소개를 나누고 잠시 잡다한 얘기를 나누었다. 아침에 지각한 이야기 같은 얘기들이었다. 옆집과는 그간 몇 번 만나보지 못해 어색한 사이였지만, 같은 멤버라고 생각해서 그런지 금방 친해지게 되었다. 오랜만에 하는 제대로 된 대화라 정신없이 말하다 보니 10분 정도 시간이 지나있었다.

"그나저나 이공님은 언제쯤 오실까요?"

레몬의 말에 그러게요, 라고 말하려던 때에 카운터 쪽에 있던 책방지기가 노트북이랑 패드 하나를 들고는 책상으로 와 착석했다. 나랑 레몬 둘 다 책방지기를 바라보았다.

"오늘 합평회 하시려던 거 아니었나요?"

"그건 맞는데…."

"그럼 맞네요."

책방지기의 이상한 답변에 혹시나 하며 물어보았다.

"혹시 작가님도?"

책방지기는 잠시 뜸을 들이고 맞다는 표정을 지었다. 이럴 수가. 그럼 이공과 명예악마 중 누구지? 책방지기는 작가니 어쩌면 우리 중 제일 글실력이 좋은 명예악마일지도. 그러기엔 명예악마는 늦는다 말했고 몇 번이나 사과를 했다. 그렇다면 남은 사람은….

"제가 이공입니다."

책방지기가 해맑게 말했다. 이공이 책방지기일 줄은 상상도 못했다. 아니, 애초에 책방지기가 멤버일 줄은 꿈에도 몰랐다. 어떻게 된 게 파티 멤버가 죄다 내 주변인으로 구성된 건지 놀라움을 넘어 경이로울 정도였다.

"제가 파티 멤버라는 거 언제부터 아셨어요?"

어쩌면 책방지기의 친절도 내가 같은 멤버라는 걸 알아서 그런 것일지도 몰랐다.

"그건 오늘 두 분 얘기하는 거 듣고 알았어요."

책방지기가 거짓말할 사람은 아니니 정말 오늘 알았나 보다. 이후에 질문 몇 가지가 더 오갔고 명예악마를 제외한 전부가 모였기에 우리끼리 합평회를 시작하고 있기로 했다.

"시작하기 전에 하나 드릴 게 있습니다."

이공이 가방에서 종이 여러 장을 꺼내더니 각 자리마다 한 장씩 나눠 주었다. 받아서 보니 작품에 대해 평가나 소감을 남길 수 있는 종이였다.

"와, 글 쓰는 것도 바쁘셨을 텐데 이런 것까지 준비하시고…."

레몬이 감탄한 듯 말했다.

"생각보다 시간은 얼마 안 걸렸습니다."

이공이 뿌듯한 듯 웃으며 답했다.

"그러면 우선 제 작품부터 읽어 볼까요?"

합평회 첫 작품은 이공의 글이었다. 평소에도 이공은 작품을 거의 공개하지 않아 더욱 궁금했는데, 이공이 책방지기라는 것을 알게 되고 한층 더 기대가 되었다. 대화방에 이공의 소설 파일이 올라왔고 본격적으로 합평회를 시작했다.

　역시 작가는 차원이 달랐다. 이공이 쓴 글은 내가 초기에 생각했던 학교물이었는데, 영화 각본처럼 장면이 떠오를 정도로 묘사도 훌륭했고 일명 '떡밥 회수'와 같은 이야기 구조도 아주 잘 짜여 있었다. 무엇보다 이야기가 정말 잘 읽혔다. 학폭을 당하는 주인공을 다루는 작품을 많이 보긴 했지만 이상하게 이 이야기의 주인공은 나와 상당히 흡사했고 그래서인지 물 흐르듯이 읽혔다. 평가지까지 작성하고 나는 감탄하듯 말했다.

　"와, 이거 이미 1등 먹으신 거 같은데요?"

　레몬도 그에 수긍하듯 박수를 치며 연신 칭찬했다.

　"와, 진짜 무대를 찢어 놓으셨다."

　이런 칭찬을 듣자 쑥스러웠는지는 몰라도 이공은 평가지를 받고 빠르게 다음 순번인 레몬의 차례로 넘겼다. 레몬의 글은 미술 학원을 배경으로 한 추리극이었다. 욕이 다소 많은 거 빼고는 특이한 표현이 두드러지고 웹소설같이 보기 좋게 편성된 점이 아주 좋았다. 나는 망했다는 듯한 제스처로 이마를 한 대 치고는 말했다.

　"와, 다들 장난 아니시네요. 전 아주 광탈하게 생겼어요."

　"타락님, 그렇게 말해 놓고 저보다 잘 쓰시면 안 돼요."

　레몬이 장난식으로 위협하며 말했다.

　"그럼 이제 타락님 작품 한번 읽어 봅시다."

　이공의 말에 파일을 올리려던 그때, 명예악마의 메시지가 도착했다. 모두 메시지를 확인했다. 책방과 얘기를 나누는 우리들이 찍힌 사진이 올라와 있었다. 그 사진 바로 아래에 "도착했습니다!"라는 메시지가 함께 있었다. 곧바로 문 쪽에서 종소리가 울렸다.

"안녕하세요. 지각해서 죄송합니다!"

밝고 쾌활한 목소리에 고개를 돌려 나도 웃으며 인사를 했다.

"어서 오세요. 지각생이니 빨리 앉으시죠."

"알겠어요."

명예악마가 서둘러 자리에 앉아 목도리와 모자, 후드티를 벗었다. 그러자 그의 얼굴이 드러났다. 그는 훤칠한 얼굴을 가지고 있었다. 그런데 그의 얼굴 어딘가 익숙했다. 설마?

"저 잠깐 화장실 다녀와도 될까요?"

멤버들이 대답을 하기도 전 급하게 화장실로 달려갔다. 화장실에 들어가자마자 문을 잠그고는 문에 기대어 앉았다. 숨을 골랐다. 손등으로 입 주위를 한 번 닦았다. 내가 이렇게 기겁을 한 이유, 그것은 명예악마가 내가 겪은 학폭 주동자 이동연이기 때문이었다.

"쟤가 도대체 왜 여기에…."

이해할 수 없는 일이었다. 그 악랄했던 이동연이 내 파티의 멤버로 왔다. 나는 '도대체 왜'를 머릿속으로 외치며 화장실 바닥을 주먹으로 내리쳤다. 다행인 건 나를 기억하는 것 같지 않다는 것이었다. 그럼에도 쉽사리 화장실 문을 열고 나갈 수 없었다. 저 문을 열면 알 수 없는 두려움과 이동연을 향한 분노에 내 몸과 마음이 가루처럼 바스라질 것만 같았다. 그렇게 나가지도 못하고 화장실에만 틀어박혀 있었다. 손을 꽉 쥔 탓에 손톱에 살이 패여 손바닥에서 피가 흘렀다. 그때 화장실 문에서 누군가의 노크 소리가 들렸다.

"원호 씨 괜찮으세요? 10분 지나도 안 오시길래 와 봤어요."

이공이 걱정하는 듯한 말투로 말했다. 나는 대답할 기운조차 없었다.

조심스레 문을 열려 하는 듯 문이 덜컹거렸다. 이공이 들어왔다. 나는 이
공을 올려다보았다. 그는 잠깐 놀란 듯하더니 이내 말없이 나의 피 나는
손을 물에 헹궈주고 주머니에 있던 손수건으로 두르려 했다.

"원호 씨, 합평회 더 할 수 있겠어요?"

이공이 조용히 손수건을 두르며 물었다.

"네."

명예악마도 싫었지만 나는 합평회를 내 손으로 망치는 것도 싫었다. 그
렇게 나는 이공과 함께 다시 자리로 돌아왔다.

"괜찮으세요?"

명예악마가 걱정된다는 듯이 물었지만, 나는 착한 척으로밖에 보이지
않았다.

"타락님 괜찮으시대요."

이공이 말을 하지 않는 나를 대신해 말해 주었다. 그렇게 분위기가 무거
워진 상태로 멤버들은 내 글을 읽기 시작했다. 나도 내 글을 읽기 시작했
다. 떨려서 그런지 글이 춤을 추듯 구불구불 휘었다. 이공은 무거운 분위
기를 조금 누그러뜨리고 싶어 그런 건지 잠깐 쉬고 시작하자 말했다.

"타락님, 잠깐 얘기 좀 할 수 있을까요?"

이공의 말에 나는 그를 따라 카운터 뒤쪽 창고로 갔다.

"속은 좀 괜찮으세요?"

"네."

"혹시… 명예악마님이랑 무슨 일 있으셨어요?"

"…."

내가 말이 없자 이공은 내 등을 한 번 토닥이고는 창고 밖으로 나갔다.

우리가 서로에게

나와 이공이 다시 책상에 앉자마자 명예악마가 대뜸 스마트폰을 내밀고는 무엇을 보여 주었다. 그것은 학폭으로 인해 어떤 학생이 투신자살을 했다는 내용의 기사였다.

"젊은 나이일 텐데 참 안됐네요."

이공이 말했다. 그리고 명예악마가 이어 말했다.

"그러게 말이에요. 진짜 학폭 따위를 왜 하는 건지 모르겠어요."

명예악마가 한숨을 쉬며 안타까운 표정으로 말했다. 학폭 가해자가 학폭에 대해 한탄하고 있다. 나는 더 이상 참을 수 없었다. 순간 분노가 두려움을 앞섰다.

"야."

짧은 말 한마디와 함께 명예악마의 얼굴에 주먹을 날렸다. 주먹은 빗나가 명예악마의 어깨 부근을 스쳤다.

"타락님, 지금 뭐 하는 짓이에요?"

이공과 레몬이 성급하게 나를 붙잡았지만 나는 상관하지 않고 계속해서 말했다.

"너 같은 게 그런 말을 할 수 있는 자격이 있냐? 너한테 그런 자격이 있냐고!"

나는 고래고래 외쳤다. 주먹을 피하다 뒤로 고꾸라진 이동연은 어리병병한 표정으로 나를 올려다보았다. 여전히 누군지 모르겠다는 듯한 표정을 짓자 나는 허탈했다. 내가 이러자고 이놈에게 화를 내는 건가? 더 이상 할 말도 없었다.

"그래, 너 같은 놈한테 기대한 내 잘못이지."

그리고 그대로 나는 책방 입구로 향했다. 그때 이동연은 뭔가 알겠다는 듯 내게 손을 뻗었다. 그러나 나는 개의치 않고 달렸다. 이곳에 처음 왔을 때처럼 달리고 달렸다.

*　*　*

'띠링.'

반복되는 알람 소리에 자던 중 눈이 뜨였다. 휴대폰을 확인해 보니 메시지 하나가 와 있었다. 최인호 작가 카페에 작성된 명예악마의 새 글 알람이었다. 심호흡을 한 번 하고 글을 보았다.

"이게 뭐야?"

제목은 "열심회원 타락을 저격합니다."였다. 이동연이 가만히 있을 거라 생각하지는 않았지만 직접적으로 나를 저격할 줄은 몰랐다. 계속해서 글을 읽었다. 내용은 자신이 뺨을 맞았다는 것과 전에 채팅에서 잠깐 의견 차이로 다툰 것을 과장해 보여 주고 있었다. 물론 전부 명예악마가 만들어 낸 거짓이었다. 하지만 댓글은 당장 나를 고소하라고 말하는 등 나를 일방적으로 욕하고 있었다.

현실에서 인터넷으로 도망쳐 왔지만 이젠 인터넷마저 나에게 칼을 겨누고 있었다. 더 이상 도망칠 곳이 없었다. 한숨을 쉬며 얼굴을 감쌌다. 이대로 세상에서 묻혀 버릴 수 있다는 생각에 두려움이 함께 몰려왔다. 그렇게 힘없이 침대에 누웠다. 내가 할 수 있는 건 눈을 감고 한숨을 쉬는 것뿐이었다.

'쾅쾅.'

"원호 씨, 안에 계세요?"

현관문을 두드리는 소리에 눈이 떠졌다. 아마 나도 모르게 잠에 든 듯했다. 방에서 나가기 싫었지만, 그냥 두면 경찰에 신고라도 할 기세라 현관으로 나가 문을 열었다. 그곳에는 걱정으로 가득한 표정의 이공과 레몬이 서 있었다.

"괜찮으세요?"

그 둘이 동시에 말했다. 나는 말 대신 표정으로 보였다. 일단 밖에서 계속 얘기를 할 수는 없기에 그들을 집 안으로 들였다. 주방에 있는 식탁에 앉자 이공이 조용히 내게 물어보았다.

"혹시 명예악마님이랑 전에 무슨 일 있으셨어요?"

나는 아무런 행동도 취하지 않고 고개를 숙이고 앉아 있었다.

"뭔 일인지 알아야 저희도 도와드릴 수 있어요."

내가 말이 없자 레몬이 이어서 말했다. 나는 도움이 필요했다. 그래서 구역질을 참고 작고 가는 목소리로 전학 가기 전 중학교에서 있었던 일들에 대해서 말하기 시작했다.

1학년 때까지는 비교적 평범하게 살았다. 친구들과 만화방에 가고 점심시간 때 간간이 소설을 쓰는 게 나의 취미였다. 잘 썼던 건 아니지만 나 스스로가 느끼기에 재미있으면 된다고 생각했다. 그리고 2학년이 찾아왔다. 학기 초부터 나는 어김없이 일찍 점심을 먹고 내 취미인 소설 쓰기에 열중했다. 원래는 나 혼자 있었을 교실에 그날은 누군가가 함께 있었다. 그 누군가는 구석에서 책을 하나 읽고 있었다. 그리고 그 책에는 이렇게 적혀 있었다.

그리고 그 책을 읽고 있는 누군가는 다름 아닌 그 당시 같은 반이었던 이동연이었다. 나는 그 당시에도 신인이었던 최인호 작가의 작품에 흥미를 가지고 있었다. 그래서인지 같은 독자인 이동연을 보고 아는 척을 했다. 그러자 이동연은 내가 봐서는 안 될 것을 봤다는 듯이 책을 가리고 교실 밖으로 달려 나갔다. 나는 그 모습을 이해하지 못했다. 다음 날, 쉬는 시간에 이동연에게 다가갔다.

"너 최인호 작가 작품 읽지? 나 말고 읽는 사람은 있을 줄 몰랐네."

이렇게 이동연에게 말하자 이동연의 표정은 상당히 일그러지며 마치 들키고 싶지 않은 것을 들킨 표정을 지었다. 그러면서 불안한 기색으로 주변 아이들을 살펴보았다. 나도 그런 반응이 나올 줄 몰라 적지 않게 당황했고 그날은 아무 말 없이 넘어갔다. 그리고 그날이 내 정상적인 학교 생활의 마지막 날이었다. 그날 이후로 전학 가기 전까지 나는 모욕적인 일들을 수없이 당했다. 차마 말로 꺼낼 수 없는 일들을.

그렇게 이공과 레몬에게 명예악마와 얽힌 모든 이야기를 들려주었다. 둘은 이런 별거 아닌 이유에 당황해서인지 한동안 아무 말도 없었다. 침묵 중 이공이 제일 먼저 말을 꺼냈다.

"그런 곳에서 버티신다고 고생하셨어요."

그 말을 듣자 댐을 연 것처럼 눈에서 눈물이 나오기 시작했다. 왜인지는 모르겠다. 그냥 고생했다는 한마디가 내가 닫아 놓은 댐의 열쇠일지도 모르는 일이었다. 그렇게 말없이 눈물을 흘렸다. 시간이 지난 후에 어느 정도 눈물이 멈추고 진정이 되자 이공도 이야기를 하나 했다. 이공 또한 나와 똑같이 학폭을 당했으며 그것을 잊기 위해 자신의 전 이름인 하원호를 개명해 지금의 하정원이라는 이름을 가지게 되었다고 말이다.

"저는 개명을 해서 도망쳤지만, 그래도 원호 씨는 버티려고 하셨다는 게 멋있어요."

레몬도 고개를 끄떡이며 대단하다 말했다. 덕분에 조금 기운이 났다.

"해명글 작성은 저희가 도와드릴 테니깐, 타락님은 글에 집중하세요. 명예악마 그 자식. 잡히면 죽었어."

레몬이 주먹을 쥐며 말했다. 이어서 명예악마가 처음부터 맘에 안 들었다며 투덜거렸다. 그 모습을 보고 나도 모르게 웃음이 나왔다.

"안 그러서도 돼요."

"그래도 나쁜 놈은 나쁜 놈인 거죠. 잡아서 본때를 보여 줘야 해요."

레몬의 그런 모습에 무거웠던 어깨가 조금은 가벼워지는 것 같았다. 멤버들과 몇 마디 더 나누고 그들을 다시 돌려보냈다. 그리고 책방에 두고 간 노트북과 패드를 꺼내 한층 가벼워진 마음으로 내 글을 보기 시작했다. 이야기에는 구석구석 명예악마의 도움을 받은 부분을 없앤다고 글이 비어 있었다. 하지만 이제는 그것을 채울 수 있다. 나는 글의 빈자리를 내 이야기로 장식하기 시작했다. 더 이상 아무것도 느껴지지 않았다. 이젠 응어리를 과거 저편에 두고 갈 수 있을 것 같은 느낌이었다.

"아으, 추워라."

봄이 가까워지는 중임에도, 추위는 그칠 기세를 보이지 않았다. 원래라면 침대에 누워서 귤이나 까먹고 있었을 테지만 오늘은 만날 사람이 있었다. 공원 한가운데에 있는 시계탑이 7시 30분을 가리키고 있었다.

"그나저나 진짜 안 올 생각인가."

안 올 수도 있다고 생각은 해 봤지만 진짜 오지 않을 줄 몰랐다. 35분까지만 기다리고 가려 벤치에 앉았을 때 저 멀리 검은 실루엣이 보였다. 일어나서 보니 이동연이었다. 그의 닉네임처럼 어둠 속 이동연은 마치 악마처럼 보였다. 곧 이동연은 내 앞에 다가왔다. 하지만 전처럼 무섭지는 않았다. 나는 차분히 심호흡을 하고 말했다.

"너 나한테 할 말 없냐?"

"무슨 말?"

이동연은 귀찮다는 듯 무미건조한 말로 대답했다.

"너 올린 게시글. 그거 창피하지도 않냐."

이동연은 한숨을 쉬며 앞머리를 쓸었다. 입김에서 나는 담배 냄새가 코를 찔렀다.

"저격당하기 싫었으면 애초에 집에 짜져 있지 그랬냐?"

나는 굴하지 않고 받아쳤다.

"그건 아무 상관없고, 애초에 사실도 아닌 걸 쓰는 이유가 뭔데?"

이동연의 말이 없어졌다. 아마 반박할 여지가 없기에 그럴 것이다. 나는 계속해서 이동연을 몰아붙였다. 이 정도면 네가 한 짓이 뭔지 알겠냐는 말에 이동연은 주먹만을 꽉 쥐고는 뚫어질 듯 나를 쩨려보았다. 하지만 나의 목적은 이동연을 몰아붙이는 것이 아니었다.

"나한테 사과해."

계속 조용했던 명예악마가 입을 열었다.

"야, 내가 사과할 게 뭐가 있냐?"

"네가 학교에서 한 짓, 그리고 카페에 올린 글. 전부 다 말이야."

"야, 근데 솔직히 학교에서 한 건 장난 아니냐? 너도 친구 많이 만들고 좋았잖아."

어이없는 표정과 함께 이동연이 말했다.

"너도 참 한심하다. 그거 사과 한마디가 어렵냐?"

그 말에 이동연은 내게 말에도 담기 힘든 욕설을 뱉어냈다. 나는 무덤덤하게 서 있다가 이동연이 말을 멈추자 주머니에 있던 물건을 보여 주었다. 바로 녹음이 켜진 휴대폰이었다. 아까 이동연을 만나기 전에 혹시 몰라 켜 둔 것이었다.

"이 정도면 충분하겠지."

나는 녹음한 파일을 이공에게 보냈다.

"너, 너 뭐 하는 거야?"

이동연이 당황한 듯 목소리를 절며 말했다. 나는 싸늘한 눈빛으로 대답했다.

"뭐긴, 너도 한번 당해 봐야지."

"야, 잠만. 야!"

나는 빠르게 공원을 벗어났다. 이동연은 다리에 힘이 풀린 건지는 몰라도 자리에서 뭔지 모를 고함만 지르고 있었다. 돌아가는 길에 그 녹음 파일을 돌려 보았다. 누군가에겐 그저 욕설 섞인 대화일 수도 있지만, 나에게는 고급진 오케스트라의 합주나 다름없었다. 가슴에 있던 돌이 빠져나간 느낌이었다.

"원호 씨, 보리차 좀 드세요."

"아, 네."

오늘은 드디어 합격 통보가 오는 날이다. 그동안 정말 많은 일들이 있었다. 우선 녹음 파일을 이용해 명예악마가 올린 저격글에 대한 해명글을 이공이 써 주었다. 해명글로 상황이 반전되었고, 명예악마는 카페 내 분탕으로 인해 강제 탈퇴 처분을 받았다. 현실에서도 이동연을 만나는 일은 없었고 나도 이제는 신경쓰지 않을 것이다. 마지막으로 들은 소식은 다른 학폭 사건으로 법의 심판을 받았다는 거. 이젠 나대로, 나답게 살아가야 할 시간을 드디어 찾은 것이다.

"작가님, 레몬님은 안 오신대요?"

"레몬님, 주말이라서 가족들이랑 여행 가신다네요."

그렇게 책방지기이자 작가인 이공과 둘이서 결과를 확인하게 되었다.

'띠링.'

메일을 계속해서 새로고침 하던 중 마침내 메일이 오게 되었다. 나는 떨리는 손으로 마우스를 잡았다. 그리고 메일을 눌러보았다.

위 링크를 눌러 확인하세요.

이것이 합격이 아니더라도, 나는 웃을 것이다. 사소하게 시작한 이 글쓰기가 오랜 시간을 넘어 일상의 나를 되찾아 주었으니깐. 잠깐의 정적 후 숨을 한 번 몰아쉬었다. 어깨를 한 번 펴고 링크를 눌렀다. 사이트가 열리고 환한 빛이 얼굴을 감쌌다. 내 심장이 다시 뛰기 시작했다.

작가의 말

　2023년 3월 어느 봄날, 저는 제가 소설을 써야 하는 운명이라는 것을 깨달았습니다. 벚꽃이 핀 학교를 보고 감성에 젖어 그랬던 것 같습니다. '한번 명작 학교물을 써 보자!' 다짐하고 책쓰기 동아리에 들어갔지만, 초반에 생각했던 것과는 많이 다른 이야기가 완성되었습니다.

　결과만 본다면 제 계획과는 확실히 다르기에 실패한 것처럼 보입니다. 초반 기획과 이야기부터 전개, 등장인물 등등 계속 추가되고 없어지고를 반복했기 때문입니다. 글을 완성했을 때는 "이게 정말 재미있는 글인가?"라는 의심을 품었습니다. 아무리 봐도 다른 친구들의 글보다 내용도 짧고 흐름도 부족하다는 느낌이 머리를 계속 맴돌았습니다.

　그리고 퇴고하는 날, 제 글을 한번 정독해 보았습니다. 그날 저는 이야기가 아닌 다른 것을 봤습니다. 제가 동아리에서 겪은 여러 에피소드들이 글에서 보였습니다. 글이란 그저 재미만을 위한 것이 아닌 중학교에서의 마지막 청춘과 감정을 쓰고 간직하는 추억 자체였다는 것을 깨달았습니다. 그제야 제

글에 대한 의심을 거두고 온전히 글을 받아들였습니다.

　이 글에는 저의 마음 한 편의 감정들이 섞여 들어가 있습니다. 독자님들이 제 어떤 감정을 느낄지는 모르지만, 이 글을 읽고 잠시 원호가 되어 제 인생 소설을 가슴 한 편 어딘가에 기억해 주셨으면 하는 마음입니다.

　　　　　　　　　　　　　　　　　　　　　김도연 씀

사진 속에서

—————

박세준

필름은 유한하다. 한 번 찍은 필름의 장면은 지워지지 않는다. 그렇기 때문에 난 한 장면을 찍을 때마다 항상 신중하게 그 한순간의 배경에 집중해서 찍는다. 찰나의 장면들을 담은 사진들은 버리지 않고, 함부로 다루지 않고 소중히 간직한다. 어쩌면 내가, 서술할 수 없는 이 아름답고도 황홀한 광경을 한 번밖에 없는 인생에서 다시 못 볼지도 모르니까. 내가 찍은 사진들은 짧다면 짧고 길다면 긴 내 인생의 한 발자국이고 한 페이지이니까.

　마루중학교. 내 마지막 학교이길 바라며 온 학교다. 몇 번의 전학에 이미 나는 지쳤다. 이제는 마지막이길 바라며 집을 나섰다. 여느 때처럼 집을 나와 폰을 켜고 학교로 가는 길을 찾았다. 여러 번의 전학으로 이젠 등교가 아니라 거의 견학과 같은 수준으로 학교를 다닌다. 새로운 등굣길에는 더 이상 익숙해지지 않기로 했다. 익숙해질 만하면 항상 전학이었으니까. 하지만 이번은 좀 다르다. 이사까지 하면서 학교를 옮겼다. 이건 처음이긴 하다. 그런데 가장 문제는 이사한 곳이 깡촌, 말 그대로 아주 시골이다. 읍내로 나가려면 버스를 타고 1시간은 가야 하는. 심각하다.

8살부터였다. 전학을 다닌 게. 이 이야기를 하려면 10년 가까이의 과거로 거슬러 올라가야 한다. 절대로 생각하고 싶지 않은 불행을, 끄집어내야 한다.

초등학교 입학식 날. 모든 것이 처음이던 날이다. 학교라는 것도 처음이고 선생님이라는 것도 처음이고 큰 공간에 내 나이 또래의 친구들이 많이 있는 것 또한 처음이었다. 그리고 앞으로 다가올 또 다른 처음들이 나를 설레게 만들었다. 현재와 미래에 닥쳐올 무궁무진한 일들이 날 흥분시켰다. 내 인생을 통틀어 가장 행복한 날이었다.

"우리 아들! 무섭진 않았어?"

입학식이 끝난 후 교문 앞에서 기다리던 아빠가 날 안으며 말했다.

"전혀! 오히려 더 재밌을 것 같아, 학교라는 거!"

난 웃으며 말했다. 거기에 엄마는 짐작했다는 듯이,

"그래. 너 그럴 줄 알았다. 아직까지 무서울 것 하나 없는 나이니깐."

아빠는 이날을 기념하고 싶어 했다. 그날 유독 아빠는 상기된 얼굴로 나에게 무언가를 해 주려 했다.

"기념은 사진으로 해야 하지 않겠어? 우리 사진 찍은 지도 오래된 것 같은데?"

"좋지!"

"좋네."

우리는 그대로 사진관으로 향했다. 아빠가 웃으니 나도 덩달아 웃었다. 모든 것이 완벽했다. 모든 것이 그냥 평생 이대로 유지됐으면 했다. 평생 이렇게 살았으면 좋겠다 생각했다. 그만큼 행복한 하루였다.

사진관은 나에겐 또 다른 처음이었다. 사진기, 조명, 전문 컴퓨터까지 신기한 것들 천지였다. 하지만 난 언젠가, 여기를 와 본 듯 익숙했다. 이 공기의 흐름과 분위기가 날 더욱더 그렇게 만들었다.

"세 분, 가족이시죠? 여기 앉으실게요."

사진작가님이 우릴 안내했다. 난 양쪽으로 서 있는 엄마와 아빠 사이에 놓인 큰 의자에 앉았다. 내 몸에 비해 엄청나게 큰. 사진작가는 컴퓨터와 사진기를 켜며 우리에게 말을 걸었다.

"두 분 언젠가 여기 오신 적 있지 않으세요? 얼굴이 기억나는 것 같은데."

엄마와 아빠는 서로 마주 보더니 말없이 살짝 웃기만 했다.

"네. 그때 다른 사람도 같이 있었어요. 되게 작았는데 지금은 많이 큰 것 같네요."

그때는 이해할 수 없었다. 엄마랑 아빠가 날 빼고 다른 사람이랑 사진을 찍는다고? 하지만 지금은 그 꼬맹이가 나였다는 걸 안다. 아마도 사진관이 익숙했던 이유가 그것이었을 것이다.

"아, 그랬군요. 이제야 기억이 나네요! 어, 말씀드리는 순간 사진기가 사진을 찍을 준비가 된 것 같아요!"

엄마와 아빠는 자신들을 번갈아 보는 나를 두고 그저 웃기만 했다. 두 분 다 웃으니 나도 그냥 웃었다.

"자, 그럼 찍겠습니다. 셋 하면 찍을게요! 하나, 둘, 셋!"

그렇게 가장 행복했던 날의 기억은 사진과 같이 기억되었다. 행복을 생각하면 항상 사진이 떠오르게 되는 계기가 된 것이다.

하지만 행복한 시간은 거기서 끝이었다. 엄마와 아빠를 따라 사진관을 나가려던 그때. 먼저 나간 두 사람을 트럭이 들이받았다. 정말 불행은 한순간이었다. 어쩌면 나도 같이 죽었을지도 모른다. "나도 같이 가."라고 했다면. 그리고, 그래야 했다. 두 사람이 없는 내 인생은 처참하게 무너져 내렸다.

트럭은 음주운전 차량이었고 당연스럽게도 운전자는 멀쩡했다. 항상 이러한 얘기의 끝이 이렇다. 가해자는 살고 피해자는 죽는 것. 그 뒤에 난 고통만 남은 아이가 되었다. 앞으로의 인생을 부모 없이 살아야 하는.

이후 난 이모에게 위탁되었고 계속 그렇게 살아왔다. 어린 나이에 날 떠안게 된 이모는 날 버릴 법도 했지만 그러지 않았다.

"만약에 학교에서 친구들이 괴롭히면 이모한테 말해 줘야 돼. 알겠지?"

하지만 부모님이 없다는 이유로 친구들에게 놀림을 받았다.

"야, 쟤 엄마 없대! 아빠도 없고!"

난 최대한 버티려고 했다. 여기서 이모에게 말하면 지는 꼴이 되는 것만 같았기 때문이다. 그런 녀석들에겐 지고 싶지 않았다. 남의 불행을 자신의 즐거움으로 아는 녀석들에겐. 하지만 곧 이모는 알게 되었다. 애들이 그렇게 떠들어 댔으니 이모의 귀에도 한 번쯤은 들렸을 것이다. 그 후 이모는 그 친구들의 부모들에게 화를 내면서 전화를 걸었고 사과하지 않으면 가만두지 않을 것이라 했다. 지금 생각하면 웃긴 일이다. 스물아홉에 여덟 살 애를 키우는 이모가 그들을 어떻게 하겠는가? 하지만 그저 말만이라도 그렇게 해 주는 게 나에겐 고마웠다. 이모라도 있어서 다행이었다.

곧바로 난 전학을 갔고 전학을 간 학교에도 소문이 퍼졌다.

"야, 쟤는 왜 엄마를 이모라고 부르냐? 설마 엄마 없는 거 아냐?"

그렇게 소문이 이모의 귀에 들릴 때마다 난 전학에 전학을 거듭했다. 6학년 때는 아예 버스를 타고 가야 하는 지역까지 가는 지경이 되었다. 이모는 말끝마다 미안하다고 하였다. 미안해야 하는 건 난데. 이모의 꿈을

우리가 서로에게

짓밟은 게 난데.

이모는 그림을 잘 그렸다. 그래서 대학도 미대로 갈 정도로 그림에 진심이었다. 그렇게 꿈을 펼치려고 할 무렵, 언니와 형부가 죽고 조카가 자신에게 온 것이다. 이모는 곧바로 연필을 놓았고 공장에서부터 일을 시작했다. 그렇게 돈을 벌며 날 키웠다. 무려 8년이 넘는 동안. 그러면서 나에게 화 한 번 낸 적이 없다. 운 적도 없다. 내 앞에선 항상 강한 모습을 보여 줬다. 그랬기에 난 그나마 부족함 없이 클 수 있었다.

그런 과거들을 지나 지금은 풀 냄새가 피부로까지 고스란히 느껴지는 시골의 한 학교로 왔다. 이 학교에서 내가 배정받은 반은 2학년 1반이다. 아주 시골 학교라 학년당 두 반밖에 없긴 하다.

학교를 자주 바꿔 다녀 본 결과, 하나 깨달은 것이 있다. 애들은 전학생이라면 환장을 한다. 남자든 여자든 우리 반에 새로운 뉴페이스가 들어온 것이기에 신기하기도 하고 어떤 애일까 궁금하기도 하고 친해져 보고도 싶은 것이다. 하지만 그건 딱 일주일이 끝이다. 일주일이 지나고 나면 모두 나에게 기대한 것에 대해 실망하고 고개를 돌린다. 원래 있었던 녀석처럼.

그런데, 이번은 달랐다.

"얘들아, 이번에 우리 반에 전학생이 왔어. 인사해."

선생님의 말에 모두가 날 힐끔 쳐다보곤 말았다. 아무도 내게 관심을 가져 주지 않는 것이다.

"난 은주원이야. 잘 부탁해."

아무도 날 보지 않고 문제집을 풀거나 자기들끼리 잡담을 계속 나눴다.

"하하, 미안하다. 우리 반 애들이 조금 이상한 애들이 많아서."

뭐, 좀 색다르긴 했지만 어쨌든 난 좋았다. 피곤한 학교생활 일주일이 없어졌으니.

"저기 오른쪽 끝에 빈자리 가서 앉자, 주원아."

빈자리에 앉고 나니 옆자리 여자애가 날 뚫어져라 쳐다봤다. 무서울 정도로.

"뭐… 뭐 하는 거야?"

내가 당황한 채 물었다.

"띨빵하게 생겨서. 나 띨빵한 애 좋아하거든."

좋아해야 하나. 이상한 애가 말하면 싫을 것 같은데 되게 되게 예쁜 애가 말하니 기분은 좋았다. 근데 잠만, 내가 띨빵하게 생겼다잖아.

"풉. 왜 좋아하는데."

"아니, 전혀 좋아한 적 없는데? 그리고, 내가 왜 띨빵하게 생겨."

따지듯이 묻자 퉁명스럽게 그 애가 말했다.

"모르면 거울을 봐. 왜 그런지."

학교 첫날부터 띨빵하게 생겼다는 소리를 듣다니. 그리고 띨빵하게 생겼다는 얘긴 태어나서 처음 들어 본다.

"난 은나라야. 같은 은씨 찾기 힘든데. 반갑다."

별 이상한 녀석을 만났다. 왠지 학교생활이 전보다 조금 더 피곤해질 것 같은 느낌.

아. 내 소개를 아직 하지 않았다. 난 은주원. 주원이는 어려서 부모님을 잃고요♪ 선생과 친구들에게 구박을 받았더래요♪ 그 유명한 신데렐라 노

우리가 서로에게

래의 현대판 주인공이다. 지금은 이모에게 항상 미안해하며 같이 살아가고 있지만 언젠간 꼭 호강시켜 주겠노라 다짐하며 열심히 일을 하고 있다.

뭐? 중학생이 무슨 일이냐고? 난 사실 현실 세계와는 많이 다르게 인터넷상에서 아주 유명한 인플루언서다. 아, 당연히 얼굴로 승부를 보진 않는다. 바로 사진.

엄마와 아빠의 장례식을 끝내고 이모와 유품을 정리하고 있을 때 한 카메라를 찾은 적이 있다. 한 번도 쓰지 않아 손때가 묻지 않은. 이모는 원래 비싼 값에 팔려 했지만 내가 떼를 썼다.

"아니, 아빠가 쓰던 것도 아니고 왜 안 쓴 거에 그렇게 집착하는 거야. 빨리 이리 내."

"그건 상관없어. 그냥 카메라가 가지고 싶어."

어린 마음에 난 날 두고 먼저 떠난 엄마와 아빠가 미웠다. 두 분도 사고였지만 나에겐 탓할 사람이 없었다. 그래서 엄마와 아빠를 원망할 수밖에 없었다. 하지만 두 분은 이젠 이 세상에 존재하지 않았고, 때문에 엄마와 아빠의 추억과 행복이 담긴 것들에 대해 매정하게 굴었다. 한데 카메라는, 그렇게 대하고 싶지 않았다. 우리의 행복한 순간들은 사진으로써 남아 있고 마지막으로 두 분과 행복했던 기억이 사진이었기에 그랬다.

그런 카메라를 몇 년 동안 묵혀 두다, 2년 전 우연히 창고에서 그 카메라가 든 상자를 발견했다. 그 카메라를 보자마자 내가 하고 싶었던 일들이 생각났다. 사진 찍기.

엄마와 아빠가 떠난 그날부터 사진에 대한 갈망이 있었다. 사진을 찍으면 왠지 모르게 기분이 좋아질 것 같았다. 나에겐 '행복 = 사진'이란 공식이 성립했었기에 더 그러고 싶었다. 그래서 카메라 사용법부터 시작해서 사진 복사, 보정, 편집 같은, 사진을 다루는 모든 지식들을 섭렵했다. 그 카메라로 뭔가를 하고 싶었던 것이다. 하지만 달랑 카메라 하나 가지고 뭘 하겠단 말인가. 사진이야 찍을 순 있겠지만 대단한 사진들은 카메라 하나론 안 된다. 굉장히 많은 전문 기기들과 함께해야 한다. 난 그 카메라로 그저 그런 사진은 찍고 싶지 않았다. 모든 사람들이 놀랄 수 있는 엄청난 사진을 찍고 싶었다. 그렇게 며칠을 온종일 사진만 공부하고 있으니 아무도 모를 순 없었다. 아니나 다를까 이모에게 들킨 것이다. 이모는 카메라와 내가 찾은 것들에 대해 물었다. 그에 난 모든 것을 실토했고, 이모는 아무 말 없이 내 방을 나서더니 필요한 장비가 무엇인지 물었다. 그때가 이모에게 인생에서 가장 미안한 두 번째 순간이다. 그땐 아무런 감정 없이 그냥 사 준다고 하니 모든 것을 다 말했다. 내 기억으론 도합 이백만 원이 넘었다. 거의 이모 월급 수준인데, 그냥 턱 하고 사 준 것이다.

그때부터 사진 찍는 것을 시작했다. 처음엔 어설프게 찍기도 하고 찍은 사진을 실수로 지우기도 하고 전체 선택을 해야 하는 걸 전체 삭제를 해 버려 많은 고생을 한 적도 있다. 하지만 그것도 잠시, 빠르게 배워 가고 숙달해 갔다. 얼마 안 가니 사진도 제법 괜찮게 나오고 보정도 꽤 괜찮게 해서 깔끔한 사진을 만들어 냈다. 그러곤 그 사진을 인스타에 게시했다. 처음엔 잠잠했다. 조회수도 그렇고 좋아요도 별 볼 것 없었다. 그러다 한 번 크게 알고리즘의 간택을 받은 적이 있다. 먼 곳도 아니고 바로 우리 집 뒷산에서 찍은 구름 사진이. 알고리즘은 날 굉장히 유명하게 만들었고, 순식간에 팔로워 10만 명을 달성했다. 그리고 지금은 90만 명의 팔로워로 곧 100만 명을 앞두고 있다.

우리가 서로에게

* * *

　은나라와는 원치 않게, 빠르게 친해졌다. 보통 학교를 다니면 얼마 안 가 학교를 또다시 바꿀 것이 뻔했기 때문에 친구를 굳이 만들지 않았다. 한번은 되게 정을 많이 준 친구가 있었는데 후에 그 친구가 날 고아라고 크게 놀리고 따돌렸기에 그 뒤론 친구를 더더욱 만들지 않기로 했다. 상처받지 않기 위해.

　은나라에게 선톡이 왔다.

　- 야, 뭐 하냐

　순간 내 눈을 의심했다. 내 인생 처음으로 여자에게 선톡이란 걸 받아보다니. 물론 여자와 카톡 자체를 해 본 적도 없고.

　- 왜
　- 네 인스타 좀 알려 줘 봐
　- 왜
　- 카톡으로 연락하는 거 힘드니깐
　- 왜

　여자랑 처음으로 대화하는 거라 어떻게 대답해야 할지 몰라서 계속 '왜'만 보냈다.

- 그냥 좀 알려 줘라. 인스타가 편하잖아

왜 그래야 하는지 이유를 몰랐지만 그냥 알려 줬다. 조금 뒤에 DM이 왔다.

- 이거 너 맞아?
- 맞음

순간 난 깨달았다. 이 계정이, 일반 계정이 아닌 사진 계정이란 걸.

- ? 우리 반 전학생이 90만 명 팔로워 보유자라고?

아. 너무 긴장한 나머지 실수를 범하고 말았다. 그 DM을 본 순간 뇌 정지가 왔고 잠시 잠깐 정신을 잃은 듯했다.

내 인스타에는 운영 원칙이 하나 있다. 바로 '이모를 제외한 누구에게도 사진 계정을 알려 주지 않는다.'이다. 그 원칙을 한순간에 어겨 버렸다. 그것도 우리 반 옆자리 애한테. 지옥이 시작됨을 알렸다. 왜 들키지 않기를 원했냐고? 만약 우리 학교에 알려지면 피곤해질 것, 하나. 그리고 인스타 주인장이 찌질한 나라는 게 들키지 않았으면 한 것, 둘. 그중 두 번째가 가장 무서웠다. 멋진 사진을 찍고 그 밑에 그에 맞는 멋있어 보이는 글귀들이 알고 보니 학교에서 따돌림 받는 별 볼 일 없는 키 작은 중학생이 쓰는 거더라. 내 사진들이 한순간에 가치를 잃는 것 같았다. 그리고 하필이면

들킨 사람이 입 가벼워 보이는 옆자리 여자애라니.

　- 왜 말이 없냐 ㅋㅋ 대답 좀 해 봐

　젠장, 뭐라고 말해야 하지? 잘못 말했다간 애가 다 불어 버릴 것 같은데. 일단 잘 보여야 할까? 아니지. 여기서 그러는 것도 웃기다. 차라리 당당하게 말할까. 내가 그래도 팔로워가 90만인데, 이 쩌리한테 고개 숙여야 할 건 또 뭐람. 그래. 그냥 따질까? 아니. 이건 아니야. 더 이상해. 왜 나한테 이런 일이 생긴 거야. 도대체 왜!!!

　- 맞아
　- 뭐가 맞는데
　- 내가 이 계정 주인인 거
　- 오, 이거 학교에 퍼뜨리면 좀 재밌겠다

안 돼. 제발 그것만큼은.

　- 아니 미안 제발 내가 미안 제발

다급해져 허둥지둥 아무 말이나 해 버렸다.

　- ㅋㅋ 일단 나와. 학교로

제길, 망했다. 말투부터 이미 날 어떻게 해 버리겠다는 심산이다. 그래
도 소문나는 게 더 심각한 일이니깐 뭐든 해야지.

"이모, 나 잠깐 나갔다 올게."
"또 사진 찍으러 가? 어디로?"
"오늘은 딴 거 때문에."
"응? 네가 사진 찍는 거 말고 나갈 일이 어디 있어."
이모도 참 날카롭다. 내 아픈 구석을 찌르다니.
"있어. 방금 생겼어."

학교로 나가니 은나라가 기다리고 있었다.
"하, 뭐 시킬 건데."
은나라는 나와 반대로 되게 당차게 말했다. 내 약점을 잡아서 기쁘다는
듯이.
"그냥 별 거 아니야. 그냥 내 사진 찍어 줘."
정말 별 거 아니었다. 그냥 애 사진만 찍어 주면 된다니.
"그냥 너 사진만 찍어 주면 된다고?"
"응."
근데 그다음 말이 어마어마했다.
"하루에 하나씩."

새 학교에 온 지 닷새. 다시 전학을 가게 생겼다. 하루에 사진을 하나씩
찍어 달라니. 주말도 없다. 주 7일 근무.

우리가 서로에게

"하루에 하나씩? 왜? 왜 그렇게 많은 사진이 필요한데."

본질적인 질문이다. 학생이 왜 그렇게 많은 사진들이 필요한 걸까. 연예인도 그렇게 많이 찍진 않을 것 같은데. 세 달이면 그 애 사진만 자그마치 백 장이 내 손에 의해 찍히는 것이다.

"나 원래 연습생이었거든."

"오잉? 네가?"

믿기지 않는다. 예쁘다고는 해도 사실 그 정도로는 보지 못했는데.

"그건 그렇다 치고. 그게 뭔 상관이야."

맞다. 연습생을 했건 말건 내가 이 녀석의 사진작가로 종신형을 선고받아야 하는 건 아니다.

"데뷔라는 꿈을 이뤄 보고 싶어서."

* * *

이 이야기를 하려면 7년 전으로 돌아가야 한다.

7년 전, 초등학교 2학년밖에 안 되는 어린 나는 우연히 아이돌 전문 소속사의 캐스팅 담당자를 만나 아이돌 연습생으로 소속사에 들어갔다. 어렸으니 연습생이 뭔지도 모르고 그냥 나중에 잘 되면 유명해질 수 있다는 엄마의 말만 들었다. 유명해진다는 것이 그때 나에게 아주 중요한 것이었다. 학교에서 날 모르는 애가 없었으면 했다. 이 학교에 있는 모두가 날 알았으면 했다. 그래서 어린 나이에 연습생으로 들어갔고 소속사에서 하라는 건 다 했다. 누구보다 열심히 했다. 연습생들 사이에서도 가장 눈에 띄는 녀석이 되고 싶어서 악착같이 노력했다. 그렇게 6년을 살았다. 별로 시간이 안 지난 것 같겠지만 나에게 그 6년은 아주 길고 지옥이었다. 매주 체중을 체크했고 저번 주에 비해 살이 조금만 늘었다 하면 불같이 화를 냈다. 그 돼지 같은 팀장 자식이. 노래는 원체 잘하지 못했고 이왕 이런 거 춤이나 열심히 추자는 생각으로 매일 춤만 췄다. 그렇게 하루하루를 버티며, 데뷔만을 꿈꾸며 살았다. 데뷔만 하면 모든 게 해결될 것 같아서. 그런데,

"나라야. 병원에 좀 가 봐야 할 것 같다. 어머니가 많이 편찮으시다고."

인생에서 가장 없애고 싶은 순간이다. 왜 하필 나일까. 왜. 왜. 병원에 갔지만 엄마는 이미 돌아가신 뒤였다. 엄마는 내가 떠나고 난 뒤 계속 술만 마셨다고 한다. 소속사에서 한 달마다 외출할 수 있었지만 한 번도 나가지 않았다. 내 머릿속엔 항상 데뷔로 가득 차 있었기 때문에 연습에만 열중했었다. 엄마는 6년 동안 딸을 보지 못했지만 차마 쓴소리를 할 수 없었다. 내가 하고 싶은 일이라면 그냥 응원하고 싶은 게 엄마의 마음이었을 것이다. 전화도 엄마가 먼저 해야지만 받았다. 내가 먼저 하는 경우는 한 번도 없었다. 어느샌가 나에게 엄마는 잊혀 갔다. 엄마가 없어지고 나서야 엄마라는 존재의 소중함을 알았다. 하지만 그땐 이미 늦었다. 엄마는 알코올 중독으로 술에 찌든 채 살아갔고 그렇게 떠났다. 영원히. 엄마를 시신으로 다시 만날 줄은 몰랐다. 절대로 난 행복하면 안 되겠다는 생각을 했다. 나 때문에 엄마가 죽었다. 그 누구도 아니고 엄마가 죽었다. 내가 그렇게 한 것이다. 내가 죽였다. 난, 절대 행복하면 안 된다. 난 불행해야만 하는 사람이다. 난 절대, 절대로….

반년을 눈물로 지새웠다. 내 옆엔 이제 아무도 없다는 사실이 무감각했고, 아빠라는 사람은 장례식에 찾아오지도 않았다. 어디 사는지도 모른

다. 아마 죽은 걸지도 모른다. 어떻게 이렇게 가족에게 무관심할까. 아니. 이런 생각을 내가 해선 안 된다. 내가 그랬으니까. 난, 그냥 아빠와 똑같은 사람이었던 거다.

장례를 다 치른 후 말도 없이 짐을 빼고 소속사를 나갔다. 동기들이 무슨 말을 하는지 듣지도 않고 아무 말 없이 그냥 나갔다. 엄마를 죽여 버린 건 데뷔에 대한 갈망이었다. 데뷔에만 눈이 멀어 엄마는 신경도 쓰지 않았다. 그래서 그냥 버려 버리기로 했다. 꿈을 이룰 자격도 없다고 생각해서. 그 뒤로 혼자, 외로이 살고 있다.

"그렇게 이 학교로 작년에 전학 왔어. 엄마가 돌아가신 지는 딱 1년 됐겠다."

은나라도 나만큼 아픈 기억을 가지고 있었다. 얼마 지나지도 않았는데 어떻게 저렇게 태연하게 말할 수가 있을까. 난 8년이 지나도 도저히 용기가 나질 않는데.

"그런데 한 가지 이상한 게 있더라고. 유서가 없었어. 엄마가 갑자기 죽은 것도 아니고, 엄마도 자기가 죽을 걸 알고 있었을 텐데. 유서 하나쯤은 적어 뒀을 것 같더라고. 그래서 집구석을 하루 종일 뒤지다가, 가계부 사이에서 찾았어."

"뭐라고 하셨는데?"

"데뷔, 꼭 해라."

은나라의 눈가엔 어느새 눈물이 고여 있었다.

"난 절대 행복하면 안 된다고 생각했는데. 난 불행해야 하는 사람이라고 생각했는데. 엄마의 죽음은 데뷔에 미쳐 있던 나 때문이라고 생각했는데. 엄마는 그렇게 생각하지 않더라고."

얘, 나보다 더 힘든 삶을 살았었구나.

"그래서 생각을 바꾸기로 했어. 엄마의 희생이 헛되이 되지 않도록, 데뷔하자. 늦었지만, 그 꿈 한번 이뤄 보자."

난 묵묵히 듣기만 했다. 내 아픔도 아픔이지만 은나라도 헤아릴 수 없는 아픔을 겪었었고 지금도 겪고 있는 중이다.

"그래서 그거, 네가 좀 도와주면 좋겠다."

"그러지, 뭐. 나도 같은 입장으로서."

"어? 뭐라고?"

"아무것도 아니야. 뭐, 계약 체결?"

나와 비슷한 경험, 아픔, 그리고 상처를 가진 녀석이었다. 그냥 동정이 아니라, 진짜로 도움을 주고 싶었다. 은나라의 어머니가 원하던 것을 이루기 위해.

"체결!"

은나라의 표정도 밝게 변해 있었다. 매우, 찬란해 보였다.

뭐, 그렇게 어려운 일은 아니지만 내가 잘해 낼 수 있을지 모르겠다. 이건 친구를 돕는 것, 그 이상의 의미다. 내가 얼마나 잘 해 내느냐에 따라 은나라의 미래가 바뀔 수가 있다 해도 과언이 아니다. 너무 갔나? 어쨌든, 걱정이다. 내가 사람을 찍어 본 적이 없다는 것이. 사진은 피사체에 따라 구도와 초점이 굉장히 중요한 작업이다. 난 보통 피사체를 뚜렷하게 정해

우리가 서로에게

두지 않는다. 하늘과 산을 찍는 것이 대부분이니까. 그러니 초점을 잡는 것을 거의 하지 않고 그렇기에 어려움을 느낄 때가 대다수이다. 또 많은 인스타의 사진들을 보면 되게 쉬워 보이면서도 많은 힘이 들어간 것 같이 보이기도 한다. 그 인위적인 표정과 그 아무것도 모른다는 행동. 다 어렵다. 잘…할 수 있을까?

＊＊＊

소속사를 나오고 난 후 줄곧 외로움을 느껴왔다. 집에 자주 오진 않았지만 그래도 1년에 한 번쯤은 들렀다. 그때마다 늘 주방에서 날 맞아 주던 엄마가 이제는 주방을 바라봐도 없다는 생각이 날 뒤덮는다. 엄마도 꿈도 사라진 내 삶은 외로움으로 가득했다. 하지만 은주원이 그 속을 비집고 찾아왔다. 엄마가 돌아가신 지 반년이 가고 있지만 은주원 전에는 대화조차 해 본 애가 없다. 아무도 나에게 말을 걸어 주지 않았다. 원래라면 그게 편해서 좋았겠지만 지금은 연습생이 아닌 보통의 학생이다. 지금은 나에게 말을 걸어 줄 친구가 필요했다.

하지만 전학을 와서 그런지 누군가에게 말을 걸 용기가 안 났다. 그런데 은주원은, 나와 같은 전학생이다. 당연히 은주원은 여기에 친구가 없을 것이고. 그래서 첫 만남부터 용기를 내 말을 걸었다. 띨빵하게 생겼다고. 그런 말을 하는 게 아니었는데…. 이 말 때문에 은주원이 날 이상한 녀석처럼 대하는 것 같다. 어쨌든 은주원과 친해지는 것에는 어느 정도 성공한 듯하다. 또, 은주원이 얼마나 대단한지도 알게 되었다. 사진을 그렇게 잘 찍는 줄은 꿈에도 몰랐다. 전혀 그렇게 안 보였는데. 하지만 난 이 생각에 그치지 않았다. 어쩌면… 얘가 내 꿈을 이뤄 줄 수 있지 않을까?

사진은 유명해지는 데 꽤 중요한 역할을 한다. 당장 내가 있었던 소속사만 해도 인스타에 올린 자기 사진으로 제의를 받아서 들어온 녀석들이 꽤 있었다. 사실 난 꿈을 버리려고 했다. 하지만 엄마는 그걸 바라지 않았다. 그래서, 엄마의 마지막 소원을 이뤄 드리고자 은주원에게 부탁했다. 응해 주기에 무리한 부탁일 수도 있었다. 하루에 하나씩이라고 하면 사실 안 해 줄 것 같았다. 해 준다고 할 줄 몰랐다. 그런데 뭐, 한다고 했으니까. 이렇게 됐는데 그래도 해 보긴 해야지?

오늘은 은주원이랑 보기로 한 날이다. 계약은 조금 조정했다. 하루에 하나씩은 조금 비현실적이니까. 그렇게 일주일에 한 번씩, 한 번에 10컷을 찍기로 했다. 인스타엔 10컷이 최대니깐.

- 어디야?
- 거의 다 왔음
- 물빛 공원 오는 거 맞지? 풀빛 공원 아니고
- …?
- 야 이 자식아

얘… 진짜 뭐지?

***

"좀 늦었지? 헤헤."

"쫌? 쪼옴? 내가 여기서 얼마를 기다렸는데, 쫌?"

더 화를 돋우었나 보다.

"아니 네가 이렇게 헷갈리는 장소로 잡으니까 이런 일이 생기지."

가방에서 삼각대와 카메라를 꺼내며 나 몰라라 식으로 말했다.

"아, 그래서 내 잘못이다? 네 잘못은 없다?"

"에이, 미안해. 화 좀 푸시고."

"나니까 참는 거야. 진짜….."

꽤 많이 화가 났나 보다. 그렇게 늦은 건 아닌 것 같긴 한데…. 어쨌든 지금은 사진 찍는 게 우선 아니겠나. 과연 내가 잘할 수 있을까? 사실 자신 없다. 또 은나라에겐 아직 말하지 않았다. 사람은 한 번도 찍어 본 적이 없다고. 근데 말한다고 좋을 건 없으니까.

"그래서 어디로 가게."

"뭐가?"

"사진 어디서 찍을 거냐고."

"그게 여기잖아."

음? 현재 우리는 분수밖에 없는 허허벌판에 서 있다. 여기서 무슨 사진을.

"여기서? 어떻게?"

"간단해. 지금 여름이니까 분수가 나오잖아. 그때에 맞춰서 네가 사진 찍으면 돼."

"… 이게 간단하다고? 분수랑 너랑 타이밍이 맞아야 하잖아. 그때 딱 내가 셔터를 눌러야 하고."

"그래, 맞아."

여간 복잡한 게 아니다. 찍어 본 적은 없지만 분수가 조금 나와도 안 되고 많이 나와도 안 된다. 적당할 때, 타이밍에 맞게 셔터를 눌러야 한다. 나에게도 아직 이건 어렵다. 난 보통 풍경을 많이 찍는다고 얘기했다. 풍경을 그냥 대충 한 번 찍는 게 아니다. 셔터 속도를 늘려서 찍는다. 그 말은, 셔터를 오래 열어 둬서 사진을 오래 찍는다는 것이다. 오래 찍는다는 것은 곧 움직임을 사진 안에 담는 것이다. 셔터를 열어 둔 시간 안에 카메라에 잡혀 있는 모든 것을 담아낸다. 이러면 시간을 담은, 움직임이 살아 있는 아름다운 풍경이 된다. 이 말은 곧 내가 셔터를 빠르게 누르며 한순간을 찍는 것에는 익숙하지 않다는 말이다. 쉬운 게 아니다. 다른 사람에게는 쉬울 수 있겠지만 적어도 나에게는 어렵다.

"음…. 그렇다는 거지."

"말로만 쉽지, 어려워."

은나라에게 설명하니 곧장 이해했다.

"그러면 네가 가장 자신 있는 건 뭔데."

계속 말하지만 사람에 관한 사진에 대해서는 아무것도 모른다. 본 것만 있을 뿐. 그렇다고 이제 와서 솔직하게 말할 수는 없지 않은가?

"… 그러면 해 보자."

"진짜?"

"자신은 없지만…. 뭐 해 보고 봐야지."

그렇게 한 번 해 보기로 했다. 은나라와 계속 얘기하면서 봤지만 이 공원의 분수는 아주 높게 올라간다. 그리고 빠르게 내려온다. 타이밍을 맞추기에 가장 어렵다.

"여기가 제일 좋은 것 같네."

은나라는 분수에 딱 붙어 있기로 했다.

우리가 서로에게

나는 거기에서 한 3m 정도 떨어진 곳에 삼각대를 펼쳤다. 사실 카메라 구도만 잘 잡으면 사진은 잘 나올 것이다. 내가 사진을 그리 짧게 찍은 것도 아니고 그동안 숙련되어 온 게 있는데. 세팅이 끝나고 앵글을 한번 잡아 봤다. 허공에서부터 분수로 앵글을 쭉 당겼다. 은나라가 나올 때까지. 그때까지는 아무렇지도 않았다. 그냥 평소와 똑같았다. 근데 앵글에 은나라가 잡히고 나서부터.

* * *

카메라 세팅을 기다리고 있었다. 사진도 오랜만에 찍어 보는 거고 또 은주원이 찍어 준다는 것에 조금 설레기도 했다. 그런데 갑자기 은주원의 표정이 굳어 가기 시작했다. 아무래도 무슨 일이 생긴 것 같았다.

"너 괜찮아? 갑자기 왜 그래? 무슨 일이야?"

은주원은 내 말은 들은 건지 아닌 건지, 반응하지 않았다. 그냥 그대로 멈춰 있었다.

"갑자기 왜 그러는데, 무섭게."

그렇게 아무런 미동도 없이 몇 초 정도 멈춰 있더니 갑자기 주저앉아 버렸다.

"야! 야! 왜 그래?"

"모르겠어…. 숨이 안 쉬어져…."

정말로 위독해 보인다. 아니 위독하다. 딱 봐도 그냥 괜찮은 상태가 아니다. 이렇게 가만히 놔두면 어떻게 될지 모른다. 어디라도 데려가야 한다.

"잠깐만. 일단 119부터…."

잠시라도 멈칫하면 은주원이 어떻게 될지 모르니 정신을 똑바로 차렸다. 애 목숨이 나한테 맡겨진 것처럼.

"저기 119죠? 사람이 쓰러져서요. 여기가…."

은주원이 응급실로 이송된 후 부모님이 오실 때까지 내가 은주원 옆을 지켰다. 응급실이라니. 갑자기 이게 무슨 일인지. 멍해졌다. 이번에 전학 온 애가 갑자기 내 사진 찍어 주려다가 쓰러지질 않나, 애 때문에 응급실도 오질 않나, 그 때문에 마을에서 한참 떨어진 병원에 오질 않나. 돌아가려면 한참 걸릴 텐데.

"이게 다 너 때문이잖아. 갑자기 거기서 왜 쓰러지냐고. 왜."

내가 그렇게 말해도 은주원은 듣지 못했다. 반응도 하지 못하고.

의사 선생님은 단순한 실신이니 걱정하니 말라고 말했다. 요새 애가 힘들어 보이는 건 전혀 없었는데. 물론 안 지도 얼마 안 되긴 했지만. 근처에도 쓰러질 만한 요인이 없었다. 그저 그냥 카메라를 보다가 숨이 안 쉬어진다고 말한 것일 뿐. 진짜 얘, 처음 봤을 때부터 이상한 애라고 생각했는데. 갑자기 내 앞에 이렇게 누워 있으니 헛웃음이 나왔다. 그런데 갑자기 은주원을 부르는 소리가 들렸다.

"주원아! 주원아!"

은주원의 병상 옆에 있는 커튼이 젖혀지고 은주원 어머니로 보이는 분이 나오셨다.

"주원아, 괜찮니?"

나는 의자에서 벌떡 일어나서 그분에게 말했다.

"주원이 단순한 실신이래요. 걱정 안 하셔도 돼요."

우리가 서로에게

"아….."

그러고는 나와 은주원을 번갈아 쳐다보셨다.

"근데… 누구?"

"아. 주원이 같은 반 친구 은나라라고 합니다. 쓰러졌을 때 옆에 있었어요."

그 말을 들으시고 깜짝 놀라셨다.

"아…, 그러면 우리 주원이 은인이네! 너무 고마워."

"아, 아니에요."

우리가 그렇게 대화를 나누고 있을 때, 은주원이 갑자기 깨어났다.

"으으응…, 이모? 은나라? 여기 어디야?

이모? 어머니가 아니고? 보통 어머니가 오시지 않나.

"어, 네가 길에서 갑자기 쓰러져서 이 친구가 응급실까지 데려다 줬대."

은주원은 나를 빤히 쳐다봤다. 너무 과하게. 뭐, 대단하다는 건가? 고맙다는 뜻인가?

"아, 뭐. 이제 깨어났으니까 집에 돌아가도 되지 않을까요?"

"아, 그래. 여기서 오래 있다고 좋을 게 없으니까."

그렇게 우리는 병원을 나와서 이모님의 차를 타고 마을로 떠났다. 은주원은 가는 새에 또 잠이 들고. 아무래도 그냥 쓰러진 건 아닌 것 같은데….

"주원이 친구라고?"

이모님이 백미러를 통해 나를 보면서 말씀을 걸어왔다.

"아, 네. 같은 반이요."

"우리 주원이가 친구라고 말한 애가 없었는데…."

이모님은 그렇게 말을 이어 가셨다.

"사실 주원이가, 부모님이 없어. 말하자면 내 언니랑 형부지. 사고로 죽었거든."

사고? 부모님이 돌아가셨다고? 그런 말은 내게 한 적이 없다.

"그 후로 학교 친구들에게 놀림 받고, 따돌림 받고, 괴롭힘 받아서 계속 학교를 옮겨 다녔어. 몇 번인지 세지도 못할 만큼. 그런데 학교를 찾아보던 중에 이런 시골에 학교가 있더라고. 아예 이참에 서울을 벗어나서 시골에서 학교를 다녀 보는 것도 괜찮다는 생각이 들어서 여기로 집까지 옮겨서 전학 왔어."

얘도 이런 과거가 있었구나. 이때까지 나만 그런 줄 알았다. 나만 불쌍하게 사는 줄 알았다. 나만 억울하고 어두운 인생을 살아왔다고 생각했는데, 생각보다 가까운 곳에 나와 같은, 그보다 훨씬 오랫동안 나와 비슷한 삶을 살아온 얘가 있다는 사실에 많이 놀랐다. 그것도 바로 내 옆에서 차문에 기대어 자고 있는 얘라니.

"그런데, 이 이야길 왜 저한테 해 주세요? 제가 어떤 앤 줄 아시고…."

"친구는 그런 애가 아니라는 걸 딱 봐도 알겠거든."

* * *

분수에서 쓰러진 후로 기억이 없다. 이모 말로는 병원에 있었다는데 전혀 기억이 나질 않고. 일어나 보니 아침이었고 집이었다. 방 밖에서 부스럭거리는 소리가 났다. 맛있는 냄새도 나고. 시계를 보니 11시. 이 시간이면 나도 학교 가고도 남을 시간이고 이모도 이미 출근했을 시간인데. 밖으로 나가 보니 식탁엔 죽이 만들어져 있었다. 소고기가 듬뿍 들어간 야채죽.

"뭐야? 이모? 갑자기."

"원래 아프면 죽 먹어야 하잖아. 그래서 한번 만들어 봤지."

되게 오랜만이다. 이모가 만들어 주는 음식을 먹는 게.

"먹어 봐."

한 술 크게 떠서 입으로 곧장 가져다 먹었다.

"맛있어? 맛있지?"

역시 오랫동안 요리를 안 한 티가 난다. 어떻게 이렇게 아무 맛도 안 날까. 일부러 이런 거겠지? 짜게 먹지 말라고? 그냥 그렇게 생각하자.

"으음… 맛있네. 처음 먹어 보는 맛이야."

그래도 이모한텐 맛있다고 했다. 만들어 준 성의가 있으니까. 그렇게 말하니까 이모도 좋아했다.

"그런데 이모 출근은? 나 학교는 또 어쩌고."

이모는 내가 일어나서도, 자기 전까지도 보기 힘들 만큼 오랫동안 집을 나가 있는다. 그런데 11시까지 집에 있다니.

"네가 아프지 않냐. 오늘은 조금 늦게 나간다고 했어. 그리고 아픈데 학교를 어떻게 가냐."

또 나를 위해서. 이모는 항상 끔찍이 나만 생각한다. 이번에도 내가 아파서 죽 하나 해 준다고 늦게 나가는 거다.

"오해하지 마라. 너 때문에 늦게 나가는 거 아니니까."

이렇게 말해도 난 안다. 아니라는 걸. 이모는 내가 죽 먹는 걸 보고는 나갈 준비를 했다.

"학교는 내일부터 갈 거니까 푹 쉬어. 친구한테 고맙다고도 말하고."

이모는 그렇게 말하고 집을 나갔다. 친구? 은나라를 말하는 건가? 이모가 은나라를 어떻게 알고? 어쨌든 오늘은 학교 안 가는 행복한 날이니까 마음껏 즐기기로 했다. 그런데 한 가지 걸리는 게 있다. 갑자기 왜 쓰러진 걸까. 카메라 앵글을 잡고 있을 때 갑자기 일어난 일이다. 한 번도 이런 적이 없었는데 말이다. 왠지는 모르겠으나 은나라와 관련이 있는 것 같다. 갑자기 숨이 턱 하고 막히면서 쓰러진 기억밖에 없기 때문에 정확하겐 알 수 없다.

다음 날, 학교에 가서 은나라와 대화를 하며 내가 쓰러진 이유를 얼추 유추해 보았다.

"너 병 같은 건 없잖아."

"없지."

"사진이랑 연관된 것 같은데…."

"설마…."

내 머릿속을 한 대 후려치고 가는 생각이 있다. 나에겐 사진에 행복한 기억도 있지만 불행한 기억 또한 있다. 그 기억, 바로 엄마와 아빠. 엄마와 아빠는 사진관에서 나오시면서 돌아가셨다. 그 후로 사진에 대한 행복과 함께 공포가 나도 모르게 내 머릿속을 지배하고 있었는지 모른다. 말했던 것처럼 난 사람을 한 번도 찍어 본 적이 없기 때문에 아마도 그것 때문일 것이라 짐작이 된다. 그리고 그 예상은 아주 적중했다. 급하게 핸드폰으로 카메라를 켜 반 친구들을 비추었다. 그 순간, 나도 모를 공포가 다가왔다. 그제 느꼈던 그 느낌 그대로. 이거였다.

난 사람을 찍지 못한다. 그렇다면 나에겐 아주 큰 방해가 되는 것이다.

우리가 서로에게

아니, 은나라에게. 내가 사람을 찍지 못한다는 건, 곧 은나라를 찍을 수 없다는 것인데 그러면 은나라는 계획했던 그 모든 일들은 시작조차 하지 못하는 것이다. 은나라가 나에게 먼저 말을 건네 왔다.

"뭐 일단 그건 나중에 생각하자. 너 아픈 거 나았으니까 완치 기념으로 한 번 놀자!"

완치 기념은 개뿔. 그냥 자기가 놀고 싶은 거면서.

"그래, 뭐. 놀자."

말은 그렇게 했지만 여자랑 노는 것이 처음이라 아무렇지 않은 척하느라 애를 썼다. 사실 그 누구랑도 놀아 본 적은 없다.

"뭘 해야 잘 놀았다고 소문이 날까."

"여기 시골인데 놀 게 있긴 해?"

은나라는 가소롭다는 듯이 웃으면서 말했다.

"아직 네가 뭘 모르네."

은나라는 우리 마을에서 멀지 않은 도심가로 데려갔다. 여기 그냥 논만 가득한 깡촌인 줄만 알았는데, 건물들이 가득한 도시랑 가까웠다니.

"노래방 가자. 내가 또 노래 한 곡조 뽑아 주지."

은나라는 규모가 아주 큰 노래방으로 향했다. 문 앞엔 '방 개수 98개! 대규모 노래방!'이라고 적혀 있었다. 들어가자마자 그 말이 허풍이 아니라는 것을 깨달았다. 대충 봐도 우리 학교보다 클 것 같다. 진짜로.

"내가 그래도 연습생 짬밥이 있지. 내 노래 진짜 듣기 힘들다. 너 호강하는 거야."

딱 우리 둘만 들어갈 수 있는 방에 들어왔다. 그리고 은나라, 연습생이었지 않은가? 얼마나 잘하는지 들어 보자고. 은나라는 초반부터 아주 부르기 힘들다고 소문난 고음의 노래를 선정했다.

멜로디가 흘러나오고 은나라가 노래를 부르기 시작하자 놀라움을 감출 수 없었다. 사람이, 이렇게 노래를 부를 수도 있나? 세상에 정말 이렇게 노래를 못 부르는 사람이 있구나. 예상을 뛰어넘는다. 아니, 실시간으로 뛰어넘고 있다. 음이 정말 단 하나도 맞지 않는다. 애초에 박자도 이게 맞나? 내가 더 잘 부르겠다. 그래도 전문 보컬 트레이너한테 배웠을 텐데 내가 세상에서 들은 노래 중 가장 끔찍했다. 잘못 보지 않길 바란다. 깜찍 아니고 끔찍. 노래가 끝나고 은나라는 점수를 보지 않았다. 자기도 아는 것이다. 두 번째 노래도, 세 번째 노래도, 그다음 노래도 방을 나가고 싶을 만큼 고문 같은 노래들의 연속이었다.

"오랜만에 부르니까 좀 풀리는 것 같네. 이제 너 불러."

드디어. 나는 마이크를 건네받고 잔잔한 노래를 선곡했다. 그전까지 은나라는 귀청이 떨어질 만한 노래만 불렀기 때문이다. 멜로디가 흐르고 카운트에 맞춰 노래를 부르기 시작했다. 은나라는 잠자코 내 노래를 들었다. 그래도 못 들어 줄 정도는 아닌가 보다.

노래가 끝나고, 은나라는 아무 말도 하지 않았다. 혹시 나도 은나라와 비슷하게 불렀나?

"별로지?"

은나라는 내 물음에 아무 말도 하지 않다가 딱 나를 쳐다보곤 말했다.

"너 왜 잘 부르냐."

오잉. 이건 또 처음 듣는데. 내가 노래를 잘 부른다니. 하긴 누군가 앞에서 노래를 불러 본 게 처음이긴 하다. 근데 이게 노래를 잘 부르는 건가.

"거짓말."

우리가 서로에게

"진짠데. 너 진짜 가수처럼 불러."

세상에 이런 찬사를 받아 보다니. 가수처럼 부른다고? 나 어쩌면 노래 잘 부르는 걸지도.

"그건 그렇고. 넌 노래 부르지 마라. 귀 나가는 줄 알았네."

"내가 전에 말했지. 노래 못 불러서 춤만 겁나 췄다고."

"그래도 이건 아니지. 몇 년 동안 연습했으면서 노래는 하나도 안 늘었냐."

"어쩌면 더 못해진 걸 수도 있어."

"그런 것 같아. 너."

그러면서 둘이 진짜 많이 웃었다. 이렇게 많이 웃어 본 거 생각보다 오랜만이다. 사고 이후로 최고로 많이 웃은 날이 아마 오늘이지 싶다. 생각 외로 재미있었다. 그리고 누구랑 처음 놀아 본 건데, 티 안 났겠지?

＊＊

은주원이 다르게 보이기 시작했다. 떨빵하기만 한 게 아니었다. 노래방 미러볼의 빛에 비친 은주원은 지금까지의 은주원과는 많이 달랐다. 갑자기, 잘생겨 보이기 시작했다.

노래방에서 나오고 나서부터 은주원이 예전과는 많이 달라 보인다.

"아까부터 왜 그러는 건데."

"뭐가?"

"계속 빤히 쳐다보잖아. 연구 대상처럼."

"신기하긴 해. 연구 대상처럼."

"참나."

은주원이 살짝 웃는다.

"난 이쪽. 너는?"

"난 저쪽."

여기서부터 길이 갈린다.

"그럼 나 갈게. 오늘 재밌었다."

"어? 혼자 가겠다고? 이 밤에?"

같이 가 주겠다는 건가.

"왜. 데려다주게?"

"너 집 여기서 꽤 멀잖아. 이 밤에 혼자 뭔 일이 있을 줄 알고."

진짜로 데려다주려는 건가. 안 그래도 되는데.

"데려다줄게. 가자."

오. 좀⋯ 멋있는데.

"오, 은주원~."

"아유, 뭘 또 이런 거에."

말은 이렇게 하지만 얘 좀 어깨가 올라간 것 같다.

'⋯귀엽네.'

아까 전까지만 해도 몰랐는데. 나랑 은주원, 옆에 나란히 걷고 있었다. 아무것도 아닌데 갑자기 볼이 확 빨개졌다. 나 왜 이러지.

"왜 아무 말도 안 해? 무슨 말이라도 해 봐."

노래방 이후로부터 은주원을 보는 나의 시선이 많이 달라진 것 같다. 내가 갑자기 왜 이럴까.

"뭘 말."

"너 낯가리는 거 아니지?"

"뭔 소리야. 내가 왜."

웃으면서 말했지만 잘 모르겠다. 진짜로 낯가리는 건가? 내가? 얘한테? 왜?

"그러면 왜 그래. 갑자기."

"무슨 소리 하는 건지 잘 모르겠네."

"설마… 나한테 반했냐?"

"뭔 소리야. 너 그런 소리 하지 마라. 내가 너한테 왜 반해. 진짜 그러지마라. 죽는다."

이젠 나도 날 모르겠다. 진짜 애 좋아하나…? 에이, 내가 왜. 이런 애를? 내가?

"그렇구나…."

은주원은 멋쩍게 웃었다.

"여기야. 다 왔어."

"그래, 들어가. 오늘 재밌었다."

은주원은 진짜 집 앞까지 데려다줬다. 집에 들어와서 곰곰이 생각했다. 내가 은주원을 좋아하나? 지금까지 단 한 번도 누군가를 좋아해 본 적이 없다. 그저 드라마나 영화로 사랑이라는 걸 간접 체험만 해 봤을 뿐. 그래서 이게 진짜 좋아하는 건지 잘 모르겠다. 진짜로… 나 사랑에 빠져 버린 걸까.

* * *

은나라를 집에 데려다주고 가는 길에 많은 생각을 했다. 오늘 하루 시간은 짧았지만 많은 일이 있었다. 누군가의 앞에서 노래도 불러 보고 집에도 데려다주고 게임도 같이 해 보고 사진도 찍어 보고. 그리고 이 모든 걸 은나라, 단둘이서 했다는 것이 조금 더 의미 있는 것 같기도 하다.

나도 요즘 이상한 것 같다. 안 해도 되는 행동들을 자꾸만 하게 된다. 오늘도 은나라를 그냥 혼자 보낼 수도 있었다. 그리고 원래의 나라면 그럴 것이다. 근데 오늘은 왜 그랬을까.

계속해서 사람 찍는 것을 연습하고 있지만 잘되지 않는다. 예를 들자면, 학교가 끝나면 곧장 할머님, 할아버님들이 모여 계신 노인정으로 달려가 그분들을 찍는 연습을 한다. 물론 허락을 다 받고 한다.

"아니, 그니께 우리를 와 찍냐고 이 말이야."

한 할아버지는 계속해서 날 신경 쓰신다. 사실 신경 안 쓰시는 게 더 이상하긴 하다.

"내가 78년 살믄서 너 같은 애는 처음 본다, 임마. 에휴."

"아가 사진 찍는 연습한다잖어. 그냥 모르는 척! 해 주면 된다니께는 신경쓰지 말어."

"신경이 안 쓰여야 말이제. 참내."

그런 상황에서 난 그저 "하하하… 감사합니다….'밖에 못 한다. 허락을 받고 찍는 거긴 하지만 신경이 안 쓰일 수가 없지 않은가? 나 같아도 그럴 만하다. 온종일 사진만 찍는다고 앉아 있는데 또 사진 좀 보자고 하면 찍은 사진이 없으니 어르신 분들에게도 내가 참 이상한 녀석일 거다.

"뭐여. 또 못 찍었냐. 참내. 사진을 찍기는 하는 것이여, 마는 것이여. 어휴… 어휴… 밤이다. 나가자, 이 썩을 놈아."

학교가 끝날 때부터 밤까지 사진을 한 장도 찍지 못했다. 아직 겁이 많이 난다. 사진기를 들고 앵글을 잡는 것까진 괜찮다. 이젠 쓰러지지 않는다. 그런데 셔터 누르는 게 왜 이리 힘든 것일까. 그저, 셔터만 누르면 되는 일인데.

밖을 나오니 하늘이 새까맸다.

"어떻게 지금까지 하나도 못 찍었냐…. 진짜 나 뭐 하는 놈이지? 하…."

부모님이 돌아가신 지도 오래다. 은나라보다는 더 오래. 은나라는 거의 일 년 만에 나에게 자신의 밝지 않은 과거까지 다 알려 줄 만큼 많은 것을 털어놓았다. 나는 아직 내 과거를 아무렇지 않게 말해 줄 수 있기는커녕 사람 찍는 것조차 못 하고 있다. 이런 내가 참으로 하찮게 느껴지는 하루다.

노인정에서 우리 집까진 그리 멀지 않다. 그래서 매일 이 길을 걷고 있다. 무려 2주를 이렇게 살고 있다. 원래라면 포기했을지도 모른다. 하지만 이건 나만의 문제만은 아니지 않은가. 은나라를 도우려면 꼭 이겨 내야 한다. 나로 인해 은나라에게까지 피해를 입힐 순 없다. 아니. 실망시키고 싶지 않다. 노래방에서 봤던 은나라의 웃는 모습을 꼭 보고 싶다. 그러려면….

'띠리리링.'

호랑이도 제 말하면 온다고. 은나라다.

"왜."

전화를 받고는 걸음의 속도를 살짝 늦췄다.

"뭐 하냐. 이 자식아."

"오늘도 시간만 낭비하고 왔지…."

그렇게 말하면서 한숨을 푹 쉬고 계속 늦은 걸음을 걸었다.

"그러게, 왜 계속 거기 있냐고."

"어? 너 내가 뭐 한지 알고."

"2주 전부터 계속 노인정 가잖아. 너."

어? 얘가 어떻게 알지? 걸음이 절로 멈췄다. 종례 후에 은나라 몰래 다니려고 일부러 버스도 갈아타서 다녔다. 근데 얘가 그걸 어떻게 알고….

"아니… 어… 어떻게 알았냐?"

은나라는 크게 소리 내며 웃었다. 전화기를 통해서가 아니고 진짜 귀로 들리는 것 같았다.

"어떻게 알긴. 우리 할머니가 그 노인정 다니신다. 왜."

아. 간과했던 사실. 은나라에게는 같이 사시는 할머니가 있다. 그 할머니가 노인정 안에 계실 것이라곤 상상도 못 했다.

"아…. 그걸…."

"왜? 완전 범죄 계획했냐?"

은나라는 자기가 모를 거라고 생각하고 내가 이 일을 해 왔다는 것을 생각하니 계속 웃음이 나나 보다.

"왜 나한테 말 안 했냐."

"네가 알면 이상하게 생각할까 봐…."

은나라는 말하면서도 계속 웃었다.

"이상한 애가 이상한 짓 하는 게 뭐. 아, 진짜 웃기네."

"그러면 너희 할머니 누구신데? 나 어르신 분들 이름 다 알아. 말해 봐."

난 자랑스럽다는 듯이 말했다. 근데 진짜로 다 안다. 찍으려는 사진은 안 찍고 계속 거기 앉아 있으니까 어르신 분들이 하는 말씀만 들을 수밖

우리가 서로에게

에 없다.

"오. 김, 순 자, 임 자 쓰시는데. 아냐?"

김순임 할머님이면…. 그분이다! 항상 나 커버 쳐 주시는 그 분.

"순임 어르신?"

"이 자식이. 성 붙여라."

"아… 알겠어."

순임 어르신은 오늘도 내 커버를 쳐 주셨다. 모르는 척! 그 할머님이다.

"안 되겠다. 전화 불편하네. 너 거기 딱 기다리고 있어라."

"어? 어. 아니 근데 여기 어딘 줄 알…."

'뚝.'

아니, 애도 여기가 어딘 줄 어떻게 알고 온다는 건지. 노인정으로 다시
가야 하나.

"야! 은주원!"

"어? 은나라?"

어떻게 이렇게 빨리 왔지? 이 근처였나?

"하… 하… 후…. 나 빨리 왔지? 헤헤…."

"너 왜 이렇게 뛰어왔어. 겨울에 땀나면 감기 걸려."

"괜찮아. 히히."

허… 뛰어서 이 길을 와 놓고는 얼굴에 웃음이 떠나지 않는다, 애.

"여기 어떻게 알고 왔어?"

"집에서 창문으로 너 보여. 가로등 바로 아래."

아, 여기가 애 집 근처였구나. 맞네. 저번에 데려다줘 놓고는 깜빡했다.

"내 집도 까먹었냐? 이 자식아!"

"아아아아. 미안해, 미안해, 미안해. 미안해!"

은나라는 마치 때려죽이겠다는 주먹으로 날 치려고 했다.

"도망가면 더 맞아!"

환하게 웃는 은나라를 보니깐 지금까지의 고생이 다 날아가는 듯한 느낌이 들었다. 내가 이거 때문에 이렇게 노력하는구나, 싶었다. 오늘 난 확신했다. 이젠 헷갈리고 자시고 뭐 그런 게 없다.

난 얠 좋아하는 게 맞다.

겨울 방학이 찾아왔다. 그 말은 2학년이 끝났다는 말이다. 수업 일수를 맞추기 위해 학교를 가야 하긴 하지만 2학년이 거의 끝난 거나 마찬가지다. 이 학교도 여름에 왔는데 벌써 겨울을 맞았다. 반년은 넘게 다닌 것이다. 그동안 큰 사건 사고 하나 없이 잘 다녔다. 인생 처음으로 좋아하는 애도 생겼다. 이젠 노인정을 가면 어르신들이 반갑게 맞이해 주신다.

"어이. 우리 주원이 왔나."

날 그렇게 신경 쓰시던 할아버지가 가장 날 좋아해 주신다. 나도 어르신들을 대하는 게 불편하지 않다.

"네! 영운 할아버지, 잠 좀 잘 주무셨어요? 오늘 진짜 춥죠."

이 마을을 오고 나서 나에게 많은 변화들이 생겼다. 일단 친구들이 많이 생겼다. 학교 친구들과 말을 하는 것이 이젠 어렵지 않다. 항상 내가 먼저 말을 걸진 않지만 그래도 꽤 하는 편이다.

"야, 아직도 사진 못 찍냐."

"어. 아직."

노인정에서 사진기를 들고 하도 이상한 짓을 많이 하는 바람에 마을 전체에 소문이 쫙 났다. 내가 사진을 찍고 다닌다는 것과 사람들을 찍지 못한다는 소문이.

"나 한 번 찍어 봐. 눈이 딱 개안되면서 너도 모르게 사진 찍고 있을걸?"

"닥쳐라."

"아라쏘…."

하지만 인스타를 하는 것은 은나라밖에 모른다. 사실 여기서 다 안다고 해도 크게 달라질 건 없어 보이긴 한다.

"은주원."

은나라다.

"왜."

"오늘 학교 마치고 기다려라."

오늘 은나라는 청소다. 하도 지각을 많이 해서.

"청소 기다리라고? 왜?"

"할 말 있어."

설마… 내가 생각하는 그거 아니겠지. 에이, 아닐 거야. 만약 맞으면? 아… 내가 하려고 했는데. 딱 사진 찍는 거 성공하고 딱 멋있게 말하려고 했는데.

"알겠어. 운동장 앞에서 기다릴게."

종례가 끝나고 운동장 앞에 앉아 기다리고 있었다. 그때, 뒤에 한 무리가 지나가면서 말했다.

"아니, 김민석. 그래서 진짜 은나라 좋아해?"

순간 흠칫. 누가 헛소리를 하나 뒤를 돌아봤다. 2반 남자애들이다.

"아니, 아니야."

그래그래. 무슨 이상한 소리 하나 했다. 누가 은나라를 좋아해. 그 지랄맞은 성격을.

"그러면 안 좋아하는 거냐?"

"그…건 아니긴 한데."

"오오오오오! 뭐야, 그게 좋아하는 거지!"

어디서 누가 그런 망언을. 은나라를? 좋아해? 표정이 절로 굳어졌다.

김민석은 학교에서 유명한 날라리다. 이 작은 학교에 날라리가 어디 있나 하겠지만 작아도 있을 건 다 있는 학교다. 또 김민석은 날라리인 것만이 아니다. 잘생겼다…. 인정하긴 싫지만 진짜로 차은우와 닮았다. 많은 저항을 받을 것을 알지만 인정할 수밖에 없다. 진짜 잘생겼다. 거의 이 학교에 모든 애가 김민석을 좋아한다고 해도 무방하다. 후배와 선배들까지도. 졸업하는 선배들은 김민석의 사물함에 편지를 넣어 달라고 하기도 한다. 하지만 김민석은 한 번도 꺼낸 적이 없다. 버리지도 않는다. 그래서 여자한테 관심이 없는 줄 알았다. 그런데 은나라를 좋아하다니….

"근데, 누구 때문에 그게 좀 방해가 되네. 바보 같은 자식 때문에."

바보 같은 자식? 주먹을 꽉 쥘 수밖에 없다. 김민석 말고 은나라를 좋아하는 애가 또 있어? 씨….

"뭐, 걔라고 날 막겠냐? 딱 봐도 좋아하는 거 보이는데, 멍청한 새끼가 뭘 하겠냐. 가자."

저건 날 들으라고 하는 말이 분명하다. 평소 나도 은나라에 대한 마음을 그렇게 숨기진 않았다. 그러니 김민석도 다 알 거다. 일종의 경고일 것이다. 몸이 떨릴 수밖에 없었다. 조금 있다가 은나라가 뛰어왔다.

"좀 오래 걸렸지. 하… 담임이 계속 뭘 잡아떼서…. 하, 힘들어…."

"은나라. 너 근처에 너 좋아하는 바보 같은 자식 있어?"

지체 없이 물어봤다. 여기서 알아내야지 경계하고 견제할 수 있다.

"나 좋아하는 바보 같은 자식? 그건 모르겠는데. 내 근처에 바보는 너밖에 없지 않냐."

괜히 기분만 나빠졌다. 은나라한테 나는 그냥 바본가? 은나라도 설마… 김민석을 좋아한다면… 안 돼! 그럴 일은 없다. 은나라가 김민석 같은 애를 좋아할 리가…. 근데 진짜 좋아하면 어떡하지?

"아잇, 이상한 소리 말고 나 따라와. 빨리."

이상하다. 그러면 바보 같은 자식은 누구지?

"알겠어…."

은나라와 내가 버스 정거장에 거의 도착했을 때, 버스가 출발하려고 했다.

"어, 어, 어! 잠시만요! 저거 놓치면 30분은 기다려야 다음 버스야!"

꼭 잡아야 했다. 그때, 버스 안에 타고 있는 김민석이 우리를 째려보고 있었다. 정확히는 날. 난 뜀박질을 멈췄다.

"왜? 저거 놓치면 안 된다고!"

난 나지막이 말했다.

"나라야. 우리 그냥 다음 거 타자."

"어? 어…."

그렇게 말하면서 난 김민석을 뚫어져라 쳐다봤다.

"개자식…."

난 버스를 기다리면서 계속 손가락을 우두둑거렸다.

"개자식…."

김민석을 생각만 해도 치가 떨렸다. 응시하는 곳이 없는 것같이 그러고 있으니 은나라가 나에게 말했다.

"아까부터 왜 그러는데."

"뭘."

"계속 개자식 개자식거리잖아. 누구한테 그러냐고."

"네 알 바 아니잖아. 신경 꺼."

"…뭐?"

아차. 실수했다. 그런 말하면 안 되는데. 김민석 때문에 화가 머리 꼭대기까지 나서 나도 모르게 말이 헛나왔다.

"아… 미안. 그게…."

그런데, 갑자기 은나라의 눈에서 눈물이 뚝 하고 떨어졌다.

"너… 너한텐… 내가 그런 애구나…. 아… 미안. 꺼져 줄게."

어? 이러면 안 되는데?

"나라야, 미안. 내가…."

"아까부터 나라야, 나라야! 좀 그만해! 내가 무슨 네 여친이라도 된 줄 아냐? 성 떼고 부르지 마. 불쾌하니깐."

은나라는 그렇게 말하곤 정거장을 떠났다. 은나라가 떠난 뒤에도 난 정거장을 떠나지 않았다. 나도 모르게 눈물이 왈칵하고 터져 버렸다. 은나라에겐 내가 그런 애였구나, 하고. 난생처음으로 차여 본 기분이다. 이게 고백하지 않고 차이는 방법일까. 눈물은 멈추지 않았다. 마치 세상을 잃은 것 같이 눈물, 콧물이 동시에 나왔다. 정말로 슬펐다. 잠시 뒤 버스가

우리가 서로에게

왔다.

"학생. 버스 안 타나?"

"아… 괜찮아요. 가세요…."

"니 주원이 아니냐?"

노인정에서 날 유독 좋아하시는, 그분이다.

"어, 영운 할아버지."

"니 눈이 와 이리 퉁퉁 부었냐?"

할아버지의 그 말에 왠지는 모르겠으나 참고 있던 눈물이 더 쏟아졌다. 정말 아기처럼 울었다. 되게 서럽게.

"아고아고, 주원아. 일단 타라. 금방 끝난다. 버스비는 안 받을 테니."

"네엡…."

버스에서도 계속 울음이 그치질 않았다. 누구 앞에서 이렇게 서럽게 울어 본 건 또 처음인 것 같다. 버스를 타면서 깨달은 건 이 버스가 우리 집을 지난다는 거였다. 그래서 그냥 내릴까 했지만 할아버지가 내게 무슨 말을 하고 싶으신 것 같아서 그냥 종착지까지 기다렸다.

잠시 후, 버스가 종착지에 도착했다. 할아버지는 운전석에서 내려서 승객석 안으로 들어오셨다. 그러곤 내 옆에 앉으셨다.

"그래…. 지금은 괜찮냐."

그때가 벌써 한 시간 뒤쯤 지난 정도였다.

"네, 지금은 괜찮아요."

"살다 보면… 이런저런 일들이 많다. 그게 인생인 거시라."

난 잠자코 듣고 있었다. 할아버지는 말씀을 이어 가셨다.

"니, 나라 좋아하제?"

할아버지께서 그걸 어떻게 아시지? 학교 애들도 많이 모르는 걸 텐데?

"어, 어떻게 아셨어요?"

"모르면 이상한 거 아니냐. 이 마을에서 너거 둘이 안 다니는 데가 없드만. 노인정 사람들도 다 알 거여. 뭐시기 뭐냐, 그 사귀기 전 단계를 뭐라고 하냐. 그…."

"썸이요?"

"그래그래, 그거. 너거 둘이 그렇고 그런 사이 아니냐. 맞제?"

모두가 그렇게 알고 계신 줄은 몰랐다. 뭐, 우리 둘이 항상 시간만 나면 놀고는 했으니까 그럴 만도 하다.

"그건… 아니에요."

하지만 아닌 건 아닌 거다. 오늘로써 알았다. 우리 둘은 나만 좋아하는 짝사랑 관계라는 걸.

"아니라고? 그라믄 뭔데?"

할아버지는 계속해서 물어보셨다. 사실 대답하기 싫었다. 여기서 말하면 또 노인정에서 얘기가 나올 게 뻔하지 않은가? 하지만 얘기를 안 할 수는 또 없다. 할아버지께서 물어보신 건데.

"그… 짝사랑, 뭐 그런 거예요."

"짝사랑? 너 혼자 좋아하는 거라고?"

"아잇. 할아버지 혼자만 알고 계세요. 크게도 말하지 마시고, 누구한테도 말하지 마시고요."

어쩔 수 없이 말했으니 할아버지에게 당부의 말을 했다.

"아… 그런 거였나? 전혀 안 그래 보이던디?"

우리가 서로에게

나도 그런 줄 알았다. 근데 뭐, 당사자가 아니라 하지 않냐.

"오늘, 제가 나라한테 실수를 좀 했거든요…."

* * *

할아버지는 오늘 있었던 얘기를 가만히 들으시곤 이렇게 말하셨다.

"음, 딱 보이는구먼."

"네? 뭐가 보여요?"

할아버지, 뭔가를 알아내신 건가?

"나라도 너 좋아한다. 이 눈치 없는 새끼야."

할아버지는 그렇게 말하시면서 나에게 딱밤 한 대를 쥐어박으셨다.

"아아… 정말요? 나라가 저를요?"

"딱 보니께는 보이는구먼, 뭘."

"왜요? 어느 부분에서요?"

"그건 이제 네가 할 일이제. 자, 빨리 가서 잡아라. 민석이 금마가 채 가게 놔두지 말고."

그 말은 들은 후 난 더 비장해졌다. 김민석…. 절대로 그렇게 놔둘 순 없지. 곧장 은나라 집으로 뛰어갔다. 날씨가 참 추웠다. 이 날씨에 전력 질주하면 미친놈인 것 같아 보이겠지만, 어쩌겠나? 난 여자애 마음 하나 모르고 험한 말이나 해 버린 미친놈이 맞는데. 지금이라도 늦지 않았으면, 하는 마음으로 은나라의 집으로 뛰었다. 계속 뛰었다. 그러면 혹시라도 은나라의 마음이 바뀌기 전에 찾아갈 수 있지 않을까. 늦었다고 해도 내 모습을 보고 한 번이라도 더 생각해 주지 않을까, 하는 마음에. 그렇게 은나라의 집에 도착해서 지체 없이 집 문을 쾅쾅 두드렸다.

"은나라! 은나라!"

세 번 정도 더 두드리니 누군가가 나왔지만 은나라는 아니었다.

"니 주원이 아니냐?"

은나라의 할머니였다. 항상 나 커버 쳐 주시던 순임 할머니.

"아 할머니… 나라 없어요?"

"나라는 뭔 일로?"

"할 말이 있어서요…."

그러더니 할머니는 뭔가를 알았다는 듯이 나에게 말하셨다.

"아~ 그러면 우리 나라 저렇게 만든 게 너라는 거여?"

"네?"

내가 그렇게 말하니 할머니는 잘 들어 보라는 손짓을 하셨다. 잘 들어 보니 누가 우는 소리가 들렸다. 은나라다.

"아…."

할머니는 은나라가 못 듣게 조용히 말하셨다.

"내가 백 번을 말해도 한 번을 안 듣는다. 될 수 있으면 저 문 좀 열게 해 봐라. 네가 벌인 짓 아니냐?"

그게 그렇게 상처가 됐구나…. 어떻게든 내가 풀어 줘야 하는데.

은나라의 방 창문은 마당과 연결되어 있었다. 저걸 한번 이용해 봐야겠다.

"할머님, 저 잠깐 방에 들어가 있어 주시겠어요?"

"와?"

"어떻게든 해결해 볼게요. 그러니깐 잠시만 들어가 있어 주세요. 저희

둘만 알아야 하는 이야기라서요."

할머니는 이상하다는 눈빛을 보내시고는 방에 들어가셨다.

"이상한 짓 하면 안 된다!"

"걱정 마세요."

그러곤 창문에 똑똑 문을 두드렸다.

"나 혼자 있고 싶다고!"

은나라가 소리쳤다.

"저… 미안했어."

내가 말하니 은나라가 살짝 놀란 듯했지만 그렇지 않은 척했다.

"네가 여기… 왜 있어?"

"버스 종착지에서 여기까지 뛰어왔어. 미안하다고 말하려고."

"받아 줄 생각 없어. 돌아가."

은나라는 차갑게 말했다.

"겨울이라 추운데 네가 그렇게 말하니까 더 춥다. 으."

난 최대한 풀어 주려 노력하는 말투로 말했다. 평소처럼 장난치듯이.

"내 알 바야?"

이 말 되게 기분 나쁜 말이었구나.

"……."

"내가 어떤 마음이었는지 이제 알겠냐?"

단단히 화가 났다. 하지만 말은 해 주는 걸 보아서 화해할 마음은 있나?

"미안해…. 내가 그런 의도로 말한 거 아닌 거 알잖아."

"내가 그걸 어떻게 아나?"

"사실, 김민석 때문이었어."

"김민석?"

은나라는 뜻밖이라는 듯 말했다.

"김민석이 내 앞에서 계속 네 이야기하고 비꼬듯이 얘기해서… 화나서 그랬던 거야."

"김민석이 왜 네 앞에서 내 얘기를 하는데?"

"그건…."

"누가 김민석 좋아한대?"

"김민석 안 좋아한다는 뜻이야?"

"당연하지. 누가 그런 놈을 좋아해. 껍데기만 반반하지, 성격이 별로 잖아."

김민석. 넌 졌어. 사실 내가 이긴 것도 아니지만, 뭐.

그때 갑자기 은나라가 창문을 열었다.

"그럴 생각할 시간에 사진 찍는 연습이나 해. 너 한 장도 못 찍었지?"

화 풀린 건가? 얼굴 보고 얘기하는 거면?

"노력…하고 있어…."

은나라는 한심하다는 뜻의 한숨을 내쉬었다.

"에휴."

그러곤 방문을 열고 마루로 나와 할머니를 불렀다.

"할머니, 나 배고파. 밥 줘."

그 소리에 할머니는 급하게 나오셔서 우리 둘을 번갈아 보곤 나에게 말 하셨다.

"역시 주원이여. 그렇게 풀어 주기 힘든 은나라 화를 이러코롬 쉽게 풀 다니."

우리가 서로에게

"할머니. 그러면 나 이상한 애 돼. 말 좀 가려서 해 줘."

할머니와 은나라는 크게 웃었다. 은나라 이제 다 풀린 것 같지?

"주원아, 기다리라. 밥 못 먹었제? 같이 먹고 가라."

가려 했던 나에게 말을 거서서 놀랐다. 밥을 먹고 가라시니.

"그래도… 될까요?"

"하모! 밥 한 공기만 더 푸면 되는 긴데."

은나라가 나에게 이어서 말했다.

"우리 할머니 밥이 진짜 맛있어. 거의 우리나라 무형 문화재."

은나라 이런 농담하는 거 보니 다 풀렸나 보다. 근데 도대체 어느 부분에서 풀린 거지? 난 김민석 얘기밖에 안 했는데. 어쨌든 풀렸다는 게 중요한 거니까.

남이 해 주는 밥을 먹어 본 게 언제인지 모르겠다. (이모가 저번에 해 준 죽은 예외로 치고.) 이모는 항상 밤늦게 와서 초딩 때부터 내가 직접 밥을 해 먹었다. 며칠 동안은 진짜로 쌀 씻고 밥 지어서 해 먹었는데, 언젠가부터는 귀찮기도 해서 라면이나 냉동식품 먹는 게 거의 매일이었다. 그래서 난 식욕이 없다. 그냥 배만 채우면 된다는 생각 때문에. 배가 안 고플 때는 밥을 안 먹고 굶을 때도 있다. 그런 나에게 몇 년 만의 집밥이라니 반갑지 않을 수 없다.

조금만 기다리니 할머니께서 진수성찬을 차려 오셨다. 진수성찬도 이런 진수성찬이 없다. 음식 접시가 거진 20개는 넘어가는 듯하다. 그중에 단 하나도 거를 반찬이 없다. 완벽한 밥상이다. 은나라는 이런 밥을 매일 먹는다니, 진짜 행복하겠다….

"와…. 저 더는 못 먹어요."

인생에서 가장 배부르게 먹은 날이 오늘이 아닌가 싶다. 밥을 두 공기 이상 먹어 본 적이 없는데 세 공기를 비우다니. 그런데도 아직 은나라는 끝나지 않았다.

"벌써 끝났냐? 입 진짜 짧네."

아직 삼키지 않은 음식을 우물우물 거리면서 말하는 은나라는 진짜 귀여워 보였다.

"나라, 네 위가 큰 거여. 어떤 아가 밥을 다섯 공기를 먹고도 배가 안 부르냐?"

"할머니, 내가 밥 못 먹어서 한이 맺혀서 그래. 조금만 이해해 줘."

"아이고. 아주 그냥 먹깨비가 들려 부렀고만."

두 사람의 이야기를 듣고 있으면 웃음이 절로 나온다. 이건 진짜 육성으로 들어야 하는데. 아무튼 은나라 화도 풀고, 오랜만에 정말로 배 터지게 먹어서 아주 행복한 하루였다. 요즘 하루하루가 너무 행복하다. 이게 모두 은나라 덕이다.

그날이 지나고 바로 다음 날, 은나라는 나를 또 불렀다.

"어제 하려고 했던 거 해야지."

맞다. 어제 은나라가 버스 타고 날 어딘가로 데려가려 했었다. 어제 싸우는 바람에 못 갔었지.

"어딘데? 거기가?"

"가 보면 알아."

은나라는 그렇게 말하면서 작게 웃었다. 큰일이다. 이젠 은나라가 뭐만 해도 귀여워 보인다.

"뭘 쳐다봐."

앤 아닌가 보다.

우리가 도착한 곳은 놀이공원이었다. 마을에서 가장 가까운 놀이공원
이라고 해도 긴 시간이 걸리는 곳이다. 가는 데 적어도 한 시간 정도 걸린
다. 또 이 버스는 바다와 맞닿은 길을 지난다. 그걸 이미 알고 있었던 난
카메라로 창밖 풍경을 찍었다. 겨울의 바다는 더 예쁘다. 여름엔 쨍쨍한
햇빛이 비쳐 사진 찍기에 너무 불편하지만 겨울엔 그런 햇빛이 거의 없어
사진 찍기에 좋다. 그리고 결정적인 건 겨울엔 바다에 사람이 없다는 것.
그래서 내 앵글에 사람이 잡히지 않는다. 너무 좋다. 너무 잘 찍었다 싶어
서 은나라에게 보여 줬다.

"야, 이건 진짜 잘 찍었다. 그치?"

은나라는 한숨을 푹 쉬며 말했다.

"이렇게 잘 찍는데 왜 난 못 찍을까."

괜히 보여 줬네.

겨울이라 놀이공원에는 사람이 많이 없을 줄 알았지만 생각보다 많았
다. 보아하니 타 지역에서도 온 것 같았다. 이 근방 몇 개 도시 중에 놀이
공원은 여기 유일하기 때문일 것이다. 커플들도 보이고 아이들을 데리고
온 가족도 보였다. 원래라면 이런 곳은 진절머리를 냈을 나다. 하지만 은
나라와 함께하면서 정말 많은 것이 바뀌었다.

이 놀이공원은 일개 시골 놀이공원은 아닌 듯싶었다. 놀이기구부터 완

전 본격적이었다. 롤러코스터는 한 개뿐만이 아니었고, 난생처음 본 놀이기구도 있었다. 바이킹은 기울어지는 각도가 정말 컸고, 비명 소리가 여기저기서 들렸다. 중요한 건 귀신의 집도 있었다는 거다. 은나라는 딱 봐도 귀신의 집을 가장 가고 싶어 하는 것 같은데, 겁이 너무 많아서 갈 수 있을지 모르겠다. 내가 넋이 나간 채 보고 있으니 은나라가 한마디 했다.

"이게 마지막으로 노는 날이다. 내일부턴 사진 찍는 연습만 할 거니깐 각오해."

은나라는 그렇게 말했지만 사실 엄청 들떠 보였다.

"그런 말하기엔 너도 흥분한 것 같은데?"

"…그냥 놀자!"

먼저 우리가 향한 곳은 수직으로 떨어지는 롤러코스터였다. 처음엔 만만하게 보고 냅다 탔다. 줄도 없어서 바로 탈 수 있었다. 하지만 그 생각은 바로 무너졌다. 난생처음 느껴 보는 공포였다. 타면서 은나라는 환호의 소리를, 난 공포의 비명을 질렀다.

"아아아아아아아아아아아악!"

운행이 끝나고 곧장 내리려고 했지만 앞에 줄이 없어서 한 번 더 탈 수 있었다. 은나라는 말했다.

"한 번 더 타자! 너무 재밌어!"

사실 안 타고 싶었지만 은나라 때문에 또 탔다. 공포의 비명을 지르면서. 은나라는 내심 세 번 타고 싶었던 모양이다. 하지만 그러면 내가 죽을 것 같아서 그만 탔다. 왜냐면 아직 탈 것이 너무 많이 남아 있었기 때문이다…. 이곳에 있는 모든 것을 적어도 한 번씩은 타야 한다는 은나라의 말이 귓가에 맴돈다.

우리가 서로에게

은나라의 말은 거짓말이 아니었다. 진짜로 이 넓은 놀이공원의 모든 놀이기구를 다 탔다. 네 번째 놀이기구를 탈 때부턴 아무 소리도 내지 않았다. 정확히는 아무 소리도 나오지 않았다. 그새 목이 쉰 거다. 내가 이런데도 몇 시간째 팔팔한 은나라는 인간이 아닌가 싶었다.

"이제 다 탔지?"

나는 고개를 끄덕거렸다. 대답을 못하기 때문에.

"밥 먹으러 가자! 저기 진짜 맛있대."

난 하고 싶은 대로 하라는 손짓을 했다. 노는 것도 진짜 힘든 거라고 처음으로 생각했다. 이렇게 진이 다 빠질 거라고 생각 못했는데.

밥을 다 먹고 나오니까 조금이나마 목소리가 나왔다. 하지만 은나라는 말 한마디 하기 힘든 난 안중에도 없는 것처럼 길을 걸었다.

은나라는 대관람차 앞에 섰다.

"이거 타자고?"

"이거 마지막으로 타고 가자. 딱 지금 타면 불꽃놀이 하는 거 볼 수 있대."

은나라는 다른 놀이기구를 탈 때보다 더 흥분해 있었다. 진짜로 좋아하네.

대관람차를 타고 조금씩 올라갔다. 난 불꽃이 터지는 것을 찍기 위해 카메라를 꺼내 들었다. 그런데 은나라가 카메라를 잡은 내 손을 내리며 말했다.

"사진 찍지 말고. 할 말이 있어."

그 때 은나라가 뭔가를 꺼내들면서 말했다.

"너, 네가 팔로워 백만인지도 모르고 있었지."

그러면서 팔찌를 보여 줬다. 파란색.

"백만 축하 선물! 늦었지만 백만 축하해!"

아. 얘가 어제 이 얘기하려고 그랬구나. 어제부터 수상하게 계속 나한테 뭘 숨기더니, 이거였다. 되게 별거 없는 거지만, 난생처음으로 이모에게가 아닌 다른 사람에게 선물을 받았다.

"우정 팔찌야. 나도 하고 있어!"

은나라 손목에는 빨간색 줄로 만든 팔찌가 있었다. 은나라가 나를 위해 선물을 준비해 줬다는 것에 너무 감동했다.

"어…. 고마워."

너무 놀란 나머지 시큰둥하게 말해 버렸다.

"별로…야?"

"아니, 아니. 너무 놀라서. 예상도 못 했던 거라."

"별것도 아닌데 되게 감동 먹은 얼굴이네."

은나라는 그렇게 말하면서 웃었다. 예쁘게. 오늘따라 유난히 은나라의 웃는 모습이 너무 예쁘다고 생각했다. 왠지는 모르겠지만 갑자기 내 안의 무언가가 계속 꿈틀거리는 느낌이었다. 주체할 수 없을 만큼 심장이 막 뛰었다. 조금만 있으면 가슴이 터져 버릴 것만 같았다. 숨도 잘 안 쉬어지는 느낌이었다. 그 상태로 은나라를 보면 더 그랬다. 더 심장이 빨리 뛰었다. 처음엔 왜 이러는지 몰랐으나 조금 있으니 알 수 있었다. 은나라 앞이라서 그런 것 같았다. 하지만 매일 보는데 왜 갑자기 이러냐고.

대관람차가 꼭대기에 거의 다다랐을 때 불꽃을 쏠 준비를 하는 것 같아 보였다.

"은나라."

은나라는 창밖에서 고개를 돌려 나를 봤다.

"이렇게 하는 거 맞는 건지 모르겠는데, 안 하면 속 터질 것 같아서 말하려고."

"뭐를?"

"아무래도… 나."

'펑.'

"너 좋아하는 것 같아."

불꽃과 함께 내 마음은 터져 버렸다. 이제 더 이상 참을 수 없다는 듯이.

"그리고 이 우정 팔찌가, 커플 팔찌면 좋겠어."

은나라는 내 고백을 듣고 살짝 미소를 보였다. 그러고는,

"그 말 언제 나오나 계속 기다리고 있었다."

이거… 좋다는 의미인가? 그렇겠지? 그런 건가? 맞겠지?

"그래. 사귀자. 은주원."

쌓여 있던 눈이 녹고 드디어 봄이 왔다. 방학 동안 사진은 계속해서 시도했지만 한 번도 성공하지 못했다.

"아니, 셔터 한 번 누르는 게 그렇게 어렵냐?"

"왜 화를 내고 그래…."

"하… 또 삐졌어?"

"넌 내가 되게 귀찮은가 보다? 그러면 그냥 헤어지자 그래."

"아니, 미안해…."

우리의 사이가 사귀는 사이로 바뀐 후로 변화한 것은 많이 없다. 그냥 마

을 전체가 다 안다는 것만 빼고? 그것 때문에 이젠 노인정은 갈 수가 없게 생겨 버렸다. 가면 또 나라 얘기만 할 게 뻔하니까. 피곤의 연속일 뿐이다.

개학을 일주일 남겨 두고 나라는 나에게 벚꽃을 보러 가자 말했다.

"마지막으로 한 번만 더 시도해 보고 안 되면 그냥 접자."

"접자고? 사진 찍는 거?"

"그러면, 뭐 어떡해. 안 찍히는데. 그리고 그냥 여기 눌러 살려고."

은나라는 마지막으로 딱 한 번만 더 해 보자고 했다. 그리고 안 되면 깔끔하게 포기하자는 것이다. 이젠 이 마을에 소중해진 사람이 너무 많아서. 그래서 벚꽃이 가득한 길로 마지막 도전을 하러 떠났다. 나라가 말한 가장 벚꽃이 많이 피는 곳은 우리 마을에서 그리 멀지 않았다. 그래서 걸어가기로 했다.

걸어가는 길에 나라가 말을 걸었다.

"너는 나 언제부터 좋아했어?"

사실 조금 애매한 질문이다. 내가 나라를 언제 좋아하게 됐는지도 잘 모른다. 그냥 좋아한다는 것을 확신한 때만 있을 뿐.

"잘 모르겠는데."

"음. 난 진짜 오래됐는데."

그렇게 우리는 얘기를 이어 갔다.

"오래가 언젠데? 그러면 나보다 먼저 좋아했다고?"

"맞아. 너 처음 만난 날."

처음 만난 날이면 내가 전학 온 날이다. 은나라가 내 머리 속에 깊게 각인된 그날.

"나한테 딸빵하다고 했던 그날?"

"응, 그날."

"그날이 왜?"

"나 띨빵한 애 좋아한다고 그때부터 말했잖아."

그게 진짜였다니. 그때부터 날 좋아했다는 말이다.

"그때부터였다고?"

이렇게 우리는 이제 아무렇지 않게 서로의 생각과 기억을 공유하는 연인이 되었다. 첫 만남 땐 우리가 이렇게 되리라곤 생각지도 못했는데.

나라와 대화하다 보니 금방 도착했다. 오면서도 조금씩 벚꽃이 날렸는데 여기는 차원이 다르다. 정말 벚꽃으로 빼곡하다. 나라는 마치 아이가 된 것처럼 나무 밑을 휘저으며 다녔다. 나무를 흔들어도 보고 벚꽃을 떼서 귀에 꽂기도 했다. 이제는 그 누구의 눈치도 보지 않고 나라의 미소를 보고 나도 기쁘게 웃을 수 있다는 것에 감사하다. 나라는 유독 큰 벚꽃나무 밑에 멈춰 섰다. 그러곤 나무를 유심히 보기 시작했다. 그 모습이 너무 귀여웠다. 저장해 놓고 매일 보고 싶을 때마다 꺼내 보고 싶었다. 그때, 내 의지와는 상관없이 갑자기 카메라가 들렸다. 내가 셔터를 못 누를 것을 알면서도. 그냥 앵글만 잡아 보는 것이다. 내가 만약 여기서 셔터를 누를 수 있다면 얼마나 좋을까. 누른다면, 인화해서 매일 보고 싶을 때마다 꺼내 볼 텐데….

그런 마음들이 가득 찼을 때, 나도 모르게, 셔터를, 눌러 버렸다. 누른 후 잠시 꿈을 꾼 줄 알았다. 내가 셔터를 누를 리가 없는데? 어? 그래서 난 카메라의 화면을 확인했다. 맞다. 찍었다. 내가 나라가 담긴 앵글을 찍은 것이다.

"찍었다…."

나라는 무슨 일이냐는 듯 나에게 다가왔다.

"찍었다니 뭘?"

난 말을 이을 수 없었다.

"……."

"뭔데?"

몇 초 정도 지난 후, 정신이 돌아온 듯했다. 그 뒤엔 소리를 지를 수밖에 없었다.

"찍었다아아!!!"

목청이 나갈 정도로 소리쳤다.

"뭔데, 뭘 찍었는데?"

"내가 했어. 해냈어. 찍었어! 너를!"

감격스러웠다. 드디어 찍다니. 나라도 못 믿겠다는 식으로 얘기하더니 사진을 확인하고서 날 쳐다봤다.

"은주원! 해냈어!"

우리 둘은 서로를 꼭 안으면서 이 현실을 축하했다. 드디어 해냈다는 감격스러움. 마지막이라고 생각하고 왔던 곳에서 예상치 못한 성공.

"됐어. 너무 예쁘게 찍혔어."

난 아무 말도 하지 못하고 입을 틀어막을 수밖에 없었다. 그냥 찍은 것도 아니고 나라 말대로 잘 찍었기 때문이다. 이 사실은 이 마을 사람들 모두에게 말해 주고 싶었다. 그래서 나라와 함께 노인정으로 달려갔다.

난 문을 쾅 열었다. 그리곤,

"어르신들! 드디어 제가, 사람을 찍었습니다!"

"뭐라꼬? 아니 절대 못 찍을 것 같드만."

우리가 서로에게

처음엔 어르신들도 믿지 못하셨다. 나라 다음으로 사진 얘기를 제일 잘 아시는 분들이 노인정 분들이니까. 하지만 이내 사진을 확인하시더니 어르신들도 많이 놀라셨다.

"아니, 아니, 아니, 아니, 이게 뭐고? 진짜로 찍어 뿟네?"

어르신 분들도 놀라시니 너무 행복했다. 진짜로 내가 해냈다는 그 성취감이 쩔었다. 또 많은 분들이 잘 찍었다고 인정도 해 주시니 기뻤다.

"에이 어르신들. 피사체가 좋았던 거죠."

나라가 말했다. 나는 아무 말 없이 고개만 끄덕였다. 뭐래도 상관없으니, 난 찍었다는 것에 나 자신이 너무 자랑스럽다.

그렇게 나도 모르게 사진 찍는 것을 성공한 후, 다른 사람들도 찍는 것을 시도해 보았다. 하지만 그때처럼 셔터를 누를 순 없었다. 어떻게 셔터를 누를 수 있었을까? 어쩌다 딱 한 번 찾아온 기회였을까? 한 번이었다고 해도 이겨 낸 건 이겨 낸 것이다. 이제 계속해서 그때의 기억을 되살려 봐야 한다. 한 번만 찍는다고 되는 게 아니니까.

그리고 난 이 사진을 내 인스타에 올리고 싶었다. 처음으로 사람이 주인공인 사진을. 그리고 난 그 사진의 주인공이 은나라였으면 했다. 하지만 내가 올리고 싶다고 함부로 올릴 수 있는 건 아니니까.

"나라야, 나 그 사진 말이야…. 내 인스타에 올려 봐도 돼?"

조금 조심스럽게 말했다. 안 된다고 할 것을 알기에. 이 사진을 올려서 어떤 파장이 있을지 누구보다 잘 아는 사람이 바로 나라다. 하지만 대답은 예상과 달랐다.

"올려 봐. 내가 처음일 거 아니야? 사람이 올라가는 거."

"맞아…."

"그러면 더 좋지! 역사에 길이 남겠네."

나라는 그리 크게 생각하지 않는 것 같았다.

"아니, 올려서 어떻게 될지 모르잖아. 여기 남고 싶다며. 근데 다른 데서
연락 오면 어떡하려고. 내 인스타, 어느 정도인지 알잖아."

이 마을에 오기 전과 오고 난 후 내 인스타의 성장률은 크게 차이가 난
다. 너무 올리고 싶은 사진들이 많아서 찍은 사진은 거의 다 올렸다. 그 후
많은 사람들이 내 사진을 봐 줬고, 외국인의 비율도 높아졌다. 전 세계 사
람들이 우리 마을의 아름다움을 함께 느끼는 것이다. 그중에는 어떤 사람
들이 있을지 모른다.

"뭘 그렇게 심각하게 생각하냐. 무조건 연락 오는 거 아니잖아. 그리고
온다고 해도 거절하면 되지. 이제 그런 거 안 하고 싶어."

오, 그렇긴 하다. 무조건 연락이 온다는 보장도 없다. 너무 내 인스타에
대한 자부심을 가졌나. 크게 생각하지 말자. 그냥 한번 올려 보지, 뭐.

나라의 사진을 게시한 후, 반응은 예상대로 뜨거웠다. 학교 친구들도 길
가다 마주치면 항상 나라의 사진 얘기만 했다.

"야, 그 사진 뭐냐? 그게 왜 그 계정에서 나와?"

그리고 친구들은 이제 내가 그 사진 계정을 운영하는 것도 알아 버렸다.
뭐, 이젠 그것도 대수롭지 않게 여기기로 했다. 물론 처음의 내 생각대로
나와 그 계정을 무시하는 듯한 말을 하는 친구들도 있었다. 하지만 난 괜
찮다. 난 그냥 나라만 옆에 있으면 다 되니까.

그리고 개학 당일 날, 밀린 숙제를 해내듯 하나둘씩 모두가 일제히 우리

우리가 서로에게

둘에게 그 사진의 대한 애기를 했다. 그 사진 예쁘다, 네가 이제 사람을 찍을 수 있다는 것에 놀랐다, 네가 그 계정 주인이었냐, 사진 찍은 장소가 어디냐. 하루 새 아주 많은 질문을 받았다.

"그냥 올리지 말 걸 그랬나…."

나라는 후회하는 말투로 말했다.

"난 분명 올리지 말자고 말했다."

"이 상황에서도 나 몰라라 하시겠다?"

그렇게 개학 첫날을 보내고 나라와 만나서 밤 산책을 하고 있었다.

"오늘처럼 내일도 똑같겠지…?"

"에이 설마. 거기서 물어볼 게 더 있다고?"

"맞긴 해. 만약에 더 있다? 그러면 나 진짜 이 학교 나가 버릴지도 몰라."

난 옅게 웃음을 보이며 나라의 걸음에 맞춰 걸었다. 밤에도 마을의 아름다움은 무시할 수 없었다. 도시에선 볼 수 없는 별들의 반짝임이 선명하게 보였고, 반딧불이들의 불도 별빛과 함께 하늘을 수놓았다. 역시 이 마을은 낮이건 밤이건 상관없이 싫어할 수 없는 매력을 가지고 있다.

"저기 앉았다가 돌아가자."

나라는 마을회관 바로 앞에 있는 정자에 쉬었다 가자고 했다.

정자에 나라와 걸터앉아 서로에게 오늘 있었던 일을 말했다. 항상 붙어다녀서 특이한 에피소드가 있겠냐마는. 그때,

"잠깐만."

평소 잘 울리지 않는 휴대폰이 울렸다. 알림이 거의 안 오는 내 폰인데.

 - 안녕하세요. 마중물 엔터테인먼트입니다. 다름이 아니고…

첫 줄만 보고서 휴대폰을 껐다. 무슨 DM인지 알고 있기 때문이다. 사실 내가 나라에게 내용을 말해도 나라는 안 간다고 할 게 뻔하다. 하지만⋯ 난 가기를 바란다. 나라가 떠나기를 바란다. 이 마을에서 자라는 것보다 더 넓은 곳에서 자라는 것이 나라에게 더 좋을 것임을 난 알고, 또 나라는 그것을 충분히 해낼 수 있을 것이라 믿어 의심치 않는다.

"왜 그래? 갑자기? 뭐길래."

너무 티가 났다 보다. 최대한 아무렇지 않은 척.

"아, 긴급 재난 문자. 계속 오니깐 좀 짜증이 나네."

"어? 나한텐 안 왔는데?"

아. 이런 실수를.

"아. 어, 그게. 어⋯ 음⋯ 그⋯."

"뭐야. 너 뭐 숨기는데. 보여 줘 봐. 네 폰."

"안 돼."

"왜 안 돼? 너 뭐 숨겨?"

"에이, 내가 뭘 숨겨⋯."

거의 들켜 버린 듯하다.

"폰 줘 봐."

그렇게 말하곤 그냥 휴대폰을 가져가 버렸다. 내 폰, 패턴도 비번도 아무것도 없는데⋯. 나라는 바로 폰을 풀고 휴대폰 화면을 빤히 쳐다봤다. 나라의 표정이 점점 굳어져 갔다.

"내가⋯ 안 간다고 했지. 넌 나 보내 버리고 싶어?"

"그게 아니라⋯."

"내가 말했잖아. 안 간다고. 여기 남는다고. 네가 여기 있는데 내가 어

우리가 서로에게

딜 가!"

나라는 일순간 화가 나 보였다. 하지만 여기서 설득해 내지 않으면 나라의 인생을 바꾸지 못할 수도 있다. 내가 왜 이 일을 해 왔는가. 나라의 인생을 바꾸기 위해서다. 이제 그 일의 끝을 맺을 차례다.

"여기서 네가 뭘 한다고. 여기선 네가 할 수 있는 게 없잖아. 밖으로 나가 봐야지. 넌 알잖아. 여기보다 그곳이 얼마나 더 넓고 네가 성공할 수 있는 곳인지. 아마 내가 상상하는 것보다 넌 더 올라갈 수 있다고 믿는데?"

"그렇든 말든. 난 안 간다고."

전혀 설득이 되지 않는다.

"그리고 중요한 건 내 곁에 네가 없잖아."

그 순간 화가 났다. 미래를 나 때문에 결정한다니.

"네가 애야? 이거, 네 미래가 달린 문제야! 네 인생에 내가 전부가 아니잖아. 너도 있고 할머니도 있고… 어머니도 있잖아. 어머니 마지막 꿈, 이뤄 드려야지. 책임감 가지고 해야지. 끝까지 해야지! 어떻게 될지 모르지만 그래도 해 봐야지…."

나라는 나를 꿰뚫어지도록 쳐다보면서도 아무 말도 하지 않았다. 나라의 눈은 어느새 빨개져 있었다. 그 눈으로, 내게 울먹이며 말했다.

"그러면 넌, 내가 떠나도 상관없어?"

사실 많이 아플 것이다. 지금껏 겪어 온 아픔들과는 전혀 다른 방식으로. 하지만 어쩔 수 없는 아픔이라고 생각하고 기뻐하는 마음으로 견뎌낼 것이다.

"내가 다 알잖아. 네가 얼마나 이걸 그리워해 왔는지. 그거 생각하면, 다 괜찮아."

이렇게 말해야 나라가 떠날 것 같았다. 나에게 미련을 버리고.

"거짓말."

나라의 눈가엔 눈물이 맺혀 언젠가라도 금방 떨어질 것 같았다.

"거짓말 아니야."

그렇게 말하면서 나라를 꼭 안아 주었다.

"언젠간… 만날 수 있을 거야."

＊＊＊

5년이 지났다. 이젠 나도 대학생의 나이가 되었고 군대도 다녀온 어엿한 성인이다. 사진으로 수익도 조금씩 내고 있으며, 이모에게 수익의 거의 모두를 보내고 있다. 내가 생활하기에 필요한 돈들만 빼고. 또 난 정처 없이 돌아다니고 있다. 나라와는 상관없이. 요즘은 한국에 있는 시간보다 유럽에 있는 시간이 더 많다. 학생 때 영어를 그나마 해 놔서 다행이다. 조금의 소통은 되니까. 아직까지도 노력하고 있다. 사람을 찍는 것을. 5년 전, 나라를 찍은 후 단 한 명의 사람도 다시 찍을 수 없었다. 단지 무서움 때문이라고는 말할 수 없을 것 같다. 셔터만 누르면 되는 일, 그걸 5년째 못 하고 있다. 딱 한 번을 제외하고. 왜 안 되는지는 나도 이제 알고 싶지 않다. 언젠가는 알겠지. 그저 계속 노력은 하고 있다는 것만 알아주길 바란다.

지금은 바르셀로나에 있다. 바로 어제 머물렀던 프라하에서 만난 여행가 친구가 말해 주길, 바르셀로나야말로 사진 찍기에 아주 좋은 장소일 것이라고 말했다. 그래서 하루 만에 짐을 싸서 왔다. 이미 프라하에서도

우리가 서로에게

두 달 동안 있었다. 이 생활을 시작한 건 스무 살이 되고 나서부터다. 전역 후엔 범위를 전국에서 전 세계로 넓혔다. 사진 찍으면서 사는 것이 내 목표였기 때문에 지금 내 삶에 아주 만족한다. 한 사람이 내 옆에 없다는 것만 제외하면.

나라는 마을을 떠나고 1년 뒤에 거의 아이돌급의 유명세와 수많은 팬들을 가진 모델이 되었다. 내가 설득하기 잘했다는 생각과 함께 항상 '만약'이 따라온다.

'만약 내가 그때 나라를 보내지 않았더라면? 잡았더라면? 그 DM이… 오지 않았더라면?'

이 생각도 5년째 하고 있다. 요즘엔 외롭다는 느낌을 전혀 받지 않는다. 생각보다 이런 생활을 하는 사람이 많기 때문이다. 그런 사람들과 만나서 얘기도 하고, 공감도 해 주고, 교류도 많이 이루어진다. 내가 그 사람들과 다른 건 그저 카메라를 들고 있다는 것뿐이다.

바르셀로나에서 가장 유명하다고 할 수 있는 사그라다 파밀리아 성당에 왔다. 호스텔을 나설 때부터 끼어 있던 구름이 아직도 없어지지 않았다. 왠지 무슨 일이 있을 것만 같은데. 여기에 사진만 찍으러 온 것은 아니다. 나도 기도를 한번 해 보러 왔다. 신성한 기운도 받고. 성당에 들어서자마자 웅장함이 감돌았다. 진짜로 신들이 사는 밀랍 궁전에 온 것 같았다. 올림포스 신들이 이곳을 다스리고 있을 것만 같은 느낌이 들 정도로 높고, 넓고, 거대했다. 끝자리, 아주 애매한 자리에 앉아 눈을 감고 기도를 해 보았다. 제발 한 번만, 딱 한 번만, 나라를 만나게 해 달라고. 몇 초라도 좋으니까 딱 한 번만. 나라는 날 못 알아봐도 되니깐 딱 한 번만. 제발 한 번만. 간절하게.

그렇게 간절한 기도를 마치고 성당을 조심스럽게 나왔다. 모두가 그곳에서만큼은 조용했기 때문이다. 외부로 나온 후엔 카메라를 들어 보았다. 해가 지는, 노을이 지는, 사진 찍기 완벽한 시간이었기 때문이다. 그 친구가 괜히 그 말을 한 게 아니구나 싶었다. 어느 앵글을 잡아도 모든 것이 예뻤다. 모두가 행복해 보였고, 모든 것이 아름다웠다. 그 장면을 영원히 간직하고 싶어졌다. 그 감정을 영원히 잊고 싶지 않았다. 성당을 등지고 앵글을 잡았다. 사람들이 모여 있는 곳을 찍으려 노력했다. 앵글은 완벽했다. 하지만, 아직도 셔터는 눌리지 않았다.

"아직도 못 찍으시나 봐요."

뒤에서 누군가 나에게 말했다. 어디선가 들어 본 이 목소리.

"네?"

황급히 뒤를 돌아 누구인지 확인했다.

"사람이요. 아직도 못 찍으세요?"

신은 정말로 존재하나 보다.

"아, 네. 그쪽이 마지막이었네요."

"안타깝네요."

"전혀요. 오히려 전 그쪽이 저에게 유일한 피사체인 것 같아서 더 좋은데요."

"오, 그 말 좋네요."

서로를 보고 한동안 아무 말이 없었다. 내 눈앞에 있는, 내가 그토록 보고 싶었던, 나에게 유일한 찬란함이었던, 그녀가 말했다.

"보고 싶었어."

"내가 더."

우리가 서로에게

걷히지 않을 것만 같던 구름이 마침내 걷히고, 완벽하다 생각했던 노을은 더욱 아름다워졌다. 마치 이 순간, 우리가 오랜 시간, 긴 길을 건너 만난 것을 아는 것처럼.

많은 사람들이 말할 것이다. 어린놈이 무슨 사랑을 말하냐고. 그런 사람들에게 해 주고 싶은 말이 있다. 우리는 당신들이 생각하는 것보다 더 성숙하고 그만큼 더 유치하다고. 우리는 꽤나 성숙하게 사랑을 하고 그만큼 유치하게 사랑을 하고 있다고. 이 정도는 봐 줄만 하지 않겠나? 이 정도 어른인 척은 귀엽다며 봐 줄만 하지 않나?

우리도 언젠간 어른이 될 테고, 그때 왜 그랬을까, 하며 부끄러워하는 것은 어른이 되었을 때 해도 늦지 않다. 그러니 우리의 생각과 행동들을 마구 펼치는 것에 대해서는 누구도 뭐라 하지 않았으면 좋겠다. 우리는 당신들이 말하는 '아직 어린 애들'이 맞다. 그러니, 조금만 더 봐 달라. 우리는 어른이 되어 가는 과정에 서 있다. 아직 우리가 스스로 그 과정을 풀어 나가는 데에는 한계가 있다. 그러니 직접 말하기에는 뻘쭘한 말이지만, 우리를 조금만 더 기다려 달라. 우리도 우리 나름의 노력들을 하고 있다. 당신들이 보지 못하는 곳에서 해내고 있을지도 모른다. 언젠간 당신들의 앞에 턱하고 결과물을 내보일

수도 있다. 그때까지만. 우리가 우리들의 결과를 비로소 자신
있게, 당당하게 꺼내 보일 때까지만. 기다려 달라. 당신들이
더 잘 알지 않는가? 우리의 길을 똑같이 걸어오지 않았나? 그
러면 더 잘 알 것이다. 쉽지만 어렵다는 것이 무슨 말인지.

  우리에겐 당신들이 있다. 우린 당신들을 보고 성장한다. 그
러니까 잘해 낼 수 있을 것이다. 당신들이라는 기둥이 있으니.
그러니까, 조금만 더 기다려 달라. 우리는 당신들이 생각하는
것보다 더 높이 성장할 자신이 있으니. 그리고 지금, 우리 넷
은 그 발걸음을 다른 이들보다 더 먼저 내딛는다.

박세준 씀

우리가 서로에게

ⓒ 이승주·임수현·김도연·박세준, 2023

초판 1쇄 발행 2023년 12월 4일
　　 2쇄 발행 2024년 1월 5일

지은이　　 이승주, 임수현, 김도연, 박세준
펴낸이　　 이기봉
편집　　　 좋은땅 편집팀
펴낸곳　　 도서출판 좋은땅
주소　　　 서울특별시 마포구 양화로12길 26 지월드빌딩 (서교동 395-7)
전화　　　 02)374-8616~7
팩스　　　 02)374-8614
이메일　　 gworldbook@naver.com
홈페이지　 www.g-world.co.kr

ISBN　 979-11-388-2534-4 (43810)